청평조
清平調詞

구름 닮은 옷차림 꽃과 같은 생김새
봄바람 난간을 스쳐 가고 이슬 맺힌 꽃 짙어만 가네
만약 군옥산 머리에서 만나지 않았다면
청녕 요대의 달빛 아래서 만날 수 있으리

雲想衣裳花想容
春風拂檻露華濃
若非群玉山頭見
會向瑤臺月下逢

火雨刀

화

우

도

화우도 6
풍운강 新무협 판타지 소설

초판 1쇄 찍은 날 § 2005년 8월 12일
초판 1쇄 펴낸 날 § 2005년 8월 22일

지은이 § 풍운강
펴낸이 § 서경석

편집장 § 문혜영
편집책임 § 한지윤
편집 § 장상수 · 서지현 · 최하나

펴낸곳 § 도서출판 청어람
등록번호 § 제1081-1-89호
등록일자 § 1999. 5. 31
어람번호 § 제2-0670호

주소 § 경기도 부천시 원미구 심곡1동 350-1 남성B/D 3F (우) 420-011
전화 § 032-656-4452 팩스 § 032-656-4453
http://www.chungeoram.com
E-mail § eoram99@chollian.net

ⓒ 풍운강, 2005

ISBN 89-5831-666-7 04810
ISBN 89-5831-490-7 (SET)

Fantastic Oriental Heroes

풍운강 新무협 판타지 소설

6

완결

火雨刀

화 우 도

도서출판 청어람

목차

제1장 풍운

풍운

사마혼의 안색에 문득 하는 의혹이 떠올랐다.

처음엔 기대였다. 비록 반가움은 아니었다 할지라도 찌들 대로 찌든 그의 얼굴에 번졌던 표정은 분명히 혹시나 하는 기대였다. 한데 그것이 변했다. 이제는 의혹이었다.

"……!"

한 사람, 지금 막 회선비기로 되돌아오는 지죽장을 받아 쥐고 있는 황 의인이 있었다.

적당하게 두 다리를 벌리고 섰다. 누런 장삼에 반듯한 이목구비가 천하의 미남이라 불러도 손색이 없을 서른 초반의 청년, 그는 참으로 오연했다. 사마혼과 시선이 마주치자 청년은 슬쩍 흰 이를 내보였다.

"왜, 의외인가?"

"자네는?"

"자네?"

순간이다. 황삼청년의 안광이 무섭게 번쩍였다.

숨죽인 잠깐의 시간이 지나면서 이어진 것은 굉렬한 폭소였다. 청년은 고개를 젖히며 목젖이 드러나라 크게 웃었다.

"프하하하! 자네라… 좋아, 좋아. 천하의 명왕이니만치 내 이번 한 번만은 그냥 넘어가기로 하지."

조소? 사마혼의 귀에는 분명 그렇게 들렸다.

그의 눈썹이 꿈틀했다. 그렇지 않아도 긴 목이 한 치는 더 길어졌으며 머리칼은 고슴도치처럼 일어섰다.

"괘씸한……!"

썩어도 준치라 했거늘.

열을 냈기 때문이었을 것이다. 아찔한 현기증이 일었다. 그제야 사마혼은 자신이 아직도 출혈 중임을 깨달았다. 더 이상 방치하면 간단히 개죽음이다. 급히 내공을 모아 어깨의 혈도를 막았다.

그리고선 자조하듯 피식 웃었다.

"그래… 뉘신가?"

"나?"

"그럼 그대 말고 또 누가 있던가?"

"프핫핫! 이제 보니 촉산지존의 눈도 별 볼일이 없구먼? 핫핫… 그래, 나 호연풍도 몰라본단 말인가?"

"호연풍? 그, 그대가……?"

"그러하다네. 개방의 풍운개가 바로 날세."

"……!"

사마혼은 입가를 실룩였다.

그것은 놀람보다는 경이였다.

그럴 수밖에. 용등호약 구주풍운이라 지칭되는 개방의 사대천왕을 어

찌 모른다 하겠는가. 그 사대천왕이란 이름이 천하사왕을 빗대어 만들어
졌던 것임도 안다. 그리고 그 말을 듣는 순간 귀엽기 논다며 웃었던 옛날
의 기억도 새로웠다. 하나 저 정도일 줄은 정말 몰랐다.

'특히나 저자 풍운개는……!'

보고 있자니 솜털이 서는 듯하다.

사마혼은 마른침을 꿀꺽 삼켰다.

'내가 완전한 상태였다고 해도 우세를 장담하진 못한다. 부끄러우나
사실이다. 나는 결코 저자의 상대가 될 수 없다. 내 눈으로 보고서도 믿
을 수가 없구나. 지저분한 개방의 거지굴에 저런 실력자가 웅크리고 있
었다니……!'

그러나 자신은 명왕이었다. 비록 날개가 부러지긴 했을망정 당당한 천
하사왕의 반열이다. 사마혼은 애써 눈에 힘을 주었다.

"내게 볼일이 있었던가?"

"당연하지. 목적이 없고서야 어찌 춘추를 베었으랴."

"알고서도 베었다니 놀랍군. 후환이 두렵지 않았던 모양이지?"

"홋홋. 그 정도를 두려워해서야 어찌 풍운이란 이름자를 달고 다니겠
는가. 검왕이 비록 천하제일이라곤 하지만 그는 이미 한물간 노물, 결코
넘지 못할 산은 아니다."

패기도 좋다.

사마혼의 눈빛이 심유해졌다.

무슨 생각을 그리도 골똘히 하는 것일까. 물끄러미 풍운개를 응시하고
있던 사마혼은 장탄 일성과 함께 긴 한숨을 불어냈다.

"용건을 말해 보게."

쿡! 대답 대신 풍운개는 죽장을 땅에 꽂았다. 그리고는 천천히 팔짱을
꼈다.

"과거 사람을 구하려고 천지를 떠돈 적이 있었다. 많이도 아니었네. 하나면 충분했지."

엉뚱한 이야기였으되 표정만은 더할 나위 없이 진지했다.

"그러다가 발견했다, 천하를 물어뜯을 수 있는 야수 한 마리를. 그러나 그땐 이미 늦었더군. 놈은 벌써 용이 되어 있었어. 이무기 정도만 됐어도 어찌할 방도가 있었을 것이네만 그만 때를 놓쳐 버렸던 게지."

"……?"

그게 누굴까. 슬며시 호기심이 일어났다.

하지만 그뿐이었다. 그 언 놈이 용이면 어떻고 이무기면 어떤가. 혈혈단신, 오갈 곳도 없는 자신의 처지를 생각하자 타인에 대한 호기심 정도는 저만치로 날아가 버렸다.

"그래 봤자 물론 가루라의 한 끼 식사에 불과할 것이네만."

가루라는 용을 잡아먹고 산다는 상상 속의 신조다. 풍운개는 그 말과 함께 빙그레 미소를 지었다.

"내 휘하로 들어오게."

"뭐?"

"단도직입적으로 말하지. 놈 대신 풍운의 선봉이 되어 천하를 질타해 주게. 그럼 내 책임지고 자네의 촉산을 수복시켜 주겠네. 어떤가?"

"……!"

처음엔 어리둥절했다. 그 다음은 분노였고 마지막은 죽음보다 더한 치욕이었다. 사마혼은 지그시 입술을 깨물었다.

'으음… 내 아무리 사면초가의 신세가 되었기로서니 그, 그래도 그렇지, 너무 야비하잖나!'

거인은 궁지에 몰린 약자를 건드리지 않는다.

그것이 강자의 자존심이고 무인의 예이며, 천하무도계의 불문율이다.

어찌나 치욕스러운지 사지가 벌벌 떨렸다.

'개방의혈이니 천하호한이니 어쩌고저쩌고하는 놈들은 모두 입을 찢어버려야 한다.'

세간의 평판은 그랬다, 천하의혈은 모두 개방에 모여 있다고.

사마혼은 폭발 직전이었다. 금방이라도 주먹을 떨쳐 낼 기세, 그러다가 무슨 생각을 했는지 피식거리며 힘을 풀었다.

"도적놈. 천하를 훔치려 하는군?"

"그것은 아니지. 표현이 틀렸다. 훗훗. 도적질이 아니라 당당히 접수하는 것이다."

"웃기는 세상이군. 개방 놈이 천하에 눈독을 들이다니!"

"와하하핫!"

풍운개는 또다시 목젖이 드러나도록 앙천광소를 터뜨렸다. 웃기도 잘하고 끊기도 잘했다. 풍운개는 칼처럼 웃음을 끊었다.

"결정을 하라, 지금 당장!"

"흠, 거절하면 지금 이 자리에서 입을 막아버리겠다, 이런 얘긴가?"

"두말하면 잔소리지."

"좋다, 내 기꺼이 자네의 선봉이 되어주지."

무슨 심사인지 의외로 선뜻 한 대답이었다.

풍운개 호연풍의 안광이 일순 횃불처럼 밝아졌다. 그의 몸이 고무줄처럼 쪽 늘어난 것은 그 직후였다. 무서운 경공이다. 그는 한걸음에 이십 장의 공간을 질러와 사마혼의 단장을 덥석 움켜쥐었다.

"후회하지는 않을 것이다, 절대로!"

패도무쌍한 목소리, 그 목소리가 개방의 차기 방주로 내정되어 있는 풍운개 호연풍의 입에서 나왔다고 한다면 그 누구도 쉽사리 곧이듣지는 않을 것이다.

풍릉도의 야합. 결국은 개방이 촉산을 삼킨 셈이다.

두 사람은 이내 쭉 몸을 뽑아 올렸고, 일망무제의 광활한 갈대밭은 다시금 조용해졌다.

눈[目].

밤바람에 흔들거리고 있는 갈대 사이에서 지독한 불신으로 떨고 있는 한 쌍의 눈이 나타난 것은 그 즈음이었다.

"미, 믿을 수 없다. 대, 대형이 저런 사람이었다니!"

망연자실 넋을 놓고 있는 사람, 그는 바로 호약개 담자기였다.

풍운개 호연풍. 비록 나이는 아래였으되 그는 담자기 평생의 우상이었다. 그 영원한 믿음에 금이 갔으니 어찌 제정신이길 바랄 수 있을까.

그러나 놀람은 거기에서 그치지 않았다. 순간적으로 뇌리를 스쳐 간 무서운 생각 하나에 담자기는 얼굴을 하얗게 탈색시키고야 말았다.

"그럼 연이었던 방주님과 구주노사의 실종도……?"

점입가경.

담자기는 질겁한 얼굴로 날아올랐다.

뭔가 조치를 해야 했다. 확인도 해야 했고, 대비도 해야 했다. 모든 짐작이 다 맞는다면… 개방은 끝이었다.

담자기는 순식간에 어둠 속으로 사라져 갔다.

하나 그는 알고 있을까, 장내를 떠나가던 호연풍의 시선이 일대를 한 번 맹렬하게 훑었다는 바로 그 사실을?

강호사(江湖事) 운중사(雲中事). 겉으로 드러난 것이 꼭 진실만은 아니다. 청천백일하에 홀딱 뒤집어놔야만 그 속을 알 수 있다.

그것이 강호였다.

＊　　　＊　　　＊

새벽은 언제나 여명으로 온다.

그러나 꼭 그런 것만도 아니었다. 특히나 나이 어린 동기(童妓)들에게 있어서는. 그녀들에게 있어서 새벽은 여명이 아니라 지옥이었다. 보라, 후원 담벼락 아래서 고통으로 전신을 뒤틀고 있는 계집아이 하나를!

"웨엑……."

붙잡힌 것은 애꿎은 나무요, 토해놓는 것은 지난밤이었다.

오물을 게워내는 것이 아니었다. 채 스물도 안 된 열여섯 꽃다운 삶을 토해내는 것이었다.

"웨… 웨에에엑!"

아예 뒤집어진다.

그 정신에도 치마는 버리지 않고 싶었던지 허리까지 끌어올렸다.

게다가 여름이었는지라 입으나마나한 얇은 옷이다. 쭈그리고 앉은 계집아이는 자신의 맨살이 하얗게 드러나 있는지도 모르고 연방 둔부를 들었다 났다 했다.

기녀가 취하는 법은 없다. 취한다면 빵점이다.

그렇다고 처음부터 그런 것은 아니었다. 버려도 될 잔과 마셔야 될 잔 사이를 수없이 오가며 눈치의 경륜이 붙고 요령이 생겨야 취하지 않게 되는 법이다.

"취, 취취가 오늘 죽고 마는구나… 아욱!"

기녀 취취. 기적에 오른 지 채 달포도 되지 않는 동기다.

그녀는 너무나 고통스러워했다. 하기야 창자가 올라오는 토악질이었으니 얼마나 괴로울까. 아마 숨 쉬기도 어려웠으리라. 그렇다고 누구 하나 등 두드려 주는 사람도 없었다.

모든 것을 혼자 삭이고 감내해야만 하는 운명. 다행히 오늘은 그녀에게 누군가가 나타났다.

"쯧쯧, 무슨 놈의 술을 이리도 많이 먹었누?"

"칵!"

취한은 아니었다. 홀연히 나타나 취취의 등을 토닥거려 주는 사람은 허방산이었다.

"이러면 좀 나을 것이다."

그의 손바닥에서는 한줄기 따뜻한 온기가 일어나고 있었다. 그제야 속이 좀 가라앉았나 보다. 취취가 끙 하고 일어났다. 그래도 비틀, 잡아주는 손이 없었더라면 영락없이 코방아였다.

취취가 게슴츠레한 눈을 치켜떴다.

"누, 누구야?"

"나?"

"그래, 이 나쁜 놈아."

"……!"

평생에 두 번째로 들어보는 욕이었다.

처음은 추심에게서, 두 번째는 바로 이 술 냄새 진탕 풍기는 계집아이에게서. 허방산의 표정이 사뭇 기괴해졌다.

울 듯 말 듯.

하나같이 험상궂은 형용이었는지라 세인의 이목을 끌까 봐 쌍치도 떨쳐 놓고 왔던 참이었다. 진회하의 색주가에서 가장 번듯하다 싶은 건물에 찾아들었던 것이 바로 일각 전, 딴에는 애처로워 건넸던 손길이었는데 다짜고짜 욕부터 들어먹었으니…….

"쩝!"

"끄윽… 누, 누구냐니깐?"

아직도 솜털이 보송보송한 아이였다.

갸름한 것이 꽤나 귀여운 상이다. 허방산은 화를 내는 대신 개구쟁이처럼 한쪽 눈을 찡긋했다.

"얘야, 백화루가 어디냐?"

"배, 백화루? 백화루는 여긴데? 딸꾹."

"호오, 그래?"

"흐으응, 근데 왜 날 잡고 있는 거야. 딸꾹… 오라, 이제 보니 네놈이 이 취취를 어찌해 보려는 모양인데, 안 돼, 임마. 절대로 못 줘. 끄으윽… 이 숭한 놈아."

혀 꼬부라진 소리로 횡설수설, 시금털털한 트림에 딸꾹질, 가지가지 다 한다. 게다가 픽 고꾸라지기까지.

"이것 참……."

하는 수 있나, 안아 들어야지.

둘러보니 간판이 있다. 등잔 밑이 어둡다더니만, 정말 백화루였다.

먼동이 트려면 아직 이른 시간이었다. 표의에 언급되었던 시각은 낮도 아니고 밤도 아닌 묘시 초. 조금 서둘러 왔던 것은 겸사겸사 볼일이 있어서였다.

백화루는 진회하 제일의 기루였다.

말마따나 소속된 기녀가 일백, 진회하 대소 기루를 합한 기녀 수가 일천 정도라 하니 작다 할 규모는 아니다.

삼층의 목조 누각, 백화루엔 아직도 불 켜진 방이 많았다.

암만 그래도 그렇지, 저렇게나 장사가 잘되는 것일까? 그래서 그런지 어둡지는 않았다.

더군다나 원래가 불야성인 곳이다.

밤이 낮보다 화려하고, 낮과 밤을 바꿔 사는 사람들이 모여 있는 곳이다. 어둠이 한창인데도 사위가 노을처럼 은은한 것도 여기저기에 감 열리듯 열려 있는 홍등 때문이었다.

허방산은 나직이 중얼거렸다.

"팔자에도 없는 이놈의 총방인지 뭔지 하는 꼬리를 하루빨리 떼버려야 할 텐데."

결국은 이렇게까지 되고 말았다.

생각하자니 나오는 건 한숨뿐이다. 산동 노산의 촌놈이 이런 환락가의 대부가 될 줄이야 어찌 상상이나 해봤겠는가.

우선은 생리에 맞지 않았다. 그렇다고 무작정 내팽개쳐 버릴 수도 없는 자리, 들지도 놓지도 못하는 이유는 그것이었다. 이 일은 누가 하든 해야 할 일이었고 한번 연을 맺은 이상은 끝까지 돌봐줘야 할 책임이 있었다.

"그렇게 하지 않으면 이 세계엔 그야말로 아귀다툼의 전쟁이 일어나고 만다. 매일매일이 칼부림일 것이고, 여자들은 진짜 고혈을 빨리고 말 것이다."

버릴 수도 없앨 수도 없는 곳이 바로 이 세계였다.

"체질은 아구가 딱인데……."

생각은 생각대로, 걸음은 걸음대로.

백화루엔 별채도 있었다. 후원 깊은 곳에 세 채가 있었는데 그중 두 채엔 불이 켜져 있었고, 기척이 없는 곳은 맨 우측의 독채뿐이었다. 인사불성이 된 아이를 안고 무작정 독채로 들어섰다.

"제길……."

별 짓을 다 한다. 추심이나 여시가 봤다면 오지랖도 넓다고 눈에 쌍불을 켰을 것이로되 어쩔 수 없지 않은가.

계집아이를 침상에 눕혀놓고 촛불을 켰다. 안 봐도 훤한 구조였다. 방 한구석으로 다가가 길게 내려져 있는 줄을 몇 번 잡아당겼다. 어디에선가 딸랑거리는 방울 소리가 가늘게 들려왔다.

허방산은 싱긋 웃으며 탁자에 앉았다.

"신호를 보냈으니……."

아니나 다를까, 치맛단 끌리는 소리가 요란하게 나더니 서른 살 남짓한 여자가 나타났다. 비어 있는 별채에서의 연락이었으니 놀라기도 했으리라. 어리둥절하면서도 약간은 화가 나 있는 듯한 눈이 재빠르게 허방산과 침상의 취취를 훑었다.

"취향도 유별나시군요."

여인이 교태 서린 목소리로 말했다.

눈치가 빠른 여자였다. 나름대로 상황을 재빠르게 이해했다. 화사하게 화장한 얼굴에 눈웃음까지 그려진다. 그러던 어느 순간, 그녀의 웃음기가 씻은 듯이 사라졌다.

다름이 아니었다. 탁자 위의 허방산 양손 검지가 가위표를 하고 있기 때문이다. 여인의 태도가 극도의 공경으로 돌변했다.

대뜸 허리를 굽히며,

"궁에서 나오신 줄도 모르고, 분부를……."

살짝 내리깐 눈을 들던 그녀가 이번엔 화들짝 놀란다.

허방산의 우수 엄지와 검지가 이번에는 동그라미 하나를 만들고 있었던 것이다.

"워, 월모님을?"

궁은 장몽궁을 말함이고 월모는 백화르의 주인을 뜻한다.

허방산의 수신호는 백리향 특유의 은어였다. 이어서 꼽아지는 허방산의 엄지손가락 하나에 급기야 여인은 입까지 벌리고 말았다.

"서, 설마……!"

"소문이 나지 않았으면 좋겠군."

“이, 이년 봤던 것을 모두 잊으라는 말씀으로 알아듣겠습니다, 총방 나으리.”

“부탁하네.”

“예, 하오면…….”

어찌 꿈엔들 생각해 봤을까.

여인은 황망한 뒷걸음으로 물러났다.

문이 다시 열린 것은 채 일각이 지나지 않아서였다.

검은색 현의 일색인 여인이 조용히 들어섰다. 사십 초반의 중년이었다. 하되 차분하고도 정갈한 인상이 제 나이보다는 훨씬 더 젊어 보이게 한다. 노숙하다고나 할까, 한 듯 만 듯 엷게 화장한 얼굴이 정말 고왔다.

게다가 그녀의 눈은 정말 자애한 어머니의 눈, 바로 그 눈이다.

그 눈이 문득 물기에 젖었다. 글썽해진 눈물은 이내 뺨을 타고 흘러내렸으며 박힌 듯이 서 있던 몸은 쓰러지듯 부복해 들었다.

“제삼십사천응 현월(玄月)이 가주를 뵈어요.”

놀라운 일이다. 그러나 그녀는 절을 하지 못했다. 대례를 올리는 찰나 허방산의 손에서 일어났던 무형의 역도 한줄기가 그녀를 두둥실 띄워 올렸던 것이다.

“받은 것으로 합시다, 낭랑.”

“가주!”

오열이 없다면 그게 어디 사람이랴.

백화루의 월모 현월은 천응의 일원이었다.

금년 나이 마흔다섯, 혈응겁 당시 그녀는 갓 혼인한 신혼이었고 친정 나들이를 갔던 사이에 부군인 풍뢰권 강유를 잃었다. 억장이 무너지는 아픔이었거늘 어찌 눈물이 없겠는가.

나이의 많고 적음이 문제가 아니었다. 여자와 남자, 세상을 더 살고 덜

살고의 차원도 아니었다. 지금은 그 무엇이든 포용하고 다독여 줘야 할 집안의 주인과 그래도 등을 비빌 수 있는 언덕이 생긴 가신의 입장이었다.

소리없는 오열은 일각을 갔다. 장소가 예였기에 망정이지 호젓한 곳이었다면 아마도 방성대곡이었으리라.

"그만 하시게. 계속 그러면 나도 울 것 같으이."

자신 또한 눈시울이 붉어지고서도 딴소리다.

현월이 오열을 멈췄다.

"이 나이가 되고서도 북받쳐 오르는 것은 어쩔 수가 없군요. 추태를 보였습니다, 가주."

"추태는 무슨……."

"하온데 어인 연유로 이곳엘 다 들르셨는지요. 북행 중이시라 들었는데… 혹여 무슨 일이라도 생긴 것은 아닌가요?"

"그렇소, 낭랑. 혹시 이곳에 머리 벗겨진 사람이 있소?"

뭉구리를 말함이다.

현월이 고개를 들었다. 아직도 눈물이 그렁그렁한 얼굴이 잠시 생각에 잠겼다. 그러다가는 고개를 젓는다.

"식솔 중엔 없어요. 손님 중에도 없구요."

"흐음……."

"확실해요. 근데 무슨 일이지요?"

"사실은 나도 잘 모르네. 예서 만나자는 사람이었는데 아직 도착하질 않은 모양이군."

"……!"

"그건 그렇고, 현월."

"예, 가주."

"자넨 이제 세가로 복귀토록 하게. 이대원이란 집순이 있는데 영 신통치가 않아. 게다가 집에는 모두 젊은 여자들만 있으니 암만해도 자네가 있어야 될 성싶으이. 겸사겸사 현월의 얼굴도 볼 겸 이를 부탁하러 왔네."

"영광이에요, 가주. 그리 여겨주시다니… 그렇지 않아도 군사의 명이 있던지라 오늘내일 하고 있던 참이었어요. 다만, 요 며칠 근동의 분위기가 심상치 않아서 잠시 미루고 있었을 따름이에요."

"심상치 않다… 그래, 뭐가 말인가?"

일이 있을 경우 가장 먼저 알 수 있는 곳이 바로 이곳이다.

사내들이란 원래 없는 것도 있다고 부풀리는 족속들이라 깨알만한 것도 호박만하다고 말하는 뻥쟁이가 태반이다.

그래도 불을 땠으니 연기가 나는 법이다.

허방산이 의자를 바싹 당겨 앉았다. 그러자 부담스러웠나 보다. 현월이 민망한 얼굴을 했다.

"확실치는 않아요. 단지 느낌이 그렇다는 것일 뿐, 하오나 분명히 뭔가 있기는 있어요. 백족(白足)의 사내 수십이 나타났다는 소문이 은밀히 나돌고 있으니까요."

"수십이나?"

"예."

백족은 흰 신발, 창위 특유의 복장이다.

허방산의 눈에 맑은 광채가 일어났다.

"관아에 창위 일곱이 다녀갔다는 말은 들었네. 한데 수십이라니… 혹시 황제의 행차라도 있던 것인가?"

"그럴지도 모르지요. 창위의 본래 임무는 황제의 신변 경호, 그 정도의 사안이 아니고서는 그 많은 숫자의 설명이 불가능해요."

"그렇지?"

"예."

"다른 소식은 없고? 예를 들어 창위의 정확한 숫자라든지… 어디에 머물고 있다든지 하는 정도라도 말일세."

"아직은 없어요."

"젠장… 골머리깨나 썩여야겠군."

어느덧 묘시가 가까워졌다.

무인의 시간 감각은 정확하다. 느낌만으로도 날이 새고 있음을 확연히 알 수 있었다.

'뭉구리 이 자식…….'

이맛살이 절로 찌푸려졌다.

그것이 안타까웠는지 현월의 안색도 흐려진다. 곁눈으로 슬쩍 침상을 스쳐 보고는 조심스레 입을 열었다.

"가주, 오기 전에 주안상을 봐놓으라고 일러뒀습니다. 천천히 드시면서 생각을 하시지요."

"응? 아… 그러지 뭐."

현월이 신호줄을 잡아당겼다.

상이 들어온 것은 불과 반 각도 지나지 않아서였다.

상을 들고 온 사람은 둘이었다. 하나는 수신호를 알아봤던 여자였고 또 하나는 찬모 차림의 여인이었는데 나이 서른이나 되었을까, 아담한 체구였으되 문제는 얼굴이었다.

허방산은 깜짝 놀랐다.

'어……?'

정말 '어' 였다. 햇볕에 탄 것처럼 까두잡잡한 얼굴, 저 얼굴은 분명히 해원의 얼굴이 아닌가. 군림삼호 해원, 주안상과 함께 들어온 찬모는 틀림없는 그녀였다.

'그럼, 해원이 표창을?'

그럴지도 몰랐다. 탁자에 상을 옮겨놓고 있는 바, 놀라기는커녕 눈 하나 깜박이지 않는 것이 오늘 일의 내막을 알고 있음이 틀림없다. 상이 다 옮겨졌을 때였다.

허방산의 표정이 갑자기 능글맞아졌다.

느닷없이 손을 쭉 뻗으며,

"다른 아이는 필요없다. 나는 네가 마음에 드는구나."

엉뚱한 소리였다. 아니, 말만 엉뚱했던 것이 아니었다. 손은 한술 더 떴다. 날파리를 낚아채듯 냉큼 해원을 휘어 안는다.

"흑!"

숨넘어가는 소리. 완강한 손짓 한 번에 속절없이 안겨 든다. 돌변한 난봉꾼, 그는 안 하던 소리까지 마구 해댔다.

"새까만 것이 유달리 구미가 당기는구나. 하하… 아니, 왜들 그러고 있지? 무슨 문제라도 있나?"

"……!'

역시 현월이었다. 그녀는 단번에 이상함을 알아차렸다.

'짓궂으신 분… 언질이라도 좀 주시지.'

속으로는 웃음, 겉으로는 곤란하다는 표정. 그러던 현월은 할 수 없다는 듯이 고개를 끄덕였다.

"좋아요, 대인. 그럼 저기 저 아인 어찌하시렵니까?"

"하하… 오다가 그냥 주운 거네. 횡재이긴 했네만 그렇다고 정신도 없는 아이를 데리고 놀 수는 없는 노릇이지 않은가?"

"하오시면 저 아인 데리고 나가겠습니다."

"그건 마음대로 하고, 어서들 나가보라고. 급해지는구먼."

“차암, 성질도 급하세요.”

허방산의 재촉에 방은 이내 조용해졌다.

여자들의 발길이 멀어져 간다. 해원이 허방산에게서 떨어져 나간 것은 그 걸음 소리까지도 완전히 잦아들었을 때였다.

그녀는 무릎을 바닥에 댔다.

“오랜만에 뵙습니다, 총방.”

“그렇구나.”

이미 어찌할 바를 정했던 그였다.

다시 만난다면 용서치 않으리라 작정했던 이름이요, 얼굴이었으나 자청해 나타난 것을 어떻게 하겠는가. 일단 절은 받았다.

“뭉구리는?”

“옆 채에 있습니다.”

“어, 없다고 하던데……?”

“순진하시군요. 설마 본모습으로야 있겠습니까?”

“그럼 변용을?”

“하찮은 잡기지요. 그래 봤자 천응절기만이야 하겠습니까?”

그것은 사실이었다. 비응노인이 전해줬던 천응절기보상에는 분명히 환신변용에 관한 구결도 있었다. 그것도 시시한 역용술 따위가 아니라 공력을 이용한 상승의 내가절기였다.

“좋아. 무슨 일인가?”

누가 들었다면 정담이라도 나누고 있다고 여겼을 것이다.

어조는 부드러웠다. 하나, 그 내용까지 그랬던 것은 아니었다. 허방산의 얼굴엔 은은한 긴장이 서려 있었다. 군림마가, 해원이 몸을 담고 있는 그 이름 넉 자가 어디 보통의 의미이랴. 해원의 목소리가 속삭이듯이 낮아졌다.

"황제의 행차가 있을 것입니다. 그리고 그는 이곳에서 암살될 것입니다, 총방."

"……!"

놀랄 수밖에.

허방산은 정말 크게 놀랐다.

당금의 황제는 무종 정덕제 주후조. 나이 열다섯에 즉위해 올해 서른에 이른 젊은 황제로 그 실정이 이루 말할 수가 없는 사람이었다. 매관매직이 범사로 성행했고, 우후죽순처럼 도처에서 민란이 일어났다. 환락에 빠져 정사를 잊은 황제, 많은 이가 그의 죽음을 바라는 것이 작금의 현실이다. 그래도 그렇지, 암살이라니……!

부지불식간에 반문이 튀어나갔다.

"누가, 누가 말인가?"

"군림의 뜻이 그러합니다."

"군림이…… 왜? 무슨 이유로?"

그럴 이유가 없질 않은가.

군림마가의 본체가 북경유가다. 십여 년 전 당대 제일의 부와 권력을 자랑했던 환관 유근의 본적이 유가란 말이 있을 정도로 권력의 핵심부를 이루고 있는 실세 중의 실세가 군림마가인 것이다.

해원은 간단하게 답했다.

"황제가 손아귀를 벗어나고자 하기 때문이지요."

"오……!"

"게다가 황제를 암살하고자 하는 측은 우리뿐만이 아닐 것입니다. 우리와 정적의 관계에 있는 북천밀가 또한 같은 생각이라는 것이 상부의 판단입니다."

"……!"

이제는 북간이라……. 사태가 갈수록 심각해진다.

하나 진짜 무서운 말은 그 다음이었다.

"황제를 시해하고 그 죄를 창응에 뒤집어씌운다. 그것이 게으른 황제를 구슬려 남경으로 행차케 한 진정한 이유입니다, 총방."

"뭣이?"

허방산의 눈에서 불똥이 튀었다.

이게 무슨 소리! 하면 반역도 모자라 그 죄를 남에게 전가시킨다 이 말이 아닌가! 기가 막힌다. 그러나 그보다도 앞선 것은 열화와도 같은 분노였다.

"이 더러운……!"

"일거양득이지요. 부담스러워지는 황제도 갈아치우고 골치 아픈 만리웅풍도 간단히 잠재울 수 있는."

"으……."

허방산은 진정 노했다.

화신의 분노, 방 안이 갑자기 후끈해졌다. 그렇지만 해원은 여전했다. 그녀는 차분히 입술만 달싹였다.

"이것이 제가 접한 비밀의 전부입니다. 어찌 알았는지는 묻지 마세요. 다만 이 일이 사실이며 사문을 배신하면서까지 이 일을 알려 드리는 것은 연전의 은혜를 갚기 위함이오니, 이제 우리 사이의 빚은 없는 것입니다."

"……!"

그걸 빚으로 여겼다니!

걷잡을 수 없는 분노한 와중에서도 느껴지는 사람의 맛 하나가 가슴을 훈훈하게 한다. 허방산은 천천히 고개를 끄덕였다.

"좋아, 더 이상 묻지 않겠네."

"그럼……."

해원은 일어나 조용히 목례를 올렸다.

깔끔한 여자였다. 적만 아니었다면 그 시원했던 매운탕 맛을 다시 한 번 부탁해 보고도 싶은 여자였다. 천천히 돌아서던 해원, 문고리를 잡은 채로 그녀가 몇 마디를 더 했다.

"저와 뭉구리는 두 번 다시 세상에 나타나지 않을 것입니다, 총방. 보중하시어 부디 뜻한 바를 이루소서."

"……!"

"황제의 도착 일은 오늘입니다."

그것이 끝이었다.

해원은 조용히 문을 열고 나갔다.

철퇴로 뒤통수를 한 방 얻어맞으면 이런 기분이 들까? 오랜만이었다. 허방산은 쓴웃음을 짓고 말았다.

"결국은…… 잘 가란 말도 해주지 못하고 말았군."

지금 머리 속엔 온통 '뒤집어씌운다' 라는 말밖엔 없었다. 그도 그럴 것이 대체 어떻게, 언제……?

그렇게 될 경우 창응의 날개는 부러지고 만다.

보나마나 천하의 공적으로 몰리게 될 것이고 더러운 오명과 함께 영원한 도망자 신세를 면치 못하게 될 것이다. 무능한 황제, 그의 생사는 그 다음 문제였다.

"암만해도 식구들과 상의해 봐야겠다. 이 상태로의 북행은 아무런 의미도 없을 터, 자칫하면 만고의 개망신을 당하게 된다."

나오는 것은 욕뿐이었다.

"끝까지 야비한 놈들……!"

*　　　*　　　*

물 위가 조용하다고 물속까지 그러할까.

겉으로 보기에는 여느 날과 다름이 없었으되 그 이면은 달랐다.

고도 남경의 어둠은 팽팽한 시위처럼 긴장되었다. 마치 전쟁이라도 난 것처럼 중무장의 기마금군이 시내에 말발굽을 드리우기 시작했으며 조금이라도 언행이 수상한 자들은 그 자리에서 포박되었다.

남경 유수의 무림세가도 예외는 아니었다. 이름이 있다 하는 가문이나 무관에는 일체의 금족령이 내려졌으며 그것은 낭월대가에도 마찬가지였다.

〈경배하라, 황제시다.〉

〈칼을 보이는 자, 그 즉시 참수될 것이며, 무림에 관여된 자들 또한 밖으로의 출입을 금한다. 이는 지엄하신 황명으로 포고하는 것이거니와 어기는 자 모두 역적으로 단죄되리라.〉

―쿵!

―왔으면 왔지 무슨 개지랄들이야?

―개뼈다귀 같은 놈들…… 급살이나 콱 맞아라.

―쯧쯧…… 거동 한 번에 저 염병을 떠대니 나라 꼴이 요 모양 요 꼴일 수밖에. 황제는 개뿔, 대갈통에 구더기만 득시글득시글하는 놈이지.

―그나저나 뭐 하러 왔다니?

―므흐흐흐…… 놀러, 놀러 왔단다.

그랬다. 고도 남경의 팔월은 그렇게 시끄럽게 지나갔다. 참으로 별스럽게 무덥고도 지겨웠던 팔월이었다.

제2장 음모중중

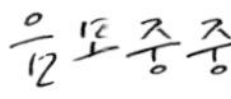

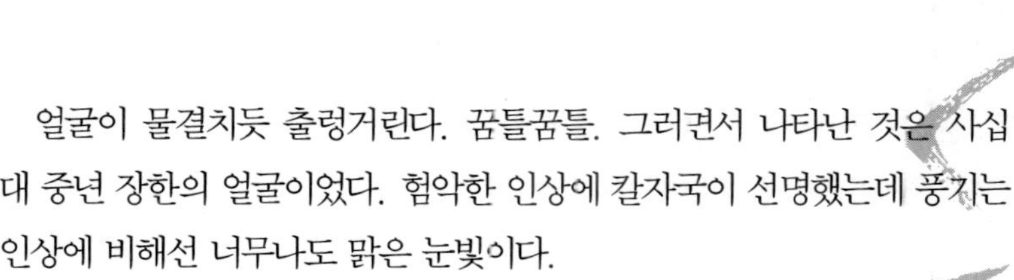

얼굴이 물결치듯 출렁거린다. 꿈틀꿈틀. 그러곤서 나타난 것은 사십 대 중년 장한의 얼굴이었다. 험악한 인상에 칼자국이 선명했는데 풍기는 인상에 비해선 너무나도 맑은 눈빛이다.

동경을 들여다보며 히쭉,

"아니야. 이런 흉악범은 어딜 가나 몰매다."

그 얼굴이 다시 푸르르 흩어졌다. 이번엔 꽤나 멍청해 보이는 곰보의 형용.

"딱이다. 우헤헤……."

헤픈 웃음에 어눌한 목소리까지 삼박자가 척척 들어맞는다. 허방산은 자신의 얼굴을 들여다보며 싱긋 웃었다.

"할 수 없지. 아버지한테는 대단히 조송한 일이나 사안이 사안이니만치…… 흐음, 어디 볼까?"

보고 또 봐도 영락없는 팔푼이였다.

"됐다. 역시 천웅야환결!"

야환결은 천웅절기보상의 변용환신공이었다.

안면의 형상은 물론 피부색이나 목소리까지도 자유로이 변화되는 내가절기였던 바, 야환결은 혼돈의 수법이라 해서 요결만 있었지 연성이 금지된 사공이기도 했다. 하여간,

"어때, 이번에는?"

동경을 들이대고 있는 사람은 여시였다. 그녀는 픽 웃었고 옆에 있던 추심이 팔푼이의 옆구리를 꼬집었다.

"기왕 하는 거 좀 근엄하게 할 순 없어?"

방 안엔 셋뿐이었다. 운추심의 말투에 장난기가 섞인 것은 그 때문이었다. 사실 둘만 있었을 때는 하나는 늘보였고 하나는 버들이었다. 늘보와 버들, 그 사이에 여시가 끼어든 것은 며칠 되지 않았다.

"훈장 같이요, 주모님?"

"흐응… 그게 좋지 않겠어? 난 얼간인 싫어."

"저도 그렇긴 해요."

"됐네요. 이거 한 번 바꾸려면 얼마나 머리를 굴려야 하는 줄 알아? 이 정도만 해도 걸작이라고, 걸작."

"푸훗."

"정말 안 바꿀 거야?"

"싫다니까 그러네. 이게 벌써 몇 번째냐? 게다가 노닥거릴 시간도 없어. 니들이 대책도 없이 콩이니 팥이니 하는 바람에 괜히 시간만 죽었단 말이다. 자칫하면 늦어. 지금 출발해도 빠듯하다고."

"쳇!"

"그럼 옷이나 제대로 입고 가요."

"이 낭월포가 뭐 어때서 그래? 좀 낡아서 그렇지 이 얼굴엔 이게 딱

이야."

다름이 아니었다. '뒤집어씌운다'는 그 말 때문이었다.

화신의 얼굴로는 곤란했다. 세상이 다 아는 창웅의 얼굴이 바로 그 얼굴, 군림마가가 노리고 있는 얼굴도 바로 그 얼굴이 아니겠는가. 바깥출입을 위해선 어쩔 수 없는 변용이었고, 바로 그 때문에 이런 소란도 일고 있는 것이다.

"그럼 조심해서 다녀오세요."

"알았어."

대답하기가 무섭게 허방산이 퍽 하고 흩어졌다.

방 안에 남아 있는 것은 그의 냄새뿐, 추심과 여시는 서로를 마주 보며 설레설레 고개를 저었다.

아닌 것 같으면서도 은근한 고집이 있다. 어떨 때는 막무가내일 정도다. 근래 들어 추심의 속을 끓이는 것은 허방산의 그 쇠고집이었다.

여자들도 일선에 나서게 해달라, 안 된다.

손이 부족한 것에 도리있냐, 그래도 안 된다.

그럼 집이나 지키고 있으라는 것이냐, 당연하다. 피는 사내들만 봐도 족한 것이다. 그리고 집 지키는 일은 뭐 쉬운 일인 줄 아느냐? 나는 오히려 너희들이 더 걱정이다라는 둥, 하여간에 그랬다.

고집통에 벽창호.

또 하나 답답한 것은 여시의 일이었다.

급기야 보다 못한 추심까지 팔을 걷어붙이고 나섰다. 멍석을 깔아줬다는 말이다. 한데도 몸을 사렸다. 입에 붙인 이유인즉슨 어른들의 허락 없인 안 된다는 것, 그는 그런 위인이었다.

그 위인.

허방산은 낭월대가의 담을 넘고 있었다.

이경이 넘었으니 으슥한 시각이다. 그는 한 마리 야조처럼 훌훌 어둠을 헤쳐 나갔다.

"젠장… 내 집 담을 내가 넘어야 하다니!"

흘깃 스쳐 봤던 정문 앞은 대낮처럼 밝았다.

그도 그럴 것이, 지부에서 파견된 군졸 백여 명이 횃불을 밝혀놓고 담장 밖을 순시까지 하고 있었던 것이다.

"망할 자식들……!"

이는 참으로 이례적인 일이었다.

무림세가를, 그것도 구천장문 창응만리가를 억제하려고 하다니, 이 얼마나 위험한 발상인가. 그러다가 자칫 모진 마음이라도 먹게 되는 날에는 천지가 개벽하는 일이 벌어질 수도 있다. 그것을 모르고 있지는 않을 터, 알면서도 이러니 그것이 더 문제다. 이는 정말 심사숙고해 봐야 될 일이었다.

혹여 도발을 바라는 것은 아닐까.

그럴지도……!

한참이나 허공을 날았다.

삼경이 가까운 시각이었다. 천색을 확인하며 도착한 곳은 교외의 종산 기슭에 있는 영곡사, 일주문을 들어서는데 불쑥 창날 하나가 코앞으로 날아들었다.

슬쩍 손으로 쳐내며,

"날세."

"아……!"

눈을 빛내는 사람은 흑응 단리종도.

"용모가…….."

"그리 됐네. 놈들은?"

단리종도가 장극을 바로 세웠다.

"지금까지 확인된 숫자는 모두 오십, 그중에는 밀혼좌의 고수도 열 명이 끼어 있습니다."

"우두머리는?"

"밀혼 서열 삼위의 섬전도 장량입니다, 가주."

"북천대사마 사도헌은 정말 없던가?"

"예, 암만해도 놈은 북경에 그대로 있는 것 같습니다."

"그럴 리가. 이보다 중요한 일이 어디에 있다고… 좋아, 잡아서 캐보면 알 수 있겠지."

"가시지요."

방향은 산자락이었다. 영곡사 경내를 우회해 얼마나 올랐을까, 밤바람에 실린 풍경 소리가 은은하게 들려오기 시작했다.

"영일암이란 암자입니다."

"다른 형제들은?"

"예, 금웅 이하 형제 열이 암자를 포위하고 있습니다."

"한 놈이라도 놓치게 된다면 곤란해지네."

"염려 마십시오. 설사 날개가 달려 있다고 해도 달아나지는 못할 것입니다."

으스스한 목소리였다. 다름이 아니다. 지금 언급되고 있는 것이 북천 밀가, 창응겁의 한을 심어줬던 그 당사자인 것이다.

정덕제가 남경에 도착한 것은 열흘 전이었다.

하나 군림의 무리는 행적이 묘연했다. 진회하의 기녀들을 동원한 현월의 이목과 천웅 대부분이 직접 잠행을 나섰음에도 불구하고 그들은 흔적조차 발견되지 않았다.

　그러던 차에 걸려든 것이 북천밀가였다.

　오늘, 그것도 바로 두 시진 전에 있었던 낭보였다. 비록 보다 절실했던 군림마가의 흔적은 아니었다 하더라도 분명 희소식임에는 틀림이 없었다. 북천밀가 또한 반드시 말살해야 할 이름이었음에랴.

“저긴가?”

“예.”

　암자는 고즈넉했다.

　밤바람에 흔들리는 풍경만이 단조로운 소리를 내고 있었고, 쥐 죽은 듯 고요한 가운데, 오십여 장 저 너머였다.

　드디어 인기척이 느껴지기 시작했다. 산세가 부드러웠는지라 주위는 완만했고 앞마당이 있는 암자의 전면도 탁 트여 있었다. 멈춰 선 곳은 암자 옆의 비스듬한 능선이었다.

　눈에 뜨이진 않았으되 주위 곳곳이 숨결이다.

　낮고도 긴 내가의 호흡 소리, 은잠자는 하나둘이 아니었다. 수십이었다. 더 이상의 접근은 곤란했다.

　‘하는 수 없군.’

　이번 출격의 목적은 둘이었다. 하나는 섬멸이었고 다른 하나는 사도헌의 포획과 황제 암살 계획과의 관련 여부였다. 해원의 말에 따르면 북간이나 군림마가나 다 그놈이 그놈이었다.

　역천의 칼질을 하고 그 죄를 창응에게 전가시킨다?

　사실 관이나 황부의 일에 끼어들 생각은 추호도 없었다.

　황제라는 존재 또한 경외의 대상도 아니었다. 세간의 일이었기에, 그래도 천명을 받은 천자이기에 모른 체하고 있었던 것뿐이지, 마음 같아선 단칼에 베어버리고 싶은 존재가 바로 그였다. 그것은 진심이다. 경배하기엔 너무나 썩은 군주가 정덕제였다.

‘다 못된 놈들이지.’

공력을 끌어올렸다. 내가지청술이 발휘되며 오십 장 저 너머에 있는 암자의 공간이 차츰 지척으로 다가오기 시작했다.

“이 일은······.”

굵직한 사내의 목소리였다.

“······대가주께서 몸소 주관하시는 일이오.”

대가주······!

단 한 마디였다.

하되 가슴이 철렁했다. 바로 북천밀가주 사도영을 지칭하는 것이 아니겠는가. 그 이름이 이 조용한 산사에서 거론되다니! 허방산의 신경은 바늘 끝처럼 예리해졌다.

또 다른 사내의 목소리 하나가 뒤를 잇는다.

“호오, 드디어 출도를 하신 겐가?”

“그렇소. 그러니 더욱 만전을 기해야 할 거요. 연전의 촉산전에서처럼 또 놓쳐 버린다면 어디 얼굴이나 들 수 있겠소이까?”

“흐흐··· 그때야 그 멍청한 개방 놈들 때문이었지. 그 때문에 결국은 꿩도 닭도 다 놓쳐 버린 꼴이 되고 말았지만, 설마 이번에야 그러겠는가?”

모를 말이었다.

‘내 얘기······?

절로 이는 의혹이다.

연전 이매가와 격돌했던 촉산전의 이면엔 개방과 북간의 충돌도 있었다. 무당과 아미의 개입으로 일단락이 되긴 했지만, 만에 하나 군림마가에 이어 북간까지 나타났더라면 손실은 더 컸을 것이다.

‘그 꿩이나 닭 중 하나는 분명 나를 뜻하는 것일 테고, 그럼 나머지 하나는……?

답은 바로 나왔다.

"그분께선 유가 형제가 황제를 이용해 응왕을 궁지로 몰아넣을 것이라 말씀하셨소. 그렇게 되면 놈 또한 사력을 다해 발악을 하게 될 것이니 그 틈을 노리자 하셨소이다."

"군림과 창응을… 한꺼번에 말인가?"

"거의 그런 형국이 될 것이오. 하지만 우선순위는 역시 군림마가요."

"군림마가라……."

"대가주의 복안은 그렇소. 우선은 유가를 실각시켜 북방을 튼튼히 한 다음에 남하할 요량이시오."

"아하!"

"창응의 세력은 간단치 않다 하셨소. 춘추 또한 한순간에 도모할 수 있는 존재는 아니라 하시며 매사를 조심하라 하셨소이다. 훗훗, 그나저나 그분이 일선에 나서신 이상 천하군림의 대업은 순풍에 돛을 단 격이 될 것이오. 그렇지 않소이까, 삼좌?"

"어련하겠는가. 본시가 영명하신 분이니……."

"훗훗훗. 우리는 그저 그분의 명령만 따르면 될게요."

"아무렴."

해원의 추측은 틀렸다.

북간의 목적은 황제가 아니었다. 그들의 목표는 군림대종 유마옥과 그의 동생인 유마강 형제였던 것이다.

물고 물리고… 대관절 군림이 무엇이기에 그리도 집요한 것일까?

그런 면에 있어서는 군림마가가 더했다. 칠석지쟁 이후 이백 년 이상을 이어왔던 그 끈질김도 끈질김이려니와 창응겁에서부터 시작된 악착은 정말 고개가 저어질 정도였다.

하여간 그들의 말은 진국이었다.

'듣자 하니 삼좌란 작자가 섬전도란 놈이고, 상대는 밀왕의 심복인 모양인데 어떤 놈이지?'

허방산은 바짝 귀를 기울였다.

"시위장, 대가주께선 지금 어디에 계신가?"

솔깃한 내용, 하나 결과는 실망이었다.

"허허, 그분이 어디 행적을 알리고 다니는 분이시더이까. 하지만 언제고 적재적소에 나타나는 분이시니 삼좌께선 그저 임무에 충실하시기만 하면 되오."

"아, 알겠네."

"다시 말씀드리거니와, 절대 행적을 노출시키면 안 됩니다. 오늘 중으로 일대가 더 도착할 것이니 그들에게도 각별히 유의를 시켜주시오."

"이좌의 병력 말인가?"

"예."

"염려 붙들어매시게. 그 때문에 이렇게 이레째나 산중에 처박혀 있는 것이니… 아무튼 얼마나 더 기다려야 될 것 같나?"

"분위기로 봐선 오늘내일입니다."

"흐음, 급박하게 돌아가고 있는 모양이구먼."

"예, 삼좌. 그럼 전 이만……."

"가시게?"

"예."

더 들을 말이 없다.

지청술을 거두고 있는데 암자의 문이 열리며 흑의인영 하나가 마당으로 내려섰다. 삼십 줄의 영준한 용모였다. 건장한 체구였는데 그를 발견한 순간 단리종도의 눈엔 경악이 떠올랐다.

그도 암자에서의 대화를 엿듣고 있었던 바, 놈의 정체가 궁금하긴 허방산이나 그나 마찬가지였다. 전음이 빠르게 이어졌다.

"가주, 용등개 호룡입니다."

"용등개? 개방 말인가?"

"예."

기겁할 일이었다. 호룡은 용등호약 구주풍운으로 지칭되는 개방의 절정고수, 그가 어찌 북간의 소굴에서 나올 수 있단 말인가?

"그렇다면……?"

무서운 상념 하나가 뇌리를 스쳐 간다.

간자. 놈이 정녕 북간의 간자라면 그야말로 개방은 유리 상자와도 진배가 없다는 얘기가 된다. 지난 이백 년의 숙적, 북간의 첩자가 그 누구도 아닌 용등개 호룡 본인이라면……!

호룡.

그는 지체없이 떠올랐다.

산하로 내려간다. 다급해진 것은 허방산이었다.

중요도로 치자면 단연 놈이었던 바,

"여긴 자네가 지휘하게. 섬전도라고 했던가, 그를 살아 있는 실물로 봤으면 좋겠군."

"알겠습니다."

'아' 하면 '어' 하는 형제들이다.

게다가 그리 걱정할 일도 아니었다. 천웅이 자그마치 열하나였다. 그 정도면 산이라도 뽑는다. 밀혼좌 열 명 정도의 주력으로는 아마 반 시진도 버텨내지 못할 것이다. 허방산은 이내 뿌연 연기로 화했다.

홀로 남은 단리종도. 그는 장극을 불끈 쥐었다.

"정확히 일각 후 공격한다. 목숨을 붙여놓을 자는 섬전도 장량, 나머지는 모두 벤다.”

스산한 목소리, 그의 전음은 곧바로 옆으로 이어졌다.

무쌍신권의 달인, 도치 박포의 살기 서린 음성이 회신으로 돌아온 것은 딱 열 번의 호흡이 지난 후였다.

“놈은 내 차지니 아무도 건들지 말게.”

휘이이이―

허공을 스치는 소리가 새 울음소리보다도 더 작다.

용등개 호룡, 사대천왕의 하나라더니 그의 경공은 정말 놀랄 만했다. 땅바닥은 아예 딛지도 않는다. 슬쩍슬쩍 나뭇가지를 스치며 한 번에 이십 장을 젖혀 나간다.

편복처럼 검은 밤하늘을 비행해 가는 자, 그가 당도한 곳은 고색이 창연한 궁궐이었다.

‘어?’

놀랄 수밖에. 그림자처럼 용등개의 뒤를 따르고 있던 허방산의 눈이 휘둥그레졌다.

이곳이 어딘가. 일컬어 남궁(南宮).

남북이 오 리, 동서가 사 리에 달하는 어마어마한 궁전, 이 남궁이야말로 홍무제 이래 삼 대가 기거했던 자금성 이전의 황궁이 아닌가.

남궁은 또한 열흘 전 남행을 해왔던 정덕제가 머물고 있는 침궁이기도 했고 사흘 전에는 북천과 군림마가의 흔적을 찾아 직접 월장을 했던 적도 있는 곳이었다.

‘그때도 특별한 것은 없었는데……?’

봉천문의 거대한 돌기둥이 바라다보이는 곳이었다. 으슥한 어둠에 몸을 감춘 채 허방산은 고개를 갸웃했다.

주문인 봉천문 앞이었다. 관솔불이 어둠을 밝히고 있는 가운데 돌사자 열두 마리가 길 양쪽으로 나누어 서 있었는데, 사자의 곁에는 각기 장창을 비껴 세우고 있는 군병이 있었다.

'저들은 정덕제를 호위해 온 황도의 어림군…….'

삼엄한 모습이었으되 문제는 호륭이었다. 불빛이 미칠락 말락 하는 사각 지점이었다. 흘깃 봉천문을 스쳐 본 그가 한 마리 뱀처럼 궁궐의 담을 타 넘는다.

'정말 재미있는 놈일세.'

의문투성이. 개방도의 신분으로 북간과도 관련이 있는 자, 그런 자가 또 무슨 연유로 황제의 침궁에까지 잠입하는 것일까?

허방산 또한 소리없이 담을 넘었다.

담을 넘어 불이 꺼져 있는 몇 채의 전각과 가산을 지났을 때였다.

허방산은 급기야 쓴웃음을 짓고 말았다. 언제부터였는지 모른다. 영일암을 벗어났을 때만 해도 삼십대의 영준했던 놈의 얼굴이 돌연 잔주름 가득한 오십 초로의 인물로 변해 있지 않은가.

게다가 휘적거리는 팔자걸음이었다. 놈은 제집 안방처럼 거드름을 피우며 성큼 건물과 건물을 잇고 있는 회랑으로 들어섰다. 그리고는 모퉁이를 돌아 사라졌다. 그 직후다.

"태위영감, 아직도 침소에 들지 않으셨습니까?"

"허허, 장 위사, 수고하는구먼?"

바로 호륭의 목소리, 허방산의 눈에 기광이 스쳐 갔다.

'태위?

간단한 신분이 아니었다. 태위라 함은 공공전의 우두머리, 즉 당금 권세의 축에 서 있다는 환관의 수장이란 말이었으니 북천밀가의 존재가 다시 한 번 새로워지는 순간이었다.

'개방의 수뇌급에 황궁의 요직이라… 북천밀왕 사도영, 어떤 놈일지 참으로 궁금하군.'

더 이상의 접근은 용이치 않았다.

회랑 전체에 유등이 밝혀져 있었으며 갑주를 걸치고 있는 금군이 십 보 간격으로 서서 눈을 부릅뜨고 있었기에.

이곳부터는 남궁에서도 중지, 그것은 황제의 거소가 멀지 않은 곳에 있다는 뜻도 된다.

허방산은 공력을 끌어올렸다.

몸이야 가지 못한다고 해도 귀까지 그러할까. 일대가 지척으로 다가온다. 허방산은 호룡의 기척을 좇아 바짝 청력을 집중시켰다.

두 번의 문 열리는 소리, 그를 맞이하는 가느다란 목소리의 소유자 둘, 가슴을 진탕시키는 내용은 그 다음부터였다.

"유하비(劉河妃), 그년은?"

유하비. 대뜸 그녀의 이름이 거론됨도 의외였다.

그녀가 누군가. 후사가 없는 황제의 씨를 잉태해 황후 이상의 권세를 누리고 있다는 정덕제 무종의 총비(寵妃)가 바로 그녀가 아니던가. 황비 유하, 속가의 성은 유(劉)씨로 출신은 당세제일의 북경유가였다.

"여전합니다."

가느다란 환관 특유의 목소리. 그러자 호룡의 언성이 의혹과 함께 높아졌다.

"여전하다니, 황상이 오늘도 그년의 방에 들었단 말이냐? 그, 그럴 리가 없는데?"

"그건 아니고요. 별다른 징후가 없었다 이 말입니다. 그 계집은 종일 침전에 붙어 있었습니다."

"그것도 이상하구나. 황상이 예서 머물기로 했던 기간은 열흘. 어인 연유로 닷새를 더 늦추었는지는 모르나 그것을 품했던 사람이 바로 유하비 그년이었단 말이다. 그렇다면 지금쯤은 뭔가 징후가 있어야 하는데?"

대꾸가 없다. 하되 이는 결코 신하가 황비를 칭하는 어조가 아니었다. 느껴지느니 오직 물씬한 적대감뿐이었다.

'유하비가 정말 군림마가 출신이었던 모양이군. 좋아, 이제야 대충 감이 잡히는구나. 북간과 군림의 암투라…… 저자의 말로 미루어보자면 이 일의 중심엔 유하비, 그 황제의 여인이 있다.'

한껏 이목을 세우고 있는데,

"암만해도 내가 직접 확인해 보아야겠다."

용등개 호릉.

그가 회랑에 다시 모습을 나타낸 것은 잠시 후였다.

예의 팔자걸음으로 회랑을 벗어난다. 이어 관목이 어우러진 뜰로 들어서나 싶었다. 그의 일신이 갑자기 흐릿해지더니 순간적으로 자취를 감췄다.

허방산은 고개를 끄덕였다.

'대단한 은신술, 내가 쓰고 있는 잠마둔(潛魔遁) 이상이다.'

잠마둔은 천응절기보상의 은형 수법이다. 전신모공에서 뿌연 잠무를 흘려내 몸을 가리는 구천의 절기로 그와 함께 수록이 되어 있던 것은 절정의 십리취기공(十里取技功). 이 또한 구천의 독문지청술로 허방산이 지금 사용하고 있는 수법은 바로 그 잠마둔과 십리취 공부였다.

'가자.'

허방산의 신형도 금세 어둠과 동화되었다.

귀영처럼 너울거리는 어둠 두 줄기, 음침한 구석만을 택하여 다다른 곳은 층고가 삼층에 달하는 고대한 목조 누각이었다.

"……!"

사위는 어두웠다. 불빛 하나 없는 전각, 그러나 용등개는 누각의 이십 장 이내로는 다가가지 않았다. 그도 그럴 것이 수많은 눈들이 어둠 속에 은밀하게 숨어 있었던 것이다.

'자그마치 백이 넘는다. 그것도 내가의 고수… 창위가 분명하리라.'

용등개가 굵직한 노송에 달라붙었다.

직접 눈으로 보고도 믿지 못할 은형이다. 마치 소나무와 한 몸이 된 듯, 암만 봐도 약간 배가 부른 정도에 지나지 않는다. 놈은 정말 완벽한 소나무 껍질이었다.

'나보다 훨씬 나은데?'

허방산은 놈의 일거수일투족에 놀람을 금치 못했다.

보면 볼수록 면모가 새로워지는 자다. 호름의 뒤통수를 바라보며 허방 산은 혀를 휘휘 내둘렀다.

'잡아 벗겨보면 알겠지, 뭐가 진짜인지는.'

허방산은 싱긋 미소를 지으며 십리취 구결을 외우기 시작했다.

그런데,

'어?'

기척이 없질 않은가. 당겨지는 것은 일대 매복의 기척뿐, 누각 안은 쥐 죽은 듯이 고요하다.

'이럴 리가 없는데? 놈이 하는 짓거리나 심상치 않은 경계로 봐선 저 기가 유하비의 처소가 틀림없을 텐데?'

한껏 공력을 배가시켰다. 그럼에도 걸려드는 것이 없다. 이 정도라면 누각 안에 사는 벌레 소리라도 잡혀들어야 한다.

'비었군.'

그때였다. 실망하며 막 공력을 거두려는 찰나였다. 뭔가 왜앵 하는 소 리가 끝물에 잡혀들었다.

"흐응……."

여자, 여자다.

'지하…… 밀실이로구나.'

십성의 진력이 일어났다. 그런 연후에야 알아들을 만해졌다.

"명심해라. 이번 일에 너와 나의 장래가 걸려 있다는 것을, 물론 잘 알고는 있겠지?"

나른하게 느껴지는 젊은 여인네의 목소리였다.

하되 어조만은 칼같이 단호했고 완연한 하대였다. 그녀가 유하비일까? 이어지는 것은 사내의 걸걸한 음성이었다.

"알다마다요. 장차 염제(炎帝)의 핏줄이 황위에 오르는 일이거늘 당사자인 내가 모를 리 있겠소."

"호호. 나를 함락시켰듯이 이번 일도 너는 잘 해낼 거야."

"여부가 있겠소. 그런 비리비리한 약골 정도야 식은 죽 먹기지. 그럼, 내일 거기에서 봅시다."

그 순간 뇌리에 섬광이 일었다.

'이, 이것이다!'

의혹이라기보다는 섬뜩함이었다.

염제. 당금의 강호에 염제라 불리는 이름의 소유자는 단 하나밖에 없다. 염제 화양이라는, 저 남해도의 패자로 십 년 전까지만 해도 혁혁한 위명을 드리웠던 양강기공의 일인자가 바로 그였다.

'화양이라니……!'

주씨가 아닌 자로 황좌를 운운함은 대역죄에 해당된다. 게다가 비리비리한 약골이라 함은 정덕제 무종을 칭함이었을 터. 허방산은 벌린 입을 다물지 못했다.

'불륜에 역모……!'

간단한 답이 아닌가. 그 즈음이었다.

한 가지 곤란한 일이 발생했다.

'이런……!'

다름이 아니었다. 노송에 붙어 있던 호륭이었다. 별반 이상을 느끼지 못했는지 슬그머니 자리를 이탈해 오고 있지 않은가.

'어쩐다?'

급한 것은 양쪽 모두였다. 호륭은 북간의 간세였기에 중요했고, 염제는 이번 일의 주역일지도 모르는 자였기에 놓칠 수 없었다. 더군다나 놈은 분명 '내일'이라고도 했다. 십 중 십의 확신, 그렇다고 양쪽을 다 잡기엔 손이 모자랐다.

'할 수 없지. 우선은 화양이란 놈이다.'

선택의 기로. 결국은 호륭이 곁을 스쳐 가는 것을 뻔히 눈을 뜨고 지켜보아야만 했다.

'흉물스러운 놈. 하나 네놈도 길어봐야 며칠이다.'

뒤통수가 따가웠나 보다. 호륭이 고개를 갸웃하다 자취를 감추었고 기다리던 놈이 나온 것은 바로 그 직후였다.

'백족…… 창위의 신분이었구나.'

나타난 자는 황금빛 장포에 하얀 가죽신을 신고 있었다.

창위, 그 특유의 표식인 백족. 놈은 보무도 당당했다.

사십 정도의 나이, 훤칠한 키에 중후한 외모가 그럴싸했는데 특이한 것은 은은히 붉은색을 띠고 있는 머리카락이었다. 심지어는 수염까지도 적염인 자, 그가 나타나자 군도를 차고 있는 금의인 하나가 나타나 넙죽 허리를 굽혔다.

"화 영반, 하명하실 일은……."

"알고 있다시피 이곳은 우범 지역이다. 시끄러운 일이 생겨 마마의 존체에 누가 되지 않도록 각별히 유념하라.”

“옛!”

듣기로 창위의 수뇌를 영반이라 칭한다 했다.

동서남북 사방을 관장하는 사대영반이 있고, 그들을 통솔하는 대영반이 별도로 있다고 했다. 놈의 신분이 그중의 하나였던 모양이다. 화양은 금의인의 전송을 받으며 바삐 걸음을 옮기기 시작했다.

십 년 전 강호에서 종적을 감췄다고 하는 자, 어디를 향하는 것일까? 그의 십여 장 뒤를 실체가 모호한 낭월포 하나가 따르고 있음은 물론이었다.

‘밖이라……’

잠무 속에서 한 쌍의 눈이 반짝 빛을 발했다.

화양이 나선 곳은 궁성 남쪽의 주작문이었다. 의외였던 것은 놈이 혼자 행동한다는 것. 창위의 영반이라면 나는 새도 떨어뜨린다는 권력의 핵심이다. 그런 그가 새벽이 가까운 이 야심한 시각에 단 하나의 호위도 없이 단독으로 움직이다니……!

그것도 누가 볼세라 잔뜩 주위를 경계하며 움직이고 있는 것이 절대 보통 일은 아니었다.

염제 화양.

시가를 벗어나자 그가 드디어 경공을 발휘하기 시작했다.

얼마를 그렇게 움직여 갔을까. 그가 발걸음을 멈춘 곳은 시진 교외에 있는 호숫가였다.

적수지(積水池). 주위 경관이 수려해 사시사철 행락객이 끊이지 않는 곳이다. 여름인지라 본래는 새벽까지도 풍악과 뱃놀이가 이어지는 곳이었는데 오늘은 아니었다.

호면은 어둠뿐이었다. 선유하는 배 한 척, 술잔을 잡고 노는 한량 하나 없다. 있는 것이라곤 오직 철거덕거리는 군병들의 갑주 소리와 호반을 순시하는 횃불뿐이었다.

얼핏 봐도 지부의 군병은 아니다. 어림군이었다.

'대관절 무슨 일이기에 저 잘난 황부의 호위금군이 이 시각 이 외로운 변두리 호수에 진을 치고 있는 것일까?

허방산의 의문은 당연했다.

이상한 것은 그뿐만이 아니었다.

화양의 행동은 더욱 기이해졌다. 성큼 나설 줄 알았더니 그것이 아니었다. 오히려 납작 엎드렸다.

그가 주시하고 있는 곳은 횃불이 무더기로 밝혀져 있는 곳이었는데 바로 선유선을 매어놓는 가교였다. 가교에 매어져 있는 배는 다섯 척, 화양의 시선이 가 있는 곳은 그중에서도 가장 화려하고 커 보이는 선유선이었다.

점입가경. 놈은 이제 옷까지 벗었다.

황포 속에서 나타난 것은 청색 경장이다. 땅을 파 황포를 감춘 놈이 이번엔 품 안을 뒤적거렸다.

"……!"

허방산의 눈이 커졌다.

놈이 꺼내 든 것은 면구였다. 한데 보라. 면구를 쓰자마자 나타난 얼굴은 바로 허방산 자신의 얼굴이 아닌가. 찬물을 동이로 뒤집어쓴 듯 정신이 번쩍 들었다.

'오오라, 이제 보니……!'

분명 '뒤집어씌운다'고 했다. 화양은 강호행도 시절 태양마화수(太陽魔火手)란 상고절기를 사용해 염제란 칭호를 얻었던 자다. 그 정도였으니 본신의 화후 또한 결코 간단치만은 않을 터.

'놈이 저 얼굴로 일을 저지른다면……!'

부르르르…….

먼저 몸이 떨렸다.

'네놈이 감히?'

허방산의 눈빛이 무서워졌다. 그렇다고 당장 손을 쓰진 못했다. 의문이 더해졌기 때문이다.

'으음……'

그것은 황제의 경호였다.

황제의 곁에는 무림의 절정고수라 할지라도 감히 범접치 못할 막강 호위가 있다. 지존금위(至尊金衛)의 존재가 그것인데 그들이야말로 십만 금군에서 고르고 고른 황부제일의 고수다.

자운영에게서 들었던 내용이다.

설사 외곽을 엄호하고 있는 어림군은 어찌 뚫는다손 치더라도 지존금위의 방호벽을 통과하진 못한다. 개개인이 영반 이상의 신수를 지니고 있다는 대명황실의 수호자가 바로 그 지존금위였기에.

'염제가 아니라 염제 할아비라도 혼자서는 불가능하다. 하면 다른 동조자가 있다는 얘기……'

염두를 굴리고 있는 사이였다.

화양이 구렁이같이 스르르 움직였다. 놈이 기어들어 간 곳은 호수였다.

'무슨 짓이지?'

갈수록 의혹만 짙어진다.

놈이 한 마리 수달처럼 유영해 가는 곳은 가교에 매어져 있는 선유선이었다. 가장 큰 배, 고물과 이물 간이 백 척은 되어 보이는 거선이었다. 놈은 정확히 그쪽으로 방향을 잡고 있었다.

허방산은 반짝 눈을 빛냈다.

'올 만큼은 온 것 같으니 이제는 잡아서 캐보자.'

지금까지만 해도 크나큰 수확이었다. 용등개 호릉에 이어진 염제 화양. 이제부터 알아내야 할 것은 황제 암살 계획의 전모였다.

물이라면 일가견이 있는 그였다.

허방산, 그는 화양보다도 배나 더 빠르고, 배나 더 정교한 몸놀림으로
바짝 놈의 뒤를 따랐다. 화양을 덮친 곳은 거선의 옆구리에 붙어 있는 가
교에서였다. 가교의 밑, 창봉을 짚고 서 있는 초병기 채 오 장도 떨어져
있지 않은 곳이었다.

“……!”

소리없는 기합 일성, 호신강기를 일으켜 주위의 음파를 차단하며 뻗어
나간 것은 섬전으로 떨쳐진 무쌍신권이었다. 거기에 가미되었던 것은 포
천나금의 금나수 일식.

스윽.

갈퀴처럼 구수로 구부러진 다섯 손가락이 단숨에 놈의 뒷덜미를 움켜
쥐었다. 아니, 그 찰나였다. 놈도 고수였다. 이상함을 느꼈는지 막 가교
의 다리를 붙잡으려고 하던 놈이 벼락처럼 몸을 돌렸다.

“억!”

폭죽처럼 명멸해 오르는 경악, 눈이 휘둥그레지는 그 와중에서도 놈은
우수를 들어 손을 마주쳐 왔다.

퍽!

그 정도도 아니었으면 염제라는 이름이 부끄러웠으리라. 두 사람의 손
가락 열 개는 그대로 얽혀들었다.

“……!”

놈도 소리는 지르지 않았다.

그 대신 이마에 핏대가 오를 정도로 힘을 썼다.

꺾어버리려는 심산이다. 그와 함께 날아든 것은 놈의 좌수, 허방산 또
한 손을 내밀었고, 한 쌍의 좌수 또한 수초처럼 얽혀들었다.

<u>꼬르르르.</u>

이제는 물속, 수중이었다. 허방산의 호신강기로 인해 형성된 둥그런 공간 속에서였다. 일그러진 화양의 경악이 튀어나왔다.

"너는… 너는 누구냐?"

"나?"

이 순간에는 전혀 어울리지 않는 얼굴이다.

미련하리 만큼이나 어눌하게 보이는 곰보 얼굴에 잔주름이 잡혔다. 피식피식 웃고 있는 것이다.

"네놈은 내게 물을 자격이 없다. 간악한 도배… 물어야 할 사람은 바로 나고, 대답을 해야 하는 쪽은 네놈이니라."

"뭐, 뭣이?"

"뭐라, 염제? 하하. 개가 웃겠다."

"……!"

화양의 눈에 불신이 떠올랐다.

다름이 아니다. 상대가 꼼짝도 하지 않았던 것이다. 손가락이 꺾어지기는커녕 오히려 빙글빙글 웃고 있지 않은가. 남해도 일대의 패권을 움켜쥐며 물경 오백 이상의 피를 손에 묻힌 바가 있는 그였다.

일생일대의 강적, 화양은 위기를 직감했다.

"숯덩이, 숯덩이로 만들어주마."

한 몸이 되어버린 듯 떨어지지도 않는 쌍수십지, 화양은 바드득 이를 갈며 비장의 절기를 발휘했다.

화르르.

물에 접했다면 증기가 자욱해졌으리라.

하되, 기겁한 화양은 자신이 원구형의 공간 안에 있는지도 몰랐다. 소년 시절 남해의 고동에서 얻었던 한 부 열화마결에서 기인된 태양마화수가 용암처럼 흘러나왔다.

"흐흐, 죽어 명부에 가거들랑 바로 나 염제의 열화수에 뒈졌다고 아뢰어라."

"하하……."

허방산은 고른 치열을 내보였다.

공자 앞에서 문자를 쓴다더니, 바로 그 꼴이 아닌가. 신이 난 것은 이 화단정이었다. 장심에 박혀 있던 대약화흔이 하얀 옥색을 띠며 손바닥 전체로 번져 나간다. 바다가 강물을 받아들이듯 거세게 쏟아져 들어오는 화양의 열화마기를 들어오는 족족 삼켜 버리는 것이다.

삼매의 불기운, 이화는 순정한 백색이었다.

어찌 보면 빙옥처럼, 아니, 추심이나 여시의 섬섬옥수보다도 더 고와 보이는 옥수였다. 뜨거움도 느껴지지 않는다. 극(極)이라서 그런 것일까? 급해진 것은 화양이었다.

"대단한 내공… 하나, 태양마화수는 공력으로 막아낼 수 있는 것이 아니다. 네 얼마나 견디는지 보자."

그런데도 빙글빙글.

"으으……."

화양의 안면 근육이 푸들푸들 떨리기 시작했다.

어찌나 세게 떨리는지 뒤집어쓰고 있는 면구조차도 그 얼굴의 움직임을 감춰주진 못했다. 적발은 고슴도치같이 빳빳하게 일어섰고 두 개의 눈알조차 홍옥처럼 빨개졌다.

"이, 이놈……!"

골이 횅해질 정도로 힘을 가했다.

그런데도 요지부동이다. 아니, 힘을 쓰면 쓸수록 황궁의 약고에서 훔쳐 먹었던 영약의 기운까지도 썰물처럼 빠져나간다. 아니, 이제는 빨려

나가기까지 한다. 화양의 단해는 채 반 각도 지나지 않아 빈 독처럼 텅 비어버렸다.

화양은 절규하듯 부르짖었다.

"누, 누구냐? 대체… 너는 누구냐?"

"쯧쯧, 내 얼굴을 하고서도 정작 실물은 몰라본단 말이냐?"

"내, 내 얼굴?"

"봐라."

떡 반죽처럼 찌그러지는 얼굴, 이어서 나타난 것은 허방산 본연의 얼굴이었다. 화양의 입이 쩍 벌어졌다.

"서, 설마… 화신?"

"하하하!"

웃고 있던 허방산이었다.

티끌 하나 없이 맑기만 하던 그 눈에 문득 금빛이 떠오르고 있음은 착각이었을까. 아니었다. 그것은 나라정안이 구결로 녹아 흐르며 나타난 금채였다. 상서로운 금빛 신안, 그와 함께 흘러나온 것은 혼백을 얼려 버리는 무서운 일갈이었다.

"이름!"

뇌정탈백이랄까. 화양의 눈이 단번에 몽롱해졌다.

대성이 머지않은 경지, 지금 허방산의 나라정안법은 상승일로에 있었다. 게다가 나라정안법은 본래가 마음의 공부다. 비록 눈빛 하나로 상대를 굴복시키는 경지에까진 이르지 못했다고 할지라도 허해질 대로 허해진 화양의 기백을 흩어버리기엔 추호도 부족함이 없었다.

화양은 저도 모르게 답했다.

"염제 화양."

"신분은?"

"창위 소속. 직위는 사대수반 중의 하나인 동로영반……. 그리고 위대한 군림마가의 제일가신."

"위대해?"

"예."

"놀고 있네. 묻겠다, 군림태상이 누구냐?"

"그분은 마가의 스승…… 가주이신 대종 형제 분에게 무공을 내리시고 군림의 기틀을 잡아주신 분이오."

"어디 사는 누구이며 이름은?"

정말 중요한 내용이었다. 바싹 틀어쥐었으되, 결과는 실망이었다. 화양은 고개까지 가로저었다.

"모르오, 그것은……."

"그럼 아는 대로 말해 봐라."

"모르오. 나는 그분의 존안조차 뵙지 못했소."

"빌어먹을 놈. 좋다, 그럼 네가 이곳에 온 목적은?"

"대가주의 명으로 정덕의 목을 치기 위해왔소."

"자세히, 자세히 말해 봐라."

"내일… 정덕이 이곳에서 뱃놀이를 즐길 예정이오. 나는 그 배의 선실 천장에 은잠해 있다가 창응만리가주의 얼굴로 그를 죽이게 되어 있소. 본신의 태양마화수를 써서……."

분노가 머리끝까지 솟는다. 그 열기를 참아내느라 허방산은 안간힘을 다해야 했다.

"으음, 그렇게 덮어씌운다? 너 혼자서 말이냐?"

"그건 아니오. 내일 정덕과 함께할 지존금위 일부가 암암리에 일을 도울 것이오."

"그가 누구냐?"

“이, 이 가주.”

화양은 피땀을 흘리기 시작했다.

분노를 자제했다곤 하되 다는 억제하지 못했다.

뜻과 함께 움직이는 것이 이화였다. 자신도 모르게 힘을 주었던 것이 그만 화양의 경락을 짓이겨 버리고 말았던 것이다. ‘아차’ 했으나 그땐 이미 늦었다.

속이 반은 익어버렸으리라. 그나마 아직 숨이 붙어 있는 것은 화양이 내가열화공을 연성했기 때문이었다.

“이 가주 유마강 그놈…… 그리고 유마옥은 지금 어디에 있느냐?”

“나, 남경에 계신 것은 확실하오. 하지만… 자세한 위치는 모르오.”

화양의 목소리가 급속하게 힘을 잃었다. 생기 또한 눈에 띄게 사라져 간다. 허방산은 내심 자책하며 급히 물었다.

“유하 황비와의 관계는?”

“그녀는 마가의 천금, 대종의 친누이이자 내… 여자요.”

“네 여자?”

“그, 그렇소이다. 그녀는 정덕의 여인이 아니오. 그녀는 물론 그녀의 뱃속에 들어 있는 아이도 분명 나 화양이 주인이오. 나는 장차 황제의 아비가 될 사람…….”

제정신이었다면 죽어도 내뱉지 못했을 말이었다. 화양은 마침내 눈알까지 돌아갔다.

“마가는… 황실과 무림에 영원히 군림하게 될 것이오.”

“……!”

참으로 야무진 꿈이다. 이 얼마나 황당한 노릇인가.

그것이 끝이었다. 염제 화양은 마치 꿈을 꾸는 듯한 표정으로 고개를 떨궜다.

“못된 자식들……."

허방산은 쓰디쓴 한숨을 내쉬었다.

촉박하게 이어졌던 일련의 야사는 대략 막을 내렸다. 천우신조, 하늘
이 도왔다. 만에 하나 화양을 놓쳤다면 일이 어찌 될 뻔했겠는가. 생각만
으로도 결과는 끔찍했다.

“유마강이 지존금위에 끼어 있다 이 말이지?”

생각해 보니 맞아떨어지는 구석이 한둘이 아니었다.

화양이 실패할 경우도 마찬가지였다. 놈들의 계획대로 진행되었을 경
우 그 성패 여부를 떠나 창응만리가주는 천하의 역적이 되고 말았을 것
이 아닌가. 터전은 금군의 말발굽에 짓밟히고 추잡한 오명 하에 끝도 없
는 추적을 당하게 될 것이다.

“그래서 지부에도 덫을 쳐놨던 게야.”

지부의 구금령도 그랬다.

놈들은 지부대인 이정으로선 감히 잡아두지 못한다는 것도 예상했을
것이다. 하되 그는 다시없는 증인이었다. 가둬놨는데 도망을 쳐버렸다고
하면 그것만으로도 완벽한 정황이니까.

코에 붙이면 코가 되고 귀에 붙이면 귀가 되는 세상이다. 덮어씌우자
작정했거늘 무슨 짓인들 하지 못할까.

“가증스러운 놈들……!”

와락 손에 힘을 주었다.

푸스스스.

염제 화양의 시신이 재로 화했다. 유가 일문이 알면 기절초풍할 일이
었으되 화양이 흔적도 없이 사라졌다는 것은 오로지 적수지의 물고기만
이 알 일이었다.

“아무튼 황제의 암살만은 막아야 한다.”

그것이 최종 결론이었다.

허방산이 슬쩍 떠올랐다. 물 위로 고개를 내밀었다.

천색을 살펴보니 벌써 새벽이 다 되어간다. 뿌연 먼동의 기운, 자칫하면 때를 놓칠 일이다. 날이 더 밝아지면 잠마둔의 은형으로도 수많은 어림군의 눈을 피하긴 어려우리라.

'제기랄……!'

화양의 임무를 대신하려는 것이다.

허방산은 소리없이 선체를 타고 올랐다. 이어 얼마나 지났을까? 동이 틀 무렵이었다.

한줄기 기이한 새 울음소리가 여명처럼 은은히 일대를 울리기 시작했다. 묘한 운율이 깃들어 있어서 그렇지 누가 들어도 그 소린 새벽 사냥에 나서는 매 울음소리였다.

그러나 아는 사람은 안다. 그 소리야말로 창응겁을 기해 끊어졌다가 반년 전에야 간신히 복구된 만리웅풍, 그 특유의 천리전음임을!

일컬어 천리천응호(千里天鷹號).

새 울음에 독특한 운율을 담아 발출해 내는 통신음으로, 천응 정도의 공력 수준이라면 족히 이십 리를 갈 수 있다. 적수지에서 흘러 나간 천리천응호는 대략 그만큼을 갔다. 낭월대가의 신녀각에 약간의 소란이 인 것은 그로부터 정확히 일각이 지났을 때였다.

"어서들 가세요."

"알겠소이다, 군사."

황제의 뱃놀이. 군림마가의 머리에서 나온 적수지의 유희는 몇몇의 창응으로 하여금 부랴부랴 둥지를 박차게 했다.

제3장 적수지의 변

금(金).

탁자며 의자, 집기란 집기는 모두가 누런 쇠붙이다.

금빛 용봉이 얽힌 주단이며 심지어는 하늘거리는 휘장까지 온통 휘황한 금빛이니 그 눈부신 황홀함을 어찌 말로 다 표현할 수 있으랴.

사람 또한 마찬가지였다.

부드러운 금단 위에 비스듬히 몸을 누이고 있는 사람. 나이 서른이나 되었을까. 선병질의 하얀 얼굴에 갸름한 윤곽이 사뭇 귀티를 느끼게 한다.

"음……."

손 하나를 움직이는 데도 답답함이 느껴진다.

나른해 보이는 눈매에 습관처럼 짜증이 머물러 있는 사람, 그가 바로 이 시대의 용이라 할 수 있는 대명의 황제 정덕제 무종, 주후조 본인이었다.

점심나절이었다.

찌는 듯한 폭염이었으니 짜증도 적지 않았으리라.

"치워라."

시야를 가리고 있던 휘장을 걷게 하니 앞과 옆이 확 트였다.

호면은 넓었다. 좌우엔 두 척의 호위선이 따랐으며, 그 위엔 삼엄한 위세의 창위군 일백이 시선을 밖으로 두르고 있다.

서늘한 바람이었다. 물기를 머금어서 그런가. 약간은 비릿한 것 같으면서도 습습한 냄새가 뭍과는 또 다른 정취다.

"좋군, 좋아."

단 반 시진 만에 배 한 척을 금덩이로 도배해 버리게 한 사람이다. 황제는 콧등에 주름살을 만들며 가슴이 불룩해지도록 숨을 들이켰다.

"어느 산해진미가 이런 냄새를 가지고 있으리오. 천하장락 표방(豹房)의 일천육향도 이만은 못하다."

꽤나 감상적인 어조였다.

십여 년 전이었던가, 당시 일인지하 만인지상의 권력을 쥐고 있던 환관 유근이 모반을 일으킨 적이 있었다. 그 보고를 들었을 때도 정덕제는 얼큰하게 취해 있었다.

"그래? 할 테면 해보라고 해."

그리 말한 사람이 그였다. 천하가 뒤집어질 역모 사건을 대하고서도 천연덕스럽게 술잔만 기울였다는 문제의 정덕, 그는 즉위한 다음 해에 표방이란 궁전을 만들어 그곳에 천하 각지의 미인을 모아놓고 환락에 취한 바 있는 황음한 군주였다.

당시의 나이 새파란 열다섯이었다. 그 때문이었을까, 그에겐 후사가 없었다. 아예 기별도 없었다. 그러다간 최근에 이르러서야 겨우 하늘의 점지가 있었다.

유하. 처음엔 영 별로인 여자였다.

몸매가 눈에 차지 않았고, 유난히 세게 토이는 눈꼬리도 거슬렸다. 그 런 그녀를 안았던 것은 다분히 귀찮아서였다. 측근의 성화가 어찌나 극 렬했는지 귀에 딱지가 앉을 정도라 할 수 없이 술김에 품었다.

그랬는데 긴 가뭄의 해갈 비처럼 이게 웬일인가.

그녀가 회임을 했다 하지 뭔가. 그것도 한 번, 단 한 번 만에 생겼던 기적 같은 경사였음에라.

이후 그녀는 천하와도 바꿀 수 없는 보물 단지가 되었다.

무엇이든 말하는 것은 들어줬다. 이번 남행만 해도 그랬다. 움직이는 것 자체를 귀찮아하는 그가 그런 천성에도 불구하고 황도를 떠나왔던 것 은 그 보물 단지의 연이은 간청 때문이었다.

"남쪽의 바람을 쐬고 싶어요."

"바람을?"

"남경으로 가요, 우리……."

베갯머리에서의 간청. 이틀도 되지 않아 정덕은 결국 고개를 끄덕이고 야 말았다.

"그러자, 그리하자꾸나."

유하비, 그녀는 바로 곁에 있었다.

"폐하, 따분하시옵니까?"

"그렇구나."

덥기도 더웠다. 궁녀 둘이 좌우에서 브채질을 하고 있었는데 그 부채 바람조차도 후텁지근했다.

"그만… 그만 하여라."

황제는 밖으로 눈을 돌렸다.

저들이 바로 지존금위가 틀림없으리라. 휘장선 밖에는 도합 일곱의 금의인이 석상처럼 시립해 있었다. 양손을 옷소매에 찔러 넣고 감히 바라볼 수 없다는 듯이 눈을 꼭 감고 있는데 앞에는 산해진미의 금탁이다. 한쪽에는 다섯 명의 여악(女樂).

"황궁이었다면 빙과나 냉채라도 준비했을 것이온데……."

유하비가 살짝 말끝을 흐렸다. 뛰어난 미태였으되 콧날이 우뚝하고 각이 져 있는 눈매가 사내를 연상케 하는 용모라 귀상은 아니다. 유난히 불룩한 배를 감싸며 그녀가 살짝 눈웃음을 지었다.

"해서 약간의 별미를 준비했나이다, 폐하."

"……."

시큰둥한 반응이다. 잔뜩 허파를 부풀리게 했던 호수 바람도 이제는 지겨웠는지 비스듬히 누우며 눈까지 게슴츠레하게 떴다.

"기대하소서."

유하비가 짝 하고 박수를 쳤다.

장(場)은 선실을 개조해 만들었다. 간단히 기둥만 남겨놓고 전면과 양측의 벽을 없애 버렸는데 뒤쪽 벽이 끝나는 뱃전에서였다. 유하비가 박수를 치자 그것이 신호였던 듯 사박거리는 발소리와 함께 여자 셋이 줄을 지어 나타났다.

가히 화용월태다. 배 안이 일시에 환해졌다.

하되 황제의 시큰둥한 표정은 별반 달라지지 않았다.

하기야 눈만 뜨면 보던 것이 저런 것(?)들이었음에랴. 표방에는 없는 여체가 없었다. 피부가 검고 흰 바다 건너 먼 이국의 여인도 있었고 눈이 파란 서역의 미인도 한둘이 아니었다.

그러니 눈에 찰 리가 만무하다. 그러던 황제의 눈이 번쩍했던 것은 맨 마지막의 연청색 궁장에게서였다.

"오……!"

고와도 너무 고왔다.

우는 듯, 웃는 듯 모호한 표정이 보는 이의 애간장을 닳게 한다. 다소곳이 아미를 숙인 그 모습은 함초롬한 아침의 이슬, 바로 그 백로(白露)가 아닌가. 나부죽이 절을 하는 것도 여인은 한 떨기 꽃이었다.

황제는 벌떡 상체를 일으켰다.

"어인 아이냐?"

황제의 물음에 유하비가 요염한 미소를 지었다.

"이 궁벽한 촌구석에 어찌 저런 아이들이 있겠사옵니까. 저 아이들은 황도삼화(皇都三花)라 불리는 북경의 명기로 이번 폐하의 여로에 자그마한 위안이라도 삼고자 마련한 신첩의 예물이옵이다, 폐하."

"황도? 호오…… 경내에 저런 아이가 다 있었단 말이냐?"

"마음에 드시옵니까?"

"들다마다. 저런 아이는 표방에도 없느니라."

새삼스럽다는 듯 황제의 눈이 다시 한 번 빛을 발했다.

번쩍이는 눈, 그 놀란 눈은 황제뿐만이 아니었다.

그의 머리 위에도 있었다. 천장에 콩알만한 구멍 하나를 내놓고 지난 한나절 내내 숨도 제대로 쉬지 못하고 맥박 소리까지 잠재운 채 줄기차게 '제기랄'을 연발하고 있던 쑥대머리 사내의 눈도 깜짝 놀란 눈이었다.

'산산이라니, 대체 어떻게 이런 일이……?'

그랬다. 일거에 황제의 짜증스런 권태를 몰아내 버렸던 그녀의 이름은 전산산, 다름 아닌 백리향의 낭월이 바로 그녀였던 것이다.

단번에 전음이 튀어나갔다.

"어찌 된 영문이냐?"

"학!"

이번엔 산산이 놀랐다.

그래도 대단했다. 아니, 나이는 어렸어도 원래가 그 나이 이상의 차분한 성품의 그녀였다. 머리가 아픈 듯 살짝 관자놀이를 짚으며 옷소매로 입을 가렸다.

"대, 댓빵… 아니, 가주세요?"

"어찌 된 거냐니까?"

이 정도면 불호령이다. 하지만 산산은 콧방귀도 뀌지 않았다. 소매 속에서 헹 하고 입술을 내밀며,

"지금 보고 계시잖아요."

"모두 복귀하라 일렀거늘… 그 명을 받지 못했단 말이냐?"

"받긴 받았지요."

"그런데?"

"재미있잖아요."

"뭐라, 재미……?"

왠지 반항기가 느껴진다. 그 이유는 몰랐으되 지금은 그런 것을 따지고 있을 때가 아니었다.

눈 아래 좌중은 무르익기 시작했다.

황제가 아연 생기를 띠자 여악들의 금음 또한 경쾌히 높아졌고 금잔에도 미주가 찰랑거리기 시작했다. 속이 탄다. 급기야 허방산은 소리없는 한숨을 쉬고야 말았다.

"운영도 알고 있던 일이더냐?"

"아침에 전언을 넣었어요. 사실은 저도 어제 늦게 여기 남경에 불려와서야 영문을 알았거든요?"

"……!"

낭월각을 떠나 북경의 기녀로 화신해 있던 그녀다. 보지 못한 사이에

산산은 입심만 늘었다.

　"그렇지 않아도 오늘 복귀할까 내일 할까를 망설이고 있던 참이었는데, 호호. 가주의 천응호가 하필 그때 들려올 건 또 뭐야요? 그래서 못 이기는 척 단장하고 왔지요. 어때요, 저 예쁘죠?"

　"끄응."

　어쨌거나 산산은 옹골찬 여인이었다.

　타는 듯한 황제의 시선을 내리받으면서도 눈썹 하나 까딱하지 않았다. 순배, 자신이 술을 따를 차례가 되자 산산은 그림같이 단아한 손놀림으로 곱게 잔을 채웠다.

　황제가 물었다.

　"허허, 네 이름이 무엇인고?"

　"산산이라 하여이다, 폐하."

　육성 따로, 전음 따로…….

　"한데 대체 어찌 된 영문이야요? 천응호에도 자세한 언급은 없었잖아요?"

　"골치 아프게 되었다."

　간단한 설명이 덧붙여지자 산산은 해연히 놀랐다.

　"그럴 수가! 그, 그럼 혼자뿐이란 말씀이세요?"

　"여럿이 있으면 오히려 일을 그르치기 쉽다. 그리고 내 눈앞에 있는 이상 벼락이 떨어져도 황제는 죽지 않는다. 걱정하지 마라."

　"그, 그래도……."

　"기회를 봐서 너는 자리를 떠라. 그래야만 내가 운신하기 편해진다."

　"치이, 헤어진 지가 언젠데 보자마자 그래요? 산산은 더 있을 거야요. 잘됐네요, 뭐. 정덕제의 안전은 제가 맡을 테니 가주께선 그 유마강인지 뭔지 하는 놈이나 잡으세요."

"너 정말?"

"근데요, 놈을 찾긴 찾았어요?"

"……."

"놈을 찾았냐구요!"

산산도 막무가내였다. 긴장은커녕 오히려 좋아 죽는다. 그녀의 전음 곳곳엔 들뜬 기색이 역력했다. 허방산은 설레설레 고개를 젓고야 말았다.

"시야를 벗어나 있기에 직접 눈으로 확인하지는 못했다. 단지 짐작만 하고 있을 뿐이지. 그나저나 조심해야 한다."

"힝!"

바로 그때였다, 한줄기 전음이 천장 속을 파고들었던 것은!

"시작해라, 화양. 지금이 기회다."

귀에 익은 목소리였다. 기다리고 있던 바로 그 소리. 허방산의 얼굴에 싱긋 하는 미소가 환하게 번져 올랐다.

'역시……!'

전면의 뱃전이다.

지존금위 셋이 소맷자락 깊숙이에 양손을 찔러 넣고 있었는데 전음을 흘려보냈던 자는 중앙에 있는 자였다. 그들 이외의 금위는 양 측면으로 나뉘어 있는 네 사람, 말하자면 그들 일곱이 이 배의 전체 호위라 할 수 있는 진용이었다.

평소라면 그 어느 장소에서든지 삼십 이상의 금위가 경호를 선다.

그것이 통례. 그런 경호가 일곱뿐인 이유는 이곳이 협소한 배 안이기 때문이었다.

'약은 놈. 놈은 그것까지 계산에 넣었던 것이다.'

황제는 기분 좋게 술을 마시고 있었다.

하얀 목젖이 눈 아래로 선명하다. 살심만 먹는다면 단 일지만으로도 가능할 것이다. 히쭉이 웃고 있는데 놈의 재촉이 줄을 이었다.

"어서……!"

"너는 치고만 빠져라. 그 뒤는 내가 맡겠다."

무슨 뒤를 어찌 맡는다는 말인가?

'저놈이 화신, 창응만리가의 가주가 바로 저놈이다' 라고 외쳐 댈 바로 그 마무리?

어쨌거나 내려는 가야 했다.

가장 좋은 방법은 놈을 산 채로 잡아 황제 앞에 꿇리는 것이다. 힘이 있다면 진실을 설파할 수 있다. 자칫 일이 어긋나 오해를 사는 한이 있더라도 필히 진상은 말해 줘야만 한다.

드디어 스윽!

소음은 나지 않았다. 허방산은 천장에 구멍을 내며 한 덩이 구름처럼 황제의 면전으로 날아 내렸다.

"웨, 웬 놈이냐?"

기절초풍할 일이다. 황제는 입을 쩍 벌렸고,

"어, 어찌……?"

잔뜩 일그러진 것은 유하비의 얼굴이었다.

예정대로라면 몸이 아니라 시뻘건 불길을 동반한 장력이 먼저 떨어져 왔어야 했다. 하되 떨어져 내린 것은 고즈 세어 보이는 허방산 본연의 얼굴이었고 던져지는 것은 히죽거리는 비웃음이었다.

"암캐."

단 한 마디였다.

"아, 암캐……?"

"걸레짝만도 못한 유가의 종년!"

유하비는 완전 사색이었다. 뭐가 잘못되었는지의 사리 판단은 지금으로선 뒷전이었다. 그리고 허방산 또한 더 이상의 여유를 부릴 상황은 되지 못했다.

"사, 살수!"

"대역의 반도… 누워랏!"

고함과 함께 덮쳐든 것은 지존금위 일곱 전원이다.

그러나 그들은 튕기듯이 물러나야만 했다. 허방산이 순간적으로 쳐냈던 일곱 대의 주먹도 주먹이었거니와 그가 대뜸 황제의 허리를 휘감아 올렸기 때문이다.

배 위는 그 한 수에 조용해졌다.

반역. 그제야 변고를 알아차린 좌우의 호위선에서 아연한 경악이 일어났다. 수십 개의 인영이 분분히 날아든다. 하나 물러가라는 지존금위의 손짓에 놀란 기러기처럼 각기 제자리를 향하여 몸을 틀었다.

"그대는… 그대는 누군가?"

의외로 창노한 목소리였다.

방금 일백여 창위의 접근을 손짓 하나로 물리친 바 있는 칠순의 노인이었다. 그가 조심스럽게 한 발을 다가왔다.

"노부는 창위의 대영반인 철목후 공야도라는 사람, 다시 묻겠네. 젊은인 누군가?"

허방산은 씩 웃었다.

"나는 허방산이란 필부요."

"화, 화신?"

"그렇소이다."

"허어, 화신이라면 만리웅풍의 주인으로 알고 있거늘…… 그런 사람이 어찌 이런 대역무도한 짓을 저지른단 말인가. 어서 황상을 놓아주시

게. 그럼 내 책임지고 오늘의 일을 무마시켜 보겠네. 약속함세. 부디 황
상의 존체를 더 이상 욕보이지 말게."

황제는 눈을 질끈 감고 있었다.

천자라는 운명을 타고난 사람, 사람이되 사람이 아닌 사람, 그런 그가
언제 이런 곤경을 상상이나 해보았으랴.

하나 그는 이내 눈을 떠야만 했다.

다름이 아니었다. 허리를 감아쥐고 있는 이 무뢰배가 이상한 말을 귓
속으로 보내왔기 때문이다.

"나는 저 노인이 말하는 그따위 시시한 잡배가 아니오. 진짜 반역의
도배는 유가. 놈들은 나를 빙자해 황제를 살해코자 했고 그 죄를 내게 덮
어씌우려고 했소이다. 이것이 오늘의 진실이오. 아시겠소?"

"으음……."

"그 일당이 지금 이 자리에 있소이다. 무슨 짓을 할지 모르는 흉측한
것들이니 놈들을 잡을 때까지만 감히 무례를 범하겠소."

허락을 얻고자 하는 것이 아니었다. 반도란 말이 싫었을 뿐이다. 전음
으로 상황을 설명하며 놈을 찾았다. 유하비가 살쾡이처럼 도사리곤 있으
나 그녀 정도는 걱정거리가 아니다.

문제는 유마강이었다. 살령을 보내왔던 자, 늠을 확인하는 것은 쉬우
리라. 왜냐, 놈은 외팔이였으니까. 한데 이상하다. 외팔이가 하나도 없
다. 놈이라 생각했던 자는 물론이거니와 지존금위 일곱 모두가 양팔이
다 성성하지 않은가.

'이럴 리가……!'

의혹이 치밀 때였다.

공명심에서였나, 아니면 불끈하는 충정의 발로였을까. 전면 중앙에 위
치해 있던 바로 그자였다. 허방산이 묵묵히 눈만 빛내고 있자 그가 불쑥

몸을 날려 왔다.

"죽어라!"

아니, 날아오고 있는 것은 그의 몸이 아니었다.

주먹이, 그것도 아니다. 팔이었다. 허방산을 향하여 날아들고 있는 것은 놈의 몸에서 떨어져 나온 오른팔이었다. 역용을 했다. 분명 처음 보는 얼굴이었으되 허방산은 단숨에 그 팔뚝의 임자를 알아차렸다.

"의수…… 바로 네놈이었구나!"

허방산이 치를 떨며 비어 있는 왼손을 치켜들었다.

그리고 그 순간, 정덕제도 눈을 부릅떴다. 그는 쏘아오는 팔뚝을 보고 있지 않았다. 황제는 자신의 팔을 떨쳐 보냈던 지존금위의 눈을 쏘아보고 있었다.

야수처럼 번들거리는 잔혹한 눈동자. 살기 짙은 그 눈이 정면이다. 정덕제는 뒤통수를 쇠망치로 얻어맞은 표정이 되었다.

'나를…… 나까지 죽이려고 하는구나!'

정덕제는 저도 모르게 몸을 떨었다.

그와 동시였다. 잔뜩 몸을 웅크리고 있던 유하비가 탄환처럼 자리를 벗어났고, 막 놈의 팔뚝을 박살 내려고 하던 허방산의 좌수가 포천나금의 금나수법으로 돌변했다.

"진짜 간악한 놈……!"

화약 냄새. 아련하기는 했으나 한줄기의 매캐한 화약 냄새를 그 간발의 순간에 맡았던 것이다.

치고 잡고 할 여유도 없다. 무조건 틀어 던졌다. 그리곤 뜨악해하고 있는 산산까지 잡아채 뒤로 몸을 뒤집었다.

버언— 쩍!

한낮의 섬광, 물속으로 잠수해 들기 전에 보았던 것은 중천의 태양보다도 더 밝은 섬광의 무리였다.

쿠와앙!

모든 것이 다 날아갔다.

얼마나 위력적이었는지 그 큰 선유선의 반 이상이 통째로 없어졌다. 누가 죽고 누가 살았는지, 뭐가 어찌 되었는지도 몰랐다. 돌연했던 한낮의 폭음과 섬광은 적수지의 모든 것을 일거에 삼켜 버렸다.

호신강기가 자동으로 발현이 되어 있는 상태다. 물속에 구형의 공간을 만들고 나서야 허방산은 한숨을 돌렸다.

"제기랄 자식⋯⋯!"

진정 아찔했던 순간이었다.

그 폭약덩어리를 후려쳤으면 어찌 될 뻔했나. 이화의 신력이 보우하고 있었기에 자신은 별 탈이 없었을지는 몰라도 황제와 낭월은 산산조각이 나고 말았을 것이다.

황제는 그 충격으로 정신을 놓았고, 그 와중에도 태연한 것은 허방산보다는 오히려 산산이었다. 그녀가 방긋 볼우물을 지었다.

"정말 오랜만이지요, 나으리?"

"농담이 나오냐, 지금?"

혹여 또 다른 암격이 있을지도 모르는 일이었다.

부지런히 호반을 향하여 물속을 가르는 일면 산산에게는 정색한 얼굴로 대했다.

"너는 그만 세가로 돌아가거라."

"가주께서는요?"

"나는 마무리를 짓고 가야 한다."

"싫어요. 저도 따라 갈 테야요."

투정을 부리는 것도, 단번에 뾰로통해지는 것도 예전의 산산은 아니다. 그 다소곳하던 수줍음은 어디론지 다 사라져 버렸다. 그녀는 어느새 이럴까도 싶을 정도의 적극적인 여인으로 변해 있었다.

"네 보고는 나중에 듣겠다. 가서 운영에게 오늘 일을 본 대로 얘기해 주거라. 그리고 현월에게 일러 개방의 담자기를 찾아 내가 보잔다고 전해. 급한 일이니 서둘러야 한다."

"싫다니까요."

"어허!"

안색이 엄숙해지자 그때서야 찔끔한다.

"아, 알았어요. 그리고 말씀하신 담자기 정도는 제가 근방에 쫙 깔아 놓은 야신전의 철부들만 동원해도 금방 찾아낼 수 있을 거예요."

"그렇게 해라."

"그럼 전 이만 가요."

"그래라."

"산산은 이만 간다구요!"

"그러라니까?"

그때였다. 어조가 수상해 또다시 토라졌나 싶어 고개를 돌렸을 때였다. 격하디격한 불의의 일격, 산산이 맹렬하게 입맞춤을 가해온 것은 바로 그때였다.

"너?"

이상도 해라. 여자는 멀쩡한데 확 하고 붉어지는 것은 오히려 사내다.

물속이라서, 아무도 보지 않는 곳이라서 그리도 대담해졌던 것일까? 산산은 날름 혀를 한 번 내밀어 보이고는 마치 한 마리 인어처럼 물속을 헤엄쳐 갔다.

"북경이란 곳이 사람을 이상하게 만들어놨군."

졸지에 당했다. 멀겋게 있다가는 정덕제를 깨웠다.

밖으로 나간다면 여의치 않을지도 모른다. 찜찜한 오해는 반드시 풀어야 할 터, 어차피 일은 벌어진 것이고 남은 것은 마무리였다.

정덕제가 눈을 떴다.

"이곳이 저승인가… 용궁인가?"

그러고도 웃음이 나오나 보다. 의외라면 의외다. 정덕제는 전에 없이 밝은 면모를 보였다.

"어찌 된 일인가?"

"몇 가지만 말씀드리고 남궁으로 모셔다 드리리다."

퉁명스럽긴 했으나 알아듣게 상황을 설명했다.

끝나갈 즈음이었다. 허방산의 불손한 언사에 어이가 없었는지, 아님 너무나 뜻밖의 상황이었던지 잠시 멍해 있던 황제의 용안에 문득 흐릿한 미소가 만들어졌다.

"강호 사람은 다 그대 같은가?"

서른 살의 젊은 황제, 그는 정말 소년처럼 환하게 웃었다.

"어쩐지 짐을 확 팽개쳐 버리고 훌쩍 떠나 버리겠단 소리로 들리는구먼?"

"……."

"허어, 왜, 용렬하고 무능한 황제라서 긴말은 나누기도 싫다 이것인가?"

주제를 알긴 안다. 그렇다고 무슨 할 말이 있으랴. 가만히 있자 황제는 씁쓸한 고소를 떠올렸다.

"한 가지만 말해 주게. 그가 유가의 둘째가 확실한가?"

"장담합니다."

"그럼 유하는… 그녀도 역시 이 일을 알고 있는가?"

아니길 바라는 눈치였다. 하지만 알아야 할 것은 알아야 될 것이고, 해야 할 말은 꼭 해야만 했다.

"미련을 버리시기 바랍니다. 소생이 아는 바로 유가에 사람다운 사람은 단 하나도 없습니다."

"역시 그랬었군. 그래도 혹시나 했는데……."

뱃속의 씨앗 얘기였다.

허방산도 그런 뜻으로 말했고, 황제도 그런 뜻으로 받아들었다. 아무것도 모르는 생령이 무슨 죄가 있을까마는 이는 보다 더 클 수도 있는 향후의 환란을 염두에 두어야 하기 때문이었다. 그냥 덮어버리기엔 군림마가의 야욕이 너무나 추악했다.

"어의가 말했었지. 나는 후사를 볼 수 없는 몸이라고……."

"그럼……?"

"그 얘긴 그만 하지. 그건 그렇고 자네, 나를 좀 도와줄 순 없겠는가?"

"북경유가와 북천밀가는 말씀이 없으셔도 제 손에 사라지게 될 것입니다. 그것은 무림의 일이기에…… 하나, 그뿐입니다. 소생은 황실과 연을 맺고 싶은 마음이 추호도 없습니다."

"모, 모질구먼?"

"제 놈 분수를 아는 것이지요."

"분수?"

"예."

"허허, 그런가? 분수라… 허허, 진실로 그것을 아는 자가 이 세상에 과연 몇이나 될까?"

사뭇 자괴 섞인 어조였다.

그사이 호수는 끝이 났다. 그리고 제방 위에 올라서고 나서야 허방산은 남궁까지 가야 될 필요를 느끼지 않게 되었다. 폭발 그 이전에 잠시 말을 나눴던 창위의 대영반이 휘하 고수를 거느리고 제방 일대를 가득

메우고 있었던 것이다.

"폐하, 이제 그만 하직을 고할까 합니다."

"그러시게. 어차피 잡을 수 없는 사람은 정이 들기 전에 떼어놔야 하는 법이지. 그러나 결코 잊지는 않겠네."

"그럼……."

만남도 갑작스러웠고 헤어짐도 간단했다.

황제는 쓴웃음과 함께 돌아섰고 허방산 조한 미련없이 돌아섰다. 인세의 용이라 할 수 있는 사람들이다. 두 사람은 아무도 뒤를 돌아보지 않았다.

수박 통 하나가 물가에 떠 있었다.

아니, 수초를 쓰고 있었기에 그리 보였던 것이지 그것은 분명히 사람의 머리였다. 그 머리가 부르르 진저리를 쳤다.

"정말 불가사의한 놈이다. 긴가민가했는데 진짜 살아 있었을 줄이야!"

먼 곳 맞은편의 제방 위엔 어림군의 창검이 햇살에 은빛으로 부서지고 있었다. 작별을 하는 것인가. 건방지게도 대명의 황제에게 포권 일례를 끝으로 돌아서고 있는 갈포인이 있다.

인영의 시선은 지금 그에게 박혀 있었다.

"괜히 긁어 부스럼만 만든 꼴. 사부가 이 일을 안다면 노발대발 길길이 뛰고 말리라."

머리가 쑥, 이어 몸통까지 물 위로 부상했다.

옷 소매 하나가 없다. 외팔이, 그는 타로 유마강이었다.

"하나 따지고 보면 사부도 이방인, 어차피 모든 결정은 우리 형제가 내려야 한다. 그나저나 어떻게 한다, 저 괴물같이 질긴 놈을?"

사두마차 두 대. 중얼거리고 있는 사이 제방엔 마차 두 대가 주인을 태웠다. 한 대는 황제요, 다른 한 대는 유하비였다.

그녀도 무사했다.

그녀를 안고 떠올랐던 사람은 바로 대영반. 서글픈 것은 함빡 물에 젖어 있는 그녀가 황제를 향한 충정과 분노의 얼굴을 하고선 발을 동동 구르고 있었다는 것이다.

"어찌 저 역적 놈을 그냥 보내주시는 것이오니까? 그자도 폭약을 던졌던 놈과 한패임이 분명하온데 저리 놓아 보내다니요! 아니 되옵니다, 폐하!"

철철 눈물까지 흘려대며,

"저 간특한 놈을 잡아 족쳐야 하오이다, 폐하!"

어찌나 악을 써대는지 예까지 다 들렸다.

아무튼 황제는 말없이 적수지를 떠나갔고, 유마강 또한 한 마리 물뱀처럼 풀 더미 속으로 숨어들었다.

그러나 그는 몰랐다. 자신과 얼마 떨어지지도 않은 곳에 용맹하게 생긴 개 한 마리가 두 눈을 반짝이며 자신을 지켜보고 있었다는 바로 그 사실을……

그 개는 백구였다.

유마강이 백구의 이목에 걸려들었던 것은 지존금위로 위장해 선유선에 올랐을 때부터였다. 이후 그는 단 한시도 백구의 눈에서 벗어나지 못했다. 어디 그뿐인가, 하늘에선 칠해교랑의 애조 취옹도 아래로 눈을 박고 있다.

컹컹…….

드디어 백구가 움직였다.

그리고 그보다는 좀 더 먼 곳, 야트막한 야산의 능선에서 내내 적수지를 내려다보고 있던 쌍치도 엉덩이에 묻은 흙을 털어냈다.

“우리도 슬슬 움직여 볼까요?”

“그러세.”

추적. 취옹은 천천히 허공을 비껴 날기 시작했고, 백구 또한 푸른 초지 위에 하얀 선 하나를 그었다. 이제는 신이라 해도 백구와 취옹의 이목을 벗어나지 못한다. 비류연과 아리골의 신견영금이 손발을 맞춘 이상은……!

제4장 혈풍

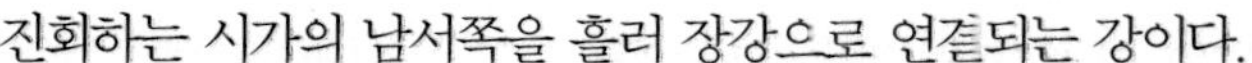

진회하는 시가의 남서쪽을 흘러 장강으로 연결되는 강이다.

일설에 의하면 그 옛날 진시황이 남경 일대의 왕기를 누르고자 판 운하라 해서 진회하(秦淮河)라 한다고도 하는데, 강의 남북 양안은 누각의 처마가 끝없이 이어져 있는 장려한 홍등의 꽃 숲이고 강상은 사시사철, 주야를 막론하고 선유하는 꽃배가 끊이질 않는 환락소이다.

대낮에도 풍악은 여전하다. 낮술에는 주당이 되고, 밤술에는 신선이 된다는 진회하이다. 오늘따라 붉은 낙조라서 그런가, 어디선가에서 아련하게 들려오는 취중가기의 강호야화곡 한 자락이 듣는 이의 가슴을 묘하게 아리게 한다.

화조루(火鳥樓).

처마를 연해 있는 북안의 이층 홍루다.

주인은 화령(火靈)이란 기명으로 나이 스물다섯에 화조루의 간판을 올린 진회하의 일등가기였다.

화령. 자신을 루주라고 부르는 가기만도 일곱을 거느리고 있는 수완가가 지금은 좌불안석이었다. 그도 그럴 것이 일개 홍루 정도는 한마디 말로 문을 닫거나 열게도 할 수 있는 백화대모 현월이 바로 자신의 화조루에 나타났던 것이다.

"……!"

연유는 이랬다.

웬 곰보딱지 하나가 갑자기 문을 열고 들어와서는 다짜고짜 한다는 소리가,

"밖이 잘 보이는 화방으로 주게. 눈요기를 좀 해야겠네."

"예?"

어눌한 생김과는 완전히 딴판인 자였다. 눈요기란 말에 화령은 손님의 취향을 단번에 알아차렸다.

'아직 개시도 못했는데 이런 변태자식이…… 아이고야, 오늘 장사는 완전히 망쳤다.'

밖은 요지경, 맞은편의 남안과는 겨우 칠십 장 거리에 불과하다. 여름인지라 창문이란 창문은 모두가 열려 있고, 강 위에 떠 있는 화선 또한 훤하기는 마찬가지다. 있어봐야 주렴뿐이다. 그나마도 반 정도, 나머지는 안이 고스란히 드러나 보인다. 밤엔 캄캄해서 보이질 않으니 하얗게 뒤얽힌 다리 네 짝을 보고자 한다면 지금이 딱인 것이다.

'정말 왕재수……!'

뒤로 돌아 침을 뱉었다.

빛바랜 갈포로 봐서도 놈은 빈털터리였다.

개시가 아니었고 구리돈일망정 그나마도 내밀지 않았더라면 소금을 바가지로 뿌려 내쫓았을 것이다. 징그러운 뱀을 보듯 하며 소원대로 이층의 구석진 화방으로 안내해 줬다. 창도 실눈만큼만 열어주며.

"퀴퀴하긴 하지만 경관은 제일이라오. 하지만 일각뿐이우. 그 안에 볼 일 다 보고 나오소."

"아따, 더럽게 짜구먼?"

"흥."

그랬었는데,

이게 웬일인가. 백화대모라니……!

그것도 막 뒤돌아 문을 나서자마자였다. 하마터면 부딪칠 뻔했다. 화령은 그 자리에 이마를 박았다.

"어, 어쩐 일로 이런 누추한 곳엘……!"

더 이상은 말도 하지 못했다. 진회하의 암중 실력자, 화령이 알고 있는 그녀는 몇 해 전 이곳을 피바다로 만들며 실권을 장악한 천하장몽 백리향의 대리인이었다.

"소란 떨지 마라."

"예, 예?"

현월의 목표는 화령이 아니었다.

더군다나 현월은 혼자도 아니었다. 놀라 고개를 드는 화령의 눈에 억세게도 생긴 가죽 신발 네 개가 나란히 들어왔다. 그 위엔 아까의 변태 놈과 똑같이 생긴 갈포, 더 위엔 대나무 삿갓…….

거기까지만 보았다. 현월과 사내 둘은 화령이 고개를 드는 찰나에 방으로 들어갔고 뭐라 말씀 올릴 짬도 없이 문이 닫혔다.

"대, 대관절 저분이 왜……?"

일층으로 내려와서도 그 의문은 가시지 않았다.

일 년에 한 번 볼까 말까 한 사람이었다. 그런 그녀가 사전 통보도 없이 발걸음을 하다니. 그녀를 수행했던 삿갓의 사내들도 백화루의 묘객 차림새는 아니었다.

"그럼……?"

지끈지끈 머리가 아파왔다.

겨우 눈치로 결론 하나를 도출해 냈다.

"맞아. 그런 사람들이었어. 수하가 아니고 접대를 해야 될 사람, 그것도 비밀리에! 흐응, 그러지 않고서야 어찌 백화루가 아니고 이 화조루겠는가. 분명 무슨 사연이 있는 것이다."

그 다음은 쉬웠다.

"나머지야 알아서 하면 되는 것."

부랴부랴 주안상을 차리고 몸매가 고운 아이로 둘을 골라 화조루 특유의 홍장을 시켰다. 불꽃같이 정열적인 나삼이다. 뽀얗게 드러난 가슴과 길게 터진 치마 사이로 드러난 허벅지는 자신이 봐도 고개가 끄덕여질 정도였다. 술상을 들려 화방의 문을 두드렸다.

"화령입니다, 대모."

문이 열리며 화령은 한 번 더 놀라야만 했다.

원래가 변변한 탁자 하나 들여놓지 못할 정도로 코딱지만한 방이었다. 있는 것이라곤 겨우 침상 하나. 한데 그 작은 화방에 생판 처음 보는 사람이 둘이나 더 늘어나 있지 않느냐 이 말이다.

"아!"

예뻐도 너무 예쁜 여자들이었다.

화류계를 십 년 동안이나 떠돈 화령으로서도 눈이 번쩍 뜨일 만한 미모다. 입을 딱 벌리는데 그중의 미색 하나가 대뜸 살벌한 언도(言刀)를 던져 왔다.

"뭐냐?"

생김이나 음색과는 달리 무척이나 거친 어조다. 오금이 저린 화령은 자신도 모르게 고개를 숙였다.

“수, 술상을 봐왔습니다.”

“술상?”

“예.”

“그럼 저 쥐 잡아 먹은 것들은 또 뭐냐?”

“쥐, 쥐요?”

처음엔 무슨 말인지를 몰랐다. 고개를 들어보니 저건 또 무슨 일이람, 그 미색이 새파랗게 도끼눈을 뜨고 있지 않은가. 무서운 시선이 쏘아지고 있는 곳은 자신의 뒤였다. 그때서야 화령은 질문의 의미를 알아차렸다.

“귀하신 분들을 모실…….”

화령은 더 이상 말을 잇지 못했다. 다짜고짜 휘익, 베개가 날아왔던 것이다.

“악!”

목침이라도 되었다면 얼굴이 깨졌을 것이다. 미색이 손에 잡힌 대로 내던진 베개는 정통으로 화령의 얼굴에 맞고 떨어졌다.

“써억 나가라, 그 썩은 주둥아릴 확 문질러 버리기 전에!”

“예?”

얼굴이 화끈거리는 아픔은 문제도 아니었다.

아직도 영문을 몰라 어리둥절하고 있는데 잔잔히 웃고 있는 현월의 옆이었다. 벽에 붙어 있던 삿갓 하나가 귀신처럼 면전으로 미끄러져 왔다.

“아…….”

그뿐이었다. 혈도가 짚인 화령은 풀썩 주저앉았고, 사정없이 정신이 멀어져 가는 그녀를 삿갓이 덥석 안아 들었다.

“정리하고 오겠습니다, 주군.”

악치였다. 일수탈혼 악치, 그는 고개를 끄덕이는 허방산을 뒤로하고 가기들을 몰아나갔다. 보나마나 조용해질 것이다. 아마도 화령 이하 화조루의 식구들은 전부 깊은 잠에 빠져들게 될 것이고, 깨어나서는 무슨 일이 있었는지 기억하지도 못하게 될 것이다.

"망할 것……!"

식식거리는 미색은 여시였다. 또 하나는 산산, 다름 아닌 바로 그녀였다. 산산이 바로 맞장구를 쳤다.

"맞아요. 여자가 필요하면 우리가 어련히 알아서 할까 봐. 그쵸, 언니?"

말을 받는 현월의 미소는 여전히 잔잔했다.

"그만들 해라. 언제까지 가주께서 공력을 쓰시도록 할 참이냐?"

"맞다. 앞으론 전음만 써요."

"그것도 안 된다. 아무런 말도 없다면 오히려 이상하게 생각할 것이다. 꼭 필요한 말만 전음을 사용토록 해라."

화방의 소란은 밖으로 새어나가지 못했다.

단음기공을 써서 음파를 차단했어야 한 이유, 화조각에 허방산이 나타난 이유는 밖에 있었다.

현월이 창문을 활짝 열었다.

낙조가 드리워진 강상, 화리의 비늘처럼 붉게 반짝거리고 있는 진회하의 수면은 온통 꽃배였다. 저 많은 배들이 어디서들 나왔는지 몇 길 건너 한 척씩이다. 벌써 저러할진대 밤이 되면 오죽할까. 모르긴 몰라도 온 강이 휘황한 꽃배로 뒤덮이고 말 것이다.

산산이 팽 하고 콧방귀를 뀌었다.

"다 물속으로 처넣어 버려야 돼, 저 넋 빠진 놈들은……!"

현월이 아니었다면 산산은 뭐라 더 퍼부어댔을 것이다. 눈짓으로 그녀를 말린 현월이 허방산에게 물었다.

“어떻습니까?”

이곳에 왔던 진짜 이유인즉슨 꽃배 때문이었다.

다름이 아니었다. 적수지를 빠져나왔던 유마강이 최종적으로 스며든 곳이 바로 저기 저 강의 중간쯤에 떠 있는 꽃배였던 것이다. 수많은 꽃배 사이에 머물러 있는 화선(花船) 한 척, 허방산의 온 신경은 지금 거기에 쏠려 있었다.

“저 배의 화실엔 지금 둘이 있네. 말은 들리지 않으나 숨결로 봐선 확실해. 유마강이야 내 눈으로 목도했으니 틀림없을 것이고 다른 자는 놈의 형인 유마옥일 것 같으이. 느낌이 그래. 태상이 아니라서 아쉽긴 하네만 어쩌겠나. 우선은 저들로라도 만족할 수밖에.”

“어떻게 하오실지…….”

“저 배 주위는 모두가 한패일세. 섣불리 건드렸다간 애꿎은 생령만 다치게 될 것인즉, 어두워질 때까진 기다려 보세.”

“손이 모자라진 않을까요? 제 눈에도 수십은 되어 보이는데요.”

“하하…….”

그냥 웃을 뿐이다.

현월은 입을 다물었다.

하늘처럼 믿고 있는 구천의 장문이다. 비록 나이는 어렸으되 그에겐 태산보다도 더한 믿음이 있다. 그런 그가 웃음을 보이는 데야 그저 따라 웃을 수밖에.

악치가 돌아오고 이상한 쇳소리가 들려온 것은 그 즈음이었다.

꽤 먼 곳에서 나는 소리였는데 쇠끼리 부딪치는지 날카로운 데다가 끊어질 듯 말 듯하면서도 일정한 박자를 담고 있다.

산산의 귀가 대번 쫑긋해졌다.

“야신호(夜神號)야요.”

천리천웅호를 따라 만들었다는 철부야신전의 비밀 전언이다. 귀로는 듣고 입으로는 해석이 나온다. 산산이 빠르게 입을 놀렸다.

"호약개의 행적이 시외 북쪽의 서하산에서 발견되었음. 추적 중…….
진회하 외곽에 드디어 군림수가 나타났음. 숫자는 대략 일백여, 무리를 지어 대기 중임. 이상."

쇳소리는 더 이상 들리지 않았다.

담자기는 용등개 때문이다. 하나 지금 당장은 군림수 일백이 보다 우선이었다. 긴장이 흐른다. 아녀자들의 얼굴은 벌써 굳었다.

"어떻게 하지요?"

"어떡하긴. 빚을 갚아야지."

"으득!"

웅거와 맹호연이 생각나서였을 것이다.

호치와 악치가 온몸으로 살기를 뿜어냈다. 평생 동안 다리를 절게 만들고 얼굴을 부순 한은 잊을 수 있다. 더구나 비명에 간 형제들의 부릅뜬 눈을 어찌 잊을 수 있겠는가.

"살을 바르고 뼈를 갈리라!"

"으으음……!"

저 배 안에 놈이 있다.

다른 배는 모두가 창문을 활짝 열고 희희낙락하건만 그 배만은 유독 꽁꽁 걸어 잠갔다. 주렴조차 짜증나는 여름이다. 그나마 강이었기에 바람결이라도 있었지, 꽉 막힌 곳이었다면 떠죽고 말 것이다.

유난히 출렁거리는 꽃배도 한두 척이 아니었다.

둘에 하나는 급박하게 혼들린다. 무슨 일이 벌어지고 있는지는 보지 않아도 뻔한 일, 강바닥에 장대를 꽂아 고정해 놓지 않았더라면 물살에 떠내려가 저 먼 하류에서나 발을 구를 것이다.

한데도 놈의 화선 근처에 있는 배들은 요지부동 조용했다.

사람은 분명히 있었다. 노래하는 가기도 있었고, 술을 치는 가기도 보였다. 하나 묘한 사각에 앉아 있었는지라 얼굴은 보이지 않는다. 게다가 말도 없었다. 모두가 벙어리마냥 조용했고 들려나는 소리라곤 오직 가기들의 콧소리뿐이었다.

화선은 모두가 자그마한 화방 하나를 갖춘 쪽배었다.

많이 타봐야 둘이나 셋이다. 얼핏 헤아린 배가 열댓이니 가기를 빼고 나면 최대가 삼십이다. 시작을 한다면 채 반 각도 걸리지 않을 것이다.

현월이 급히 입을 열었다.

"아서요. 자칫하다가는 가주님 말씀대로 죄없는 아이들만 다치게 됩니다. 쌍치는 어서 살기를 거두세요."

기껏해야 삼, 사십 장 거리다. 음성이야 차단할 수 있다지만 살기까지야. 쌍치가 끙! 하고 살심을 흩뜨리는데 아니나 다를까, 여태껏 닫혀 있던 놈의 화선창이 드르륵 열렸다.

"……!"

허방산은 침상에 걸터앉아 있던 참이었다.

현월이 창문을 열며 그리 자리를 잡았던 것인데 밖에서 본다면 허방산과 좌우의 여시와 산산밖엔 보이지 않을 것이다.

어쨌거나 눈치 하나는 기가 막혔다.

놈의 화선창이 열리는 순간 여시와 산산이 이때를 기다렸다는 듯이 허방산의 옆구리로 찰싹 들러붙었다.

"흐응……."

"나, 나으리."

연기도 제법, 처음 듣는 콧소리까지 다 낸다.

여시는 더 대담했다. 선뜻 앞가슴까지 풀어헤치곤 아예 비스듬히 안겨

들었다. 이젠 누가 봐도 화조루의 기녀와 손님이다.

그러나 쌍치는 그 모습을 보지 못했다. 눈을 돌리려는 그 찰나에 여시의 전음이 고막을 찢어발길 것처럼 파고들었던 것이다.

"눈치 하고는. 어서들 나가지 못해?"

"……!"

나가라면 나가야 한다. 그래야만 뒤탈이 없다.

서로 눈을 마주친 쌍치가 거미처럼 벽을 타고 나갔고, 입을 가리고 웃던 현월마저 자리를 떴다.

이제는 남자와 여자뿐이다. 시늉이라는 말을 빌리긴 했으나 내심은 그것이 아니었다. 진심이었다. 여시는 물론 산산의 눈빛도 불타듯이 뜨거워졌다. 그러나 사내는 아니었다. 오히려 차가워졌다.

'과연……!'

정말이었다.

화선창이 열리며 나타난 얼굴은 분명히 유마옥 형제였다.

창을 옆으로 해서 마주 보고 있었는지라 전체는 아니었으되 그날의 그 얼굴을 어찌 알아보지 못하랴. 단번에 피가 끓었다.

"나으리, 너…… 너무 뜨겁습니다."

그래도 산산이었다. 때마침 그녀가 허방산에게 얼굴을 포개오지 않았더라면 아마도 그의 눈에서 뻗어나간 불기둥 두 개는 유가 형제의 시선에 고스란히 걸려들고 말았을 것이다.

그랬다. 아니, 그 정도에도 유가 형제는 시선을 거두지 않았다. 흘깃 스쳐 봤음에도 여시는 한눈에 그들의 의심을 알아차렸다.

"가만히 계세요."

전음은 냅다 자빠뜨린 다음이었다.

불끈 화를 내다가 당한 일이다. 그렇지만 허방산도 많이 늘었다. 촉망

중임에도 능청스럽게 손발을 허우적거렸다.

“바, 발을 쳐라.”

“예, 나으리.”

산산이 등을 보이며 주렴을 내렸다.

흐으응. 여시가 야릇한 비음을 흘려내기 시작했고 산산까지 그에 합세하자 그때서야 비로소 놈들의 시선이 거둬진다. 고역 아닌 고역이 그렇게 얼마나 지났을까. 문득,

끼이이…….

그것은 매였다.

어두워져 가는 진회하의 상공을 맴돌며 날카로은 울음소리를 내고 있는 각응 한 마리. 두어 번이나 선회했나? 무엇을 보았는지 매가 곧장 날개를 접으며 비스듬한 사선으로 떨어져 내렸다.

허방산의 안색이 변한 것은 그때였다.

여태껏 단 한 마디도 들려오지 않던 놈의 육성이 마침내 귓전에 잡혔던 것이다.

“저, 저것은 태상의 애조인데……?”

유마강의 목소리였다.

“태상?”

허방산의 이목이 예리하게 곤두섰다. 날짐승이 푸드덕거리는 소리에 이어 또 다른 목소리.

“무슨 내용이냐?”

다급한 목소리의 임자는 바로 유마옥.

“북천밀가가 너희들의 위치를 알아냈다. 어서 서둘러 철수하라. 이것이 전부입니다, 형님.”

“북간이 우리 위치를……?”

"그렇다고 하는군요."

"으음, 고약하게 되었구나. 그나저나 태상이 이 일을 어찌 알고… 그럼 출관을 했다는 얘기가 아니냐?"

"그럴지도 모르지요. 아니면 태상의 무영친위가 우리 뒤를 밟았던 것일지도 모르구요."

"좋아, 어쨌든 철수토록 하지. 신호를 보내라. 일단은 강을 따라 내려가도록 한다."

"그럼 창응의 애송이는 어떻게 할까요. 계획대로 군병을 출동시키면 어떻겠습니까? 이번에 대동했던 어림금군 오천… 그들 오천이면 놈의 소굴을 깡그리 쓸어버릴 수 있습니다, 형님."

"으으음, 그것도 유하가 나서줘야 가능한 일이 아니더냐. 한데 아직도 그년에게서는 아무런 기별이 없으니……."

"그렇다고 일이 잘못되지는 않았을 것입니다. 제가 떠나오면서 봤던 바도 그랬고, 그 아이가 어디 보통 영악한 아입니까. 어떤 경우라도 제 몸 하나 정도는 간단히 추스를 것입니다."

"그럼 이렇게 전언을 넣어라. 그 애송이와 정덕이 무슨 얘기를 나눴는지는 모르나 '아' 다르고 '어' 다른 법이다. 뱃속의 아이를 들먹거려서라도 반드시 놈을 치라는 황명이 떨어지도록 만들라고 말이다."

"알겠습니다, 형님."

웃음이 다 나온다.

허방산은 그때서야 긴장을 풀었다.

"웃기는 자식들……."

황제와 조우하지 못했더라면 정말 그런 불상사가 생겼을지도 모른다. 아니, 그런 방향으로 착착 진행이 되어갔을 것이다.

"그래도 오천은 너무 적다. 멍청이들…… 오천이 아니라 그 열 배는 몰려가야 겨우 담이라도 넘을 수 있을 것이다.”

더 이상 들을 말도 없었다.

나머지는 이제 잡아서 캐내면 될 터이다.

내심 우려했던 것은 혹시나 있을지도 모를 진회하의 애꿎은 선혈이었다. 한데 다행인지 불행인지 자신들이 알아서 죽을 자릴 마련하겠다니 이 얼마나 고마운 일인가.

“들었지? 그만들 일어나라, 덥다.”

“시, 싫어요.”

또 산산이다. 일어나기는커녕 오히려 더 파고들었다.

미적미적하는 것이 역시 또한 아쉬움은 마찬가지였다. 짧긴 했으되 얼마나 오붓했는가. 아마도 그가 벌떡 일어나지 않았더라면 언제까지나 그러고 있었을 것이다.

“너희 둘은 야신전의 형제들을 이끌고 군림태상을 찾아라. 어쩌면 놈도 이 근방에 있을지 모르니까.”

“가주는요?”

“쌍치를 대동하겠다.”

“그, 그 정도로 되겠어요? 북간도 떴다 하는데…….”

“그래서 그러는 것이다. 하나같이 예측할 수 없는 놈들이니 세가의 수비 또한 염두에 두어야 한다. 내 걱정은 마라, 절대 예전 같은 수모는 당하지 않을 테니까.”

벌써부터 살이 떨리기 시작한다.

촉산의 암습, 수십 군림수에 뒤덮여 숨이 끊어지는 그 마지막 순간까지도 손에서 봉검을 놓지 않았을 반달이 웅거의 모습이 떠오른다. 일지를 쳐오던 군림태상의 눈과 형체도 없이 짓이겨진 맹호연의 얼굴……!

씹어뱉듯이 한마디를 내뱉었다.

"결코 실수는 없을 것이다."

강안의 갈대밭을 달렸다.

강폭이야 넓은 곳이 오륙십 장 정도이니 그 정도는 한두 번의 도약 거리에 불과하다. 이쪽이든 저쪽이든 적당한 곳을 찾아 기다릴 참이었다. 이제 인적은 완전히 끊어졌다.

얼마를 더 치달려 갔을까. 경공을 전개해 선두의 허공을 갈라가고 있던 허방산의 신형이 갑자기 돌덩이처럼 뚝 떨어져 내렸다.

"뭡니까?"

쌍치의 음성이 대번에 낮아졌다.

"살기야."

"예?"

아직도 쌍치보다는 백구의 이목이 훨씬 더 영민했다. 녀석이 털까지 세우며 낮게 으르렁거렸다.

크르르르……

이백여 장 정도의 전방이었다.

진회하의 물줄기가 굽이치는 양안에 이십 장 높이나 될까? 협곡처럼 깎아지른 절벽이 있다. 어둠이 짙게 내려앉기 시작하고 있는 때였다. 게다가 일대엔 숲까지 울창하게 우거져 있었는지라 굉장히 음침해 보인다. 일행은 바싹 신형과 목소리를 낮추었다.

"절벽 위. 기척으로 봐선 한둘이 아니야. 매복… 수십이다."

"그렇다면……."

"주군, 어떤 놈들일까요?"

"글쎄다. 군림이 아니라면 북간의 무리겠지. 하나 가능성으로 봐선 북간이기가 쉽다."

"아니, 그건 또 왜 그렇습니까? 군림마가의 후군일 수도 있지 않겠습니까?"

"놈들은 살기를 품고 있어. 그로 미루어본다면 적을 기다리고 있다는 뜻이 되지."

"아, 그렇군요. 아니, 그래도 이상합니다. 북간이 어찌 군림의 이동로를 알고 사전 매복까지 하고 있을까요?"

"개방의 용등개 호룡조차 북간의 간세인 실정이니 유가 형제에게도 간자가 붙어 있을 것은 불 보듯 뻔한 이치가 아닌가. 게다가 낮에 있었던 적수지의 거사가 실패로 돌아갔음도 알았을 것이니, 그렇다면 그 뒤의 행동도 어렵지 않게 짐작할 수 있었을 게야."

"아하, 일단은 철수해 후일을 기약해야 할 것이니 가장 손쉬운 북행로는 바로 이 길, 놈이 진회하에 있는 것을 알았다면 저라도 이곳에 매복을 두었을 것입니다."

"과연 북간. 그리고 보면 북천밀가의 사도씨가 유가 형제보다는 확실히 한 수 위로군요."

"승냥이 같은 놈들……!"

"흐음, 일이 이렇게 진행이 된다… 그렇다면 잠시 구경을 해도 괜찮을 것도 같네."

"주군, 이러다가 이거 유가 놈을 북간의 손에 넘겨주고 마는 불상사가 생기게 되는 것은 아닐까요?"

"그럴 리가. 유가도 만만치는 않아. 강상에만 일당이 있었다고 판단했다면 그건 오산이야. 두고 보게. 아마도 볼 만한 일이 벌어지게 될 것이네."

"아!"

"맞습니다. 야신전의 이목에 걸러들었던 놈들도 있었지요."

북간이나 군림이나 모두가 그놈이 그놈, 놈들의 사정이야 구린내 나는 권력의 주도권 싸움이니 어느 놈이 어찌 되든 추호도 상관할 바가 없는 일이다.

하되, 피를 보자고 칼을 들이댄 것은 놈들이었다. 비열하게 그것도 뒷 등에다! 과거 창응겁에서도 그랬고, 연전의 축산전에서도 놈들은 그랬다. 그것은 반드시 받아내야 할 빚이었다. 그리고 그 빚은 단 하나, 목숨으로만 계산될 수 있는 혈채였다.

"으득……!"

"잡배들……."

쌍치의 안광은 벌써 핏빛이었다.

이윽고 배가 나타났다. 예의 화선이다.

숫자는 정확히 열한 척, 빠른 속도였다. 물살을 탄 데다 배를 모는 사공이 보통 사공이 아니기 때문이었다. 노를 쓰는 것이 아니라 간간이 뒤쪽의 수면에 장력을 발출했는데 그때마다 하얀 포말이 일어나며 화선은 이삼 장을 쭉쭉 미끄러졌다.

그뿐만이 아니었다. 이쪽 저쪽 강안을 따라 화선의 이동 속도에 맞추어 내달아오는 살벌한 기운들이 또 있었다.

"역시……!"

"들키지 않도록 조심해."

갈대 속에 몸을 감추고 호흡을 끊었다.

휘잉. 바람처럼 스쳐 가는 흑영들이다. 대략 오십 정도. 반대편도 비슷한 숫자라면 그 합이 일백이다. 그들이 지나쳐 가고 나서야 일행은 몸을 일으켰다.

"흑의군림수…… 오냐, 잘 만났다."

"혹시, 그 단혈수도 있을까요?"

"글쎄다. 화선에는 있을지도 모르지."

"군림수가 됐든 단혈수가 됐든 형은 걱정할 것이 없소, 소제의 혈월비가 놈들의 눈알을 꼬치 꿰듯 꿰어버릴 테니까."

"으흐흐…… 누가 걱정해서 그러냐? 오히려 없을까 봐 그러는 것이지."

달빛도 별빛도 또랑또랑해지는 그 시각이다.

드디어 기다리던 격돌이 도래했다.

일절 소리는 없었다.

그리고 하나도 아니었다. 무려 사, 오십에 이르는 자의 인영이 한꺼번에 절벽의 허공에 뜬 것은 정녕 순간이었다. 함성은 그 다음이었다.

"우하하하……!"

"가가, 가자…… 북천의 영웅들이여, 유가의 목을 잘라라!"

자의인들은 뿌연 도광을 끌며 떨어져 내렸다.

펄럭거리는 자포에 용작환도, 칼 빛이 서리같이 예리한 것으로 봐선 북천밀가의 정예, 그것도 밀혼급의 정예였다.

하되 군림마가도 만만치는 않았다.

비록 기다린 것은 아니었다 할지라도 꽤나 침착하게 대응했다. 꽝 하는 소리와 함께 화선의 지붕이 일제히 터져 나갔다. 그러면서 떠오른 것은 스물 남짓한 흑포의 고수들.

"북천밀혼?"

"와라! 우리가 바로 대종각하의 친위군인 군림제왕위다. 어디, 누가 깨지나 우리 한번 붙어보자!"

그것은 장관이었다.

흑천비마영으로 떠오르고 있는 군림제왕위.

북천비행술로 떨어져 내리고 있는 북천밀혼. 과거 칠석지쟁의 격돌이

저러했을까? 둘 다 구천무문과 척천오장원의 후예였으니 별다름도 없다
하리라.

쏘아져 올라가고 빛살처럼 떨어져 내린다. 그리곤 폭음.

콰아아앙—

고막이 찢겨져 나갈 듯했다.

이십여 쌍이 거의 동시에 부딪쳤으니 그럴 만도 했다.

용호상박, 그들은 하나같이 호적수였다. 서로가 튕겨져 나간다. 그럼
에도 불구하고 피 한 방울 튀지 않았으니 승부가 나려면 하루는 지나야
할 것이다.

하나 숫자는 밀혼이 더 많았다. 짝을 이루지 못한 북천의 용작환도 수
십 줄기는 그대로 꽃배를 난자해 버렸다.

콰작— 콰자자작—

꽃배는 산산조각이 나서 흩어졌다. 돌연한 강상의 격돌, 최초의 비명
은 그때 일어났다.

"아악!"

"아아아악……!"

부서지지 않은 배는 단 한 척뿐이었다.

단말마의 애처로운 비명이 일어난 곳은 바로 그곳. 보라, 덮쳐들던 북
천밀혼 대여섯을 일거에 핏덩이로 만들며 날아오르고 있는 핏빛의 혈영,
그 다섯 개의 그림자를……!

"단혈… 단혈수로구나!"

그 모습을 강안에서 지켜보고 있던 쌍치의 입에서는 짓눌린 듯한 부르
짖음이 동시에 토해져 나왔다.

"으으……."

그 특유의 혈수에 무심한 표정. 어찌 저 모습을 잊었겠는가. 홍련각주

맹호연의 숨통을 끊어놨고 천하호한 웅거에게 한을 남긴 당사자가 바로 저 갈라지지도, 부서지지도 않는 괴물이었거늘……!

부르르 주먹을 떠나 아직은 나설 때가 아니었다.

본격적인 혈전은 이제부터였다.

“쳐라!”

“우와아아……!”

강안에서였다. 양쪽 강안의 갈대를 짓밟아가고 있던 일백 군림수가 일제히 흑옥마수를 흔들어대며 접전장으로 날아들었다.

“죽어라!”

“케에에에……!”

숫자상으로는 단연 군림마가가 우세했다.

하지만 그 무공 수위로 봐선 북천밀혼이 위였다.

그들은 제각기 군림수 두 셋을 한꺼번에 상대하면서도 좀처럼 약세를 보이지 않았다. 도광은 혈홍(血虹)으로 흐르고 피를 뿌리며 떨어져 나가는 자들은 오히려 군림수였다.

“커흐흑.”

“이런 육시할…… 와아악!”

한 번 떨어지면 그것으로 끝이었다.

무정한 칼날은 사정없이 육신을 파고들었고, 그 육신을 받아들인 강물은 단숨에 그 생명을 삼켜 버렸다.

북천밀가의 간판이라는 칠십이밀혼좌의 고수들이다.

검이라면 춘추를 꼽되 도법으론 북천밀가의 함광십팔도(含光十八刀)를 제일로 친다. 흑옥마수가 척천의 진산절기라 하나 무지개처럼 이어지고 있는 북천의 함광도식에는 역시 태부족이었다.

“안 되겠는데요?”

하나 남은 꽃배 위였다.

화실의 지붕은 언제인가 홀렁 날아가 버렸고 그 자리에 모습을 보이고 있는 자들은 바로 유마옥과 유마강 형제였다.

"역시 구천…… 제왕위가 아니면 상대치 못하겠습니다, 형님."

"그러나 기회일 수도 있다. 저들만 없애 버린다면 밀혼은 반 이상이 무너진 셈이 아니냐? 그렇게 되면 저력에서 우리가 앞서게 된다."

"북천대사마, 그놈은 왜 보이지 않을까요? 저 정도의 전력을 동원했다면 놈도 나타나야 마땅할 텐데 말이죠."

"때가 되면 나타나겠지. 좋아, 단혈수도 투입시켜라. 우선은 놈들부터 처치하고 보자."

"예, 형님."

단혈수 다섯, 그들은 유가 형제의 머리 위에 떠 있었다.

명이 있어야만 움직이는 그들이다. 어떤 신호를 받았는지 마침내 그들이 허깨비 같은 움직임을 보이기 시작했다.

너울너울… 채챙챙…….

자포보다도 훨씬 붉은 홍포이다.

북천밀혼의 용작환도는 어김없이 단혈수의 몸에 칼자국을 냈다. 그러나 베어진 것은 옷자락뿐이었다. 육신은 멀쩡했다.

그중 하나,

"이, 이놈……!"

휙 하고 갈라간 용작환도에서 무서운 기세가 일어났다.

함광도 삼대절초 중의 하나인 함상비익(含霜飛翼). 서릿발같이 날카로운 도기가 나래를 펴고 날아가 일도에 상대를 베어버린다는 바로 그 도식이었는데, 그 칼질도 속절없이 무너졌다.

흐릿한 혈흔, 마치 생채기가 난 듯이 가는 혈선 한줄기가 그 결과라면 결과였다. 그러나 그 대가는 너무나도 참혹했다.

함광도식을 가슴으로 받았던 단혈수다.

그의 핏빛 혈수가 쭉 뻗었다. 그 손에 잡히든 것은 방금 전 일도를 가했던 북천밀혼의 두 발목. 그는 칼을 떨쳐 낸 탄력으로 막 단혈수의 머리 위를 스쳐 가던 참이었다.

거칠 것도 없었다. 단혈수는 그대로 양팔을 세차게 벌렸고, 밀혼의 두 다리는 한일 자로 벌어졌다. 아니, 벌어지다 못해 쭉 하고 늘어났다. 그와 동시에 벌어진 것은 그의 입이었다.

"크아아아……!"

그는 이미 살아 있는 목숨이 아니었다. 가랑이가 찢어졌는데 어찌 살아 있다 말할 수 있을 것인가. 와르르 쏟아져 내리는 내장과 함께 그의 주검은 물속으로 처박혔다.

대개가 그런 식이었다.

밀혼은 한 번 도약에 한 번은 물을 밟아야만 했다.

그렇지만 단혈수는 아니었다. 그들은 시종일관 허공을 너울댔고 그 속도도 바람이 무색했다. 단혈수가 본격적으로 개입하며 전황은 판이하게 달라졌다. 한쪽은 기하급수적으로 숫자가 줄어들고, 한쪽은 갈수록 기세가 살아나는데 어찌 상대가 될 수 있으랴.

"으으으…… 괴물, 진짜 괴물이로구나!"

"이런 염병할……!"

"우와아아악……!"

강은 피로 물들었다. 뭍이었다면 시신이 즐비했을 것이로되 물이라서 다행이라고 해야 하나…….

군림수 반이 무너졌을 때쯤엔 밀혼들의 숫자도 절반 이상이 줄어 있었다. 그때였다.

“우우우……”

한 소리 굉량한 장소성이 일어났다.

반대편 강안 저 멀리에서였다. 절벽에 메아리까지 만들어내는 그 목소리의 시작은 분명히 백 장 이상의 저 너머였다. 그러나 장소의 여운이 사라지기도 전이었다. 그 목소리의 주인공은 벌써 전권으로 접어들었다.

무서운 내공에 보기 드문 경공이었다.

장소와 함께 허공을 밟아오고 있는 사람은 독비(獨臂)의 훤칠한 청년이었는데 단혈수 이상으로 거침이 없었다.

“훗훗훗……”

냉오한 미소가 입가에 만들어진다.

그는 나타나자마자 대뜸 단혈수에게로 육박해 들었다.

독비니 단장(單掌)이다. 그것도 단혈수와 똑같은 핏빛 혈수, 그의 혈수는 찰나적인 호선을 그리며 곧장 단혈수의 가슴팍으로 날아들었다.

퍽!

이번엔 달랐다. 독비청년의 혈수는 흙더미를 파고들 듯 너무나도 수월하게 단혈수의 가슴을 뚫어버렸다.

“끄으으으……”

너울거리고 있던 단혈수의 동작이 순간적으로 멈춰졌다.

으드드득. 가슴뼈가 으스러지고 척추마저 그 손에 부서진다. 슬쩍 손을 흔드니 단혈수는 절반으로 접혀진 채로 날려 나갔다. 가히 무적지경. 그토록 가공한 위력을 발휘하던 단혈수의 최후치고는 너무나 허무한 종말이었다.

“혈마갑에… 혈왕수!”

“너는 바로 촉산명왕 사마혼?”

이구동성, 유가 형제의 두 눈이 툭 불거졌다.

장소에 놀랐고, 이어졌던 그 솜씨에 놀랐다. 그리고 그의 정체는 진정 경악이었다.

"네가 어찌……?"

청년이 고개를 젖히며 앙천광소를 터뜨렸다.

"와하하핫……! 척천의 떨거지, 개소린 집어치워라! 듣자 하니 본왕의 혈왕수를 빗대어 마왕수인가 뭔가 하는 잡기를 만들었다고 하던데, 어디 그것 좀 보자."

정녕 그는 사마혼이었다.

의외의 장소에 의외의 상황. 그가 이 자리에 나타난 것은 정말 이변이었다. 하나, 호쾌하되 어쩐지 서글프게 느껴지는 웃음이었다. 사마혼은 웃는 와중에도 또 하나의 단혈수를 간단하게 무력화시켰다.

"네가 어떻게……?"

유마옥은 아직도 멍한 표정이다. 제정신을 차린 것은 동생인 유마강이었다. 그가 형의 등을 떠밀었다.

"가시오. 뒤는 내가 맡겠소."

형만한 아우가 없다고 했거늘 아니었다. 단호한 것으로도 유마강이 훨씬 더 나았다. 그가 회오리를 끌며 허공을 상승해 올랐다.

"오냐, 사마혼. 내가 상대해 주마."

외팔이 대 외팔이.

혈왕수대 마왕수, 두 사람의 붉고 검은 그림자는 이내 난마처럼 얽혀 들었다. 그러나 유마강도 사마혼의 적수는 되지 못했다.

쾅!

"욱……."

단 일 합에 밀렸다.

명색이 천하사왕의 하나인 축산명왕이다. 마왕수의 촘촘한 수영은 단

한 번의 격돌에 힘없이 찢겨졌다. 게다가 명왕은 혼자만 왔던 것이 아니었다. 한 사람이 더 있었다.

"우우웃……."

명왕이 나타났던 쪽이었다. 일성 기합 소리와 함께 거대한 도영 하나가 진짜 무지개처럼 암공을 폭사해 나왔다.

"하아앗! 거령폭풍……!"

밀혼 서열 제이위 거령도 하후연.

나이 오십의 그는 하위 서열의 여타 밀혼과는 질적으로 다른 고수였다. 그의 도결은 구천무문에서 전래된 바 있는 거령폭풍세. 그는 진짜 폭풍같이 맹폭한 기세로 막 자신의 눈앞으로 튕겨져 나오고 있는 유마강의 등판을 일도에 쪼개갔다.

"으……."

그렇다고 단칼에 베어질 유마강은 아니었다.

비록 혈왕수와 부딪치며 속이 울렁거릴 정도의 충격을 받긴 했어도 그는 천하를 도모코자 하는 군림마가의 이가주였다. 비스듬히 신형을 틀며 재차 마왕수를 떨쳐 내 하후연의 도세를 비껴 쳤다.

챙!

이번엔 백중세.

"우흐흐……."

진득한 살소, 하후연이 반공에서 칼자루를 고쳐 잡았다.

"명왕께선 어서 군림대종을 잡으시오. 이자는 내 책임지고 처리하리다!"

그 직전의 상황이다.

유마옥이 뒤를 보았다. 이십여 제왕위가 그를 옹위해 날아올랐고, 남은 세 명의 단혈수도 총총히 그 뒤를 이었다.

"하하, 꼬랑지를 말겠다 이거지?"

명왕 또한 그를 쫓아 오르고 있던 참이었다. 비스듬히 보결을 밟고 있던 그가 하후연의 말에 오히려 우뚝 멈춰 서버렸다. 그의 눈꼬리가 왹 하고 비틀려 올라간 것은 그 다음이었다.

"건방진 놈! 감히 누구에게… 네 감히 누구에게 이래라저래라 함부로 아가릴 나불거린단 말이냐?"

역시 천하사왕이었다.

그리고 그것은 틈도 되었다. 유마옥 일행은 그 틈을 이용해 어둠에 잠겨 버렸고 유마강 또한 울렁거리는 속을 진정시켰으며 하후연만이 벌레 씹은 얼굴로 뒤처리에 바빴다.

"그, 그런 게 아니라……."

"흥!"

사마혼의 코웃음이 냉랭해졌다.

하나 그것이 다였다. 그는 이내 시선을 거두며 발작적으로 수면을 박찼다. 몇몇의 밀혼이 그 뒤를 따랐고 절반 이상의 군림수가 그 뒤를 악착같이 물고 늘어졌다.

그렇게 그들은 사라졌다.

촉산명왕이 그 어떤 연유로 북간과 연수를 했는지는 모르나 강상의 혈전은 그 규모가 확연히 줄어들었다. 조금 전에 비하면 이제는 조용하다 할 정도의 소수전 양상이다.

십여 명의 밀혼과 그들을 두 배의 숫자로 대응하고 있는 군림수, 그리고 또다시 격렬하게 부딪치기 시작한 가령도 하후연과 유마강만이 강상에 남았다.

"이곳은 저희들이 끝을 보고 가겠습니다, 주군."

제5장 명왕

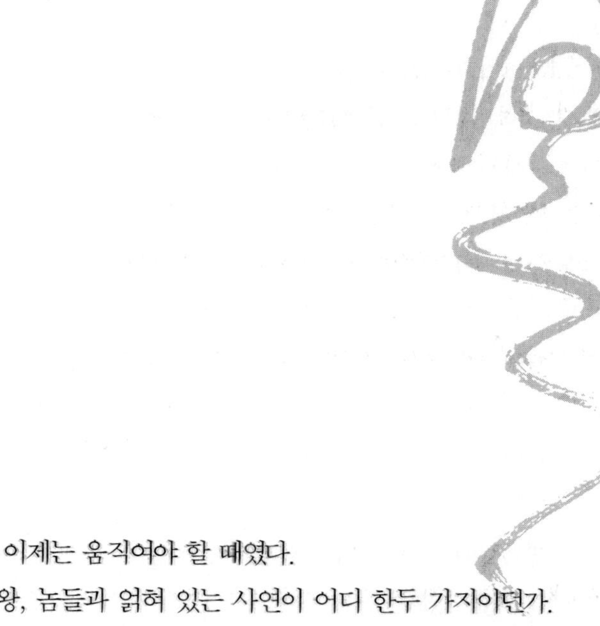

악치의 말마따나 이제는 움직여야 할 때였다.

유마옥과 촉산명왕, 놈들과 얽혀 있는 사연이 어디 한두 가지이던가.
명왕 사마혼은 촉산전의 연장선상에서 지어야 될 마무리였고, 유마옥은
군림태상의 정체를 밝혀줄 수 있는 하나의 끈이었다.

허방산은 눈을 빛냈다.

"혈월비를 다오."

"예? 아, 예."

허방산은 벌써 둥실 떠오르고 있었다.

비도를 건네받기가 무섭다. 그의 우수에 들려진 혈월비도가 찰나적으
로 붉은 화염에 휩싸였다.

아니, 지글지글 아예 표면이 녹아내린다.

손은 하얀 손 그대로인데, 대관절 그 얼마나 가공한 진화이기에 정강
으로 제련된 비도가 줄줄 녹아내린단 말인가.

‘아⋯⋯!’

‘지, 지독하다!’

쌍치가 눈을 크게 뜰 때였다.

혈월비가 손바닥 위로 스르르 떠올랐다. 누가 떠받치기라도 한 것처럼 다섯 치가량을 떠오르고 있는 붉은 쇳덩어리.

“합.”

짤막한 기합일성, 혈월비는 그 순간 하나의 유성으로 변했다.

보라, 밤하늘을 달리는 혜성처럼 검붉은 불꽃을 끌며 날아가고 있는 혈월비도의 모습을⋯⋯!

저 장엄한 모습이야말로 수유벽력을 구성하는 어기비결의 요체가 아니던가. 여치, 아니, 청령 진인이 이 자리에 있었다면 완벽한 태청검뢰의 전형이었다고 경탄해 마지않았을 것이다. 다른 것이 있다면 도가의 태청진기 대신 이화단기가 실렸다는 점인데, 비신이 녹아내렸던 것은 바로 그 때문이었다.

이화에 달궈지고도 온전한 것은 없다. 있다면 천강금정으로 만들어진 화우도의 몸뚱이 하나 정도라고나 할까.

슈유우우⋯⋯.

혈월비는 찰나적으로 삼십여 장의 공간을 가로질렀다.

한데 혈월비가 날아간 곳이 의외였다. 촉산전의 응어리를 담았다면 당연히 유마강이 목표가 되어야 하는데 그 불덩어리가 향한 곳은 그와 격돌하고 있는 거령도 하후연, 더욱 정확히는 그의 가슴이 아닌가.

“어떤 개자식이 이따위 불놀이를?”

피할 엄두도 내지 못하리만큼의 빠르기였다. 뭔가 불빛이 번쩍 하는 순간에 벌써 가슴팍 가까이에 다다랐으니까.

다행인 것은 그것이 정면이었다는 점이다. 뒤쪽이었다면 정말 속절없이 당하고 말았으리라.

하후연은 그 정도로 생각했다. 그리고 그는 유마옥의 마왕수와 부딪쳤다 되돌아오는 그 탄력으로 맹렬하게 칼날을 후려 돌렸다.

불덩이를 잘라 버리겠다는 심산이다.

하나 그것은 엄청난 착각이었다. 그가 좀 더 안목이 있었더라면 그 불덩이가 단순한 화염덩어리가 아니라 전설의 어검도에 따라 날아들었던 어기비검이었음을 알아차릴 수가 있었을 것이다.

그랬다면 죽어도 눈은 감을 수 있었을 것이다. 무사로서 어기비검에 당했다면 죽어도 영광이었을 테니까. 그것이 끝이었다. 거령도는 자르기는커녕 일 푼의 방향조차 돌려놓지 못했다.

쨍! 불덩어리는 거령도의 도신을 자끈동 부러뜨리며 일거에 하후연의 심장을 파고들었다.

"아욱!"

혈월비도는 그의 등판을 쑥 빠져나갔다.

"이, 이런 어처구니없는……."

그냥 통렬한 느낌이었다.

날벼락이라더니, 정말 벼락이었을까?

하후연 최후의 상념이다. 허공 중에 걸려 있는 그의 손에서 반 토막의 거령도가 툭 떨어져 내렸다.

"……!"

그 바람에 횡재한 것은 유마강이었다.

하후연과 마주 보고 있었기에 어떤 영문이었는지를 몰랐던 것이다. 번쩍였던 것, 그것이 무엇이었을까? 의문은 차후겠다.

"이, 이놈!"

대갈일성, 유마강은 선뜻 마왕수를 펼쳐 망연자실하고 있는 하후연의 두부를 사정없이 부숴 버렸다.

쾅! 이미 숨이 끊어진 육신이니 나올 비명은 없다. 하후연은 머리 잃은 시체가 되어 떨어져 내렸고, 유마강은 재빨리 수면을 차며 신형을 돌려세웠다.

"대체 뭐가……?"

그런 그의 눈에 이상한 것이 들어왔다.

물을 밟아오려고 하나, 한 발을 절룩거리는 갈포의 사내 하나가 선뜻 강안에서 보폭을 늘여왔는데, 그 거리가 한걸음에 무려 십오 장이나 되었다.

놀라운 경공. 하지만 그 놀람은 뒤에 비하면 아무것도 아니었다.

갈포는 하나가 아니었다. 또 다른 갈포 하나, 그는 강안에 떡 두 발을 벌리고 섰다. 하늘이라도 떠받치려는 듯한 천주부동의 자세, 아니, 탁탑천왕세인가? 그가 우수를 가볍게 휘젓는 것이 아닌가.

창백한 은색 점 두 개가 섬뜩하게 시야를 메워온 것은 바로 그 직후였다.

"서, 설마……?"

유마강의 입이 쩍 벌어졌다.

왜 모를까. 자신의 눈알이 터져 나가는 그 순간에도 악귀처럼 죽어라고 쌍수를 휘둘러 대던 그놈, 그리고 그놈이 던져 내던 저 악랄한 은색의 비도를……!

"이, 일수탈혼 악치!"

처음은 두 점이었다.

그러나 그것이 시작에 불과했음을, 일수탈혼이 왜 일수탈혼이었는지를 유마강은 나중에야 알았다.

두 개가 번뜩 네 개로 변한다. 아니, 변한 것이 아니고 원래부터 그 뒤를 이어왔던 것이다. 너무나도 빨랐기에 그리 보였던 것인데, 그러던 네 개가 여덟이 되고 급기야는 폭발하듯 열두 개로 쪼개졌다.

점점의 방사형, 그랬다. 악치가 강안의 지면에 버티고 서 있던 이유는 바로 저 비도무적혈의 정수인 십이혈화혼을 시전해 내기 위함이었던 것이다.

십이혈화혼은 간단한 비도술이 아니었다.

시전자의 혼이 담기고 필생의 진력이 가해지는 무림 최정상의 비예였다. 단 하나의 약점은 대지를 타고 오르는 힘을 실어야 한다는 것, 그리고 한 번 시전하고 나면 허탈함을 느낄 만큼의 진력이 소모된다는 것. 하나 그러기에 그만큼의 힘이 있었고 빨랐다.

오죽했으면 밤하늘의 군성이 한꺼번에 와르르 쏟아져 내려온다는 착각을 다 했을까.

"됐다."

혼과 열정, 그리고 타오르는 분노를 담아 비도를 뿌려낸 악치가 휘청하며 몸을 바로잡을 때였다.

탕탕탕탕…….

그래도 명색이 군림일절 마왕수다. 유마강은 마왕수를 전개해 거의 대부분의 비도를 쳐냈다.

"크으……!"

지독한 역도였다. 하나하나를 쳐낼 때마다 마치 철벽을 후려진 듯하다. 셋, 넷, 다섯… 여덟…….

"빌어먹을. 양손만 완전했어도……!"

결국 나머지 네 개는 쳐내지 못했다.

퍼퍼퍼퍽……!

"크아아아……."

두 개는 아랫배에, 두 개는 좌우쇄골에, 네 개의 혈월비는 유마강의 몸통에 틀어박히며 그를 일 장이나 뒤로 붕 날려 버렸다.

과연 십이혈화흔! 그와 동시였다. 어느 틈에 다가왔는지 호치가 손을 쭉 뻗었다.

"컥."

막 물속으로 잠겨들기 직전이었다. 유마강은 호치의 손에 뒷덜미를 잡혀 올랐다.

"네, 네놈은……?"

사실 너무나도 급박하게 돌아갔던 일련의 상황이었다.

하후연이 죽고, 혈월비가 날아가고, 유마강이 반송장이 되었던 것은 정말 단 두어 번의 호흡 사이에 일어난 급변이었다. 이제야 이상을 알아차린 북천밀혼과 군림수 이십여 명이 제각기 손을 멈추고 떼거리로 우르르 간격을 좁혀왔다.

"크크크……."

호치의 범눈이 흉흉해졌다.

이럴 땐 말이 필요없는 법이다. 호치의 두 발이 가위표로 교차해 올랐다. 어둠이 아우성을 치며 찢겨져 나간다. 족영이다. 살을 에는 듯한 경풍이 돌풍처럼 일어나는 가운데 첩첩의 발 그림자가 희뜩하게 어둠을 갈랐다.

날이라고 해야 하나, 아니면 추라고 해야 하나. 단 한 번의 발길질에 일어난 것은 무려 열여덟 개의 발 그림자였다. 거기에 걸려든 것은 막 전면을 양단해 오던 밀혼좌의 도객이었다.

쩡!

용작환도는 저만치로 날아갔다. 그와 동시에 그의 면상을 가격한 것은 다섯 개의 각추(脚錐).

“케에에에……!”

면상 정도는 첫발에 날아갔다.

그 다음에 없어진 것은 머리통 전체, 목 위로가 완전히 사라졌다. 쇠로 만든 철상이라 할지라도 한 줌의 쇠 모래로 간들어 버린다는 추웅십팔각이 오늘 그 진면목을 드러내고 있는 것이다.

그 하나로 포위망엔 구멍이 뻥 뚫렸다.

“버러지들……!”

추웅각의 달인이니 운신이야 오죽하겠는가. 호치는 유마강의 뒷덜미를 잡고도 단 두 번의 도약만으로 강안에 홀쩍 발을 붙였다.

“잡아, 잡아라!”

“저놈…… 저놈이 바로 천웅가의 선풍각이다!”

공동의 적, 하후연의 죽음은 밀혼과 군림수가 서로 간의 칼부림도 잊고 손을 잡게 만들었다.

“으흐흐흐…… 바라던 바, 다다익선이란 말은 바로 이럴 때 쓰는 것이나 아쉽게도 너무나 적구나.”

악치가 심호흡을 하며 외눈을 번쩍였다.

시험할 기회가 없어 확인을 못해봐서 그렇지, 다시 한 번 상대할 기회가 주어진다면 단혈수의 강체조차 뚫어버릴 자신이 있는 그였다. 유마강을 잡는 데 십이혈화혼까지 사용했던 것은 거리가 삼십 장이나 되었기 때문이다. 십 장 이내였다면 설사 유마옥이라 하더라도 결코 다섯 개 이상은 날리지 않았을 것이다.

십 장…….

바로 이 거리.

“가랏!”

폭섬연환이 거푸 두 번을 흘렀다.

숫자는 정확히 열아홉, 은색의 혈월비도는 빨랫줄처럼 쭈욱 쭉 점점의 허공으로 뻗어나갔다.

"혀, 혈월비…… 일수탈혼이다!"

"만리웅왕의 쌍처가 으으…… 바로 저들이다."

"어서 피햇!"

강상에서 이미 많은 진력을 소모했던 자들이었다.

입에서는 혹혹 단내가 나는데 거기에다 이마를 꿰뚫어 오는 저 죽음의 은색 비도라니! 질겁한 것은 당연했다.

혼비백산한 얼굴로 제각기 죽어라 몸을 비틀며 환도를 휘두르고, 혹은 흑옥마수를 내치나 많은 수가 이미 늦었다. 무정한 혈월비는 반수가량의 미간을 통렬하게 가격해 버렸다.

"으악!"

"으아아악……."

정녕 비도무정. 어디 그뿐일까. 사력을 다해 일격을 피해냈던 자들도 다 피한 것은 아니었다. 진기가 탁해져 물 위로 떨어져 내리고 있는 그들의 이마로 악치의 제이격이 빛살을 끌며 날아갔다.

퍼퍼퍼…… 퍼퍼퍼퍽!

"크악!"

"이, 이 정도였다니……."

일대는 단 몇 수 만에 조용해졌다.

밤은 다시 적막을 회복했고 강물은 예전에도 그랬듯이 피와 주검 그 모두를 말없이 삼켜 버렸다.

생지는 오직 쌍치뿐이다. 악치가 이마의 땀을 닦았다.

"조심해, 형. 제사를 지내려면 그놈 형제의 생간이 꼭 필요하니까."

끔찍한 말이다.

하지만 호치는 한술을 더 떴다.

"어찌 간뿐이겠느냐, 나는 뼈까지 추릴 참이다. 걱정 마, 죽지 않을 만큼만 혈을 눌렀으니까."

유마강은 혼절한 상태였다. 비도가 박혀 있는 자리는 핏기가 적었다. 얼마나 세게 틀어쥐었던지 핏기가 몰려 있는 곳은 오히려 목덜미 쪽이었다.

"더러운 자식들."

"호호……"

"그나저나 주군께선 어찌 되셨는지 모르겠군."

"어서 가자. 백구가 있으니 금방 따라붙을 수 있을 거야."

컹컹… 컹……

벌써 몇 번이나 같은 길을 왔다 갔다 했는지 모른다. 신견 백구는 벌써 쏜살처럼 강변을 내닫고 있었다.

"우웨웩……!"

그는 검은 핏물을 한 됫박이나 토해냈다.

본래의 중후함은 이젠 옛날 말이었다. 거지보다 더한 모습, 화탄을 맞았어도 이보다는 나을 것이다. 핏물이 턱수염을 타고 방울방울 떨어져 내린다.

"구정토혈이 삼 초 만에 깨졌고 회심의 마왕수조차도 십 초를 버티지 못했다. 역시 천하사왕좌, 촉산명왕은 사부나 당적해 낼 수 있는 절대고수다."

다름 아닌 그다.

군림대종 유마옥, 그는 지금 사력을 다한 도주 중이었다.

"크으으……"

비통함이 절절하게 새어 나온다. 혈혈단신. 그 많던 수하들은 다 어디로 가버렸나. 무적의 단혈수는 어디로 갔고 제왕위는 어찌 되었으며 그 많던 군림수는 왜 단 하나도 나타나지 않는단 말인가.

기가 막혔다.

"대체 뭐가 잘못되었기에……."

유마옥은 굵은 눈물을 뚝뚝 떨어뜨렸다.

군림천하를 꿈꾸던 그 힘은 모두 어디로 가버리고 이리 차이고 저리 차이는 상갓집 개 몰골이 되고 말았을까.

"그놈, 사마 놈만 없었더라도……!"

지금 이 순간, 그는 군림제일적 화신이란 존재는 까맣게 잊었다.

머리 속을 가득 채우고 있는 것은 오직 저승사자보다도 더한 손바닥 하나뿐이었다. 붉디붉은 단장의 마수…….

명왕은 정말 무서웠다.

어느 누구 하나 그의 혈왕수 일격을 제대로 받아내질 못했다. 척천오장원의 맥을 이었다는 자신도 그러했고, 뒤를 끊고 있을 수하들 역시 그러할 것이다.

"대관절 이놈의 일이 어디에서부터 틀어졌단 말이냐?"

황제를 준동시켜 남행을 하게 했던 것은 다 생각이 있어서였다.

손아귀에 들어 있던 황제가 언제부터인지 반항을 하기 시작했다. 그것이 부담스러웠던 차, 단안을 내린 것은 기계를 써서 임신시켰던 황비의 산달이 가까워왔을 때였다.

황좌에 앉을 자, 어디 그 씨가 따로 정해져 있다던가.

대통을 바꿔 버린다. 그 일은 정말 땅도 모르고 하늘도 몰랐다. 믿을 만한 어의의 진맥에 의하면 그것도 사내아이였다.

황자, 눈을 벗어난 황제를 처치하고 그 젖먹이로 하여금 황통을 잇게 한다. 외가인 유가는 당연히 섭정이 될 것이고, 그 일을 기화로 눈엣가시가 된 화신의 무리마저 토벌할 수 있다면 이보다 통쾌한 일이 또 어디에 있으랴.

원래가 화신이 주적이었던 것은 아니었다. 보다 시급히 도모해야 할 적은 북간이었다. 그럼에도 불구하고 굳이 놈부터 쳤던 것은 모두가 다 사부의 일방적인 독단 때문이었다.

"빌어먹을. 일이 틀어진 것은 그때부터였다. 놈을 건드리지 말았어야 했는데……."

그래도 만에 하나를 대비는 했다.

강하게 주청해 본래는 일천 예정이었던 어림호위금군을 오천으로 늘렸던 것도 여차할 경우에는 그들로 하여금 놈과 놈의 일당을 쓸어버릴 작정을 했기 때문이었다.

"백 년…… 자그마치 백 년을 이어온 유가의 저력이다. 절대 잘못될 리가 없다. 아암, 지금은 단지 일이 꼬였을 뿐이고 실마리만 풀리면 모든 것은 다 자동으로 해결될 것이다."

무리의 우두머리로는 너무나도 유약한 성격이다. 유마옥은 사태를 좋게 생각하려고 무던히도 애썼다.

"사실 나는 무림인이 아니다. 내게 무공과 군림의 야망을 갖게 해준 사람은 다름 아닌 사부다. 자신의 제자에게도 진면목을 보여주지 않는 사람, 강호는 이제 그에게 맡기자. 앞으로 우리 형제는 황실의 일에만 전념하는 것이다."

그때였다.

뭔가 시커먼 것이 갑자기 앞을 막아왔다.

밤이어서였다. 아니, 온전한 정신이었다면 그것이 시커먼 것이 아니라 낡은 갈포였다는 것을 알아차렸을 것이다. 하나 지금은 제정신이 아니었다. 자라 보고 놀란 가슴 솥뚜껑을 보고도 놀란다고, 바로 그 경우였다.
군림대종 유마옥은 다짜고짜 일장부터 쳐냈다.

"쓰러져라."

펑!

맞긴 맞았다.

창졸지간이었다곤 하지만 마왕수였다.

그의 마왕수는 갑작스레 나타났던 갈포인의 가슴을 정확히 후려갈겼
다. 하나 비명과 함께 튕겨진 것은 오히려 유마옥이었다.

"크으…… 처, 철벽이라니!"

반탄강기에 뒤집어진 내장의 핏물이 길게 일 장이나 이어진다.

콰당! 땅바닥에 처박히고 나서야 유마옥은 간신히 몸을 세울 수 있었
다. 버르적거리는 것이 금방이라도 숨이 넘어갈 양이다. 그러나 아직은
아니었다. 진짜 사색은 그 다음이었다.

유마옥은 사지를 벌벌 떨었다.

"으으, 이 악마 같은 놈!"

바로 그였다. 화신 허방산. 촉산에서의 한주먹도 모자라 가슴이 꿰뚫
린 몸으로도 오백 리를 쫓아와 사경으로 몰아넣었던 자, 지금 이 순간의
화신은 정녕 악마나 진배없었다.

자신으로 하여금 피를 토하게 만들었던 명왕의 혈마갑은 생각도 나지
않았다. 유마옥은 사색이 되어 뒷걸음질을 쳤다.

"비, 비겁한 놈……!"

"비겁?"

"그렇다. 내 펴, 평소만 같았더라도 너 정도는 어림도 없다!"

"뭐라고?"

본의는 아니나 단혈수를 위시한 마가의 수하들이 명왕을 저지하고 있

는 틈을 타게 된 것은 사실이다. 하되 참으로 어처구니가 없는 자다. 주제에 지금 그것을 꼬집고 있단 말인가.

허방산은 피식 웃었다.

"좋아, 일각을 주지. 그 안에 힘을 모아라. 그런 연후에도 좋다, 내 주먹질 한 번만 받아낸다면 영원히 너를 쫓지 않겠다."

"저, 정말이냐?"

그럴 줄은 몰랐나 보다. 유마옥은 그 외중에도 눈을 크게 떴다. 어쩌다 자신도 모르게 나왔던 말이었는데 순진하게도 그 말을 믿어줄 줄이야. 유마옥은 재차 못을 박았다.

"만리응왕이니 설마 식언이야 하지 않겠지."

"홋홋."

정말 웃기는 자다. 아니, 이런 자와 노닥거리고 있는 자신이 더 한심했다. 허방산은 재차 고소를 지었다.

"이유는 하나야. 네가 죽어도 불만이 없게 하고자 함이지. 약속하마, 너는 살아서 지옥을 구경하게 될 것이다."

"……!"

"어서 운기를 하는 것이 좋을 것이다. 일각의 유예는 벌써 시작되었으니까."

대소. 커다란 웃음이 터져 나온 것은 바로 그때였다.

"으하하하……!"

난데없는 웃음소리였다.

하나 정체를 모르지는 않았다. 그 파안대소 하나에 유마옥은 누렇게 떴고 허방산은 빙그레 미소를 지었다.

"어서 오게, 명왕."

"푸핫핫…… 역시, 역시 명불허전!"

붉은 손가락 하나를 치켜세우며 검은 밤하늘을 밟아 내려오는 사람이
있다.

명왕 사마혼, 다름 아닌 그다.

"그렇지 않아도 저 밥통을 어찌하나 고민했는데 잘되었네. 아니꼬운
놈에게 좋은 일을 시켜주긴 정말 싫었거든."

자지러지고 있는 유마옥을 보면서 하는 말이었다.

모를 말이다. 아니꼬운 놈이라니……?

그나저나 이상하지 않은가. 허방산도 그랬고 사마혼도 그랬다. 둘 사
이의 원한으로 치자면 선대로부터 이어져 왔던 불공대천의 원수 사이,
그럼에도 불구하고 둘은 막역지우처럼 허물이 없어 보인다. 더군다나 첫
대면이나 다름이 없었음에랴.

"그렇지만 나는 그대 같은 대인은 못 되네."

그 말과 함께였다.

명왕이 불쑥 단장을 내밀었다.

피 냄새 물씬한 혈수였다. 제왕위를 비롯한 마가 휘하 수십의 생령을
무참히 도륙해 버린 촉산의 지존수다. 명왕은 단 일 장으로 이때다 싶어
막 도망을 치려던 유마옥의 전후좌우를 완벽히 차단시켰다.

"흐윽!"

유마옥은 질겁했다. 겨우 진창을 벗어나나 했더니 늪이다. 피할 수 없
다. 방법은 단 하나, 죽으나 사나 힘으로 깨치는 수뿐이었다.

"에이잇……!"

새까매진 얼굴로 유마옥은 번뜩 쌍장을 뒤집었다.

콰우우. 사력을 다한 마왕수 절기가 검은 구름처럼 일어나 사마혼의
때려 나간다.

가냘픈 몸부림. 그렇다, 그것은 정말 아무 쓸모도 없는 몸부림에 불과

했다. 사마혼의 혈수는 유마옥 최후의 발악을 간단히 파괴하며 그의 가슴에 시뻘건 손도장 하나를 박아버렸다.

"크으윽!"

유마옥의 신형이 실 끊어진 연처럼 날려갔다.

진정 죽이고자 했다면 즉사를 면치 못했으리라. 하나 반송장 정도면 충분했다. 유마옥은 덜퍼덕 맨땅에 얼굴을 박았다. 사마혼이 히쭉이 웃으며 입을 열었다.

"쥐새끼는 다리부터 잘라놔야 줄행랑을 못 치는 법이라네. 더군다나 저잔 우리 천하사왕의 역사적인 순간을 목도할 자격조차 없는 자거든. 그렇지 않은가?"

선입견과는 달리 내내 호쾌한 어조다. 허방산 도한 씩 웃었다.

"할 말이 좀 있을 것 같네만……."

어찌 조금뿐이겠는가. 과거 창응겁의 혈사에서부터 지금 이 순간에 이르기까지 정말 해야 할 말, 들어야 될 말은 너무나도 많았다. 그는 분명 창응겁의 속내도 간단치 않은 것이라 했다. 더불어 북간과 행동을 같이하고 있는 이유도 반드시 알아야 할 의문 중의 하나였다.

명왕은 툴툴 웃었다.

"당연히 있지. 순간이면 끝날 목숨을 무엇 때문에 연명해 왔는데. 하하, 그러나 말로 할 수 있는 것이라면 글로도 쓸 수 있고, 글로라면 여기에 이렇게 서면으로 적혀 있네."

명왕은 품에서 얄팍한 종이 봉투 하나를 꺼내 들었다.

비록 초가삼간까지 모두 잃어버린 패군지장에 불과했으되 그가 이 시대를 대표하는 천하용자의 하나임을 부인할 수 있는 사람은 없다. 명왕 사마혼, 그는 선이 굵고 아주 직선적인 사람이었다.

그는 선뜻 봉투를 날려 보냈다.

“받게.”

“……!”

생각대로 암수는 없다. 일체의 경력도 느껴지지 않는다. 봉투는 나비처럼 너울너울 날아와 얌전하게 손바닥 위로 내려앉았다.

허방산의 이마에 주름살이 잡혔다.

연유야 어찌 됐든 자신의 성을 무너뜨린 당사자를 앞에 두고도 저자, 적대감이라곤 단 한 톨도 보이지 않는다. 오히려 무거운 짐을 벗어버린 짐꾼처럼 홀가분해 보이는 것은 착각일까.

“인생엔 쉼표를 찍어야 할 때가 있고 마침표를 찍어야 할 때가 있는 법이지.”

“무슨 뜻인가?”

“훗훗훗…….”

명왕의 웃음이 묘했다.

“우리 둘 중의 하나는 오늘 여기에 영원히 남아야 된다는 말일세. 그것은 내가 남기는 유서……. 집구석이 망하고 나서 초안을 했던 거야. 하지만 자네가 죽으면 내가 다시 회수해 갈 것이니 그리 알게.”

“그대가 죽으면?”

“핫핫…… 유서라고 내 이미 말하지 않았던가?”

“할 말은 다 여기에 있다?”

“자아, 그따위 골 때리는 얘기는 그만 하고, 우리 이제 멋지게 한판 붙어볼까?”

“장담하거니와 붙으면 죽는다. 정녕 죽고 싶은가?”

“장부로 태어나 이만큼의 수모를 겪었으면 살아 있어도 산목숨이 아니지. 더럽고 치사한 세상이니 더 이상 미련도 없어. 다시 말하거니와 그 종잇장이 아니었다면 내 이미 천령개를 부숴 버리고 말았을 게야. 그러나 전력을 다해야 할 걸세. 오늘 죽는 사람은 자네나 내가 아니고 우리 중의 하수가 죽는 것이니까."

"하수?"

"나보다 하수라면 내 손에 죽는 것이 더 나을 것이라 이 말일세."

내뱉는 한마디 한마디가 뼈를 느끼게 한다.

하되 전체적으로 느껴지는 정서는 처량함이었다. 명왕은 이미 죽음을 각오했다. 말투도 그랬고 눈빛도 그랬다. 그러나 그것이 꼭 허방산 때문만은 아닌 것 같아 보인다. 무슨 연유일까?

"음……."

대체 그가 알고 있는 것은 무엇인가? 그 무엇이 저리도 굵어 보이는 사내를 재기조차 꿈꾸지 못할 정도로 낙담시켜 버렸던 것일까?

하나 무사로서의 기백은 건재했다.

"준비하게."

사마혼은 가슴을 펴고 섰다.

쌍수가 완전했더라면 더 더욱 늠름한 위풍이었을 것이다. 그러나 단장의 날을 세우고 있는 지금의 저 기세만으로도 그는 충분히 명왕이라 불릴 자격이 있었다.

"혈왕수는 본 가의 명왕절기, 무문에서 유래된 것이니 단 두 초식만 있음도 알고 있으리라 믿네. 단장이라 본래의 위력은 아닐 것이나 그래도 만리웅왕에게 비웃음을 살 정도는 아닐 게야. 나는 그것을 쓰겠네. 준비는 됐겠지?"

계속 막다른 길로 몬다.

하나 어차피 넘어야 할 산이었고 베어야 할 자였다. 사내다운 호방함이 아깝긴 하지만 그는 창웅겁을 야기한 촉산이매가의 당대 책임자였다. 빚은 갚아야 했다.

허방산은 우수를 들었다.

콰드득!

관절 튀는 소리와 함께 주먹이 말려졌다. 그 주먹으로 그는 느릿느릿 사마혼을 가리켰다.

"그럼 나도 이 주먹만 쓰겠다."

"……!"

처음엔 어리둥절, 그러다가는 고개를 끄덕이며 흔쾌하게 웃는다.

"좋아, 좋아. 과연 웅왕. 내 사양치 않음세."

명왕은 목젖이 다 드러나도록 크게 웃었다. 그러던 어느 한순간 그는 칼같이 웃음을 끊었다. 단호히 정색하며,

"간단히 하도록 하지. 자아, 제일격이 가네."

혈마갑을 끼고 있는 손가락 다섯 개가 일순 부챗살처럼 활짝 퍼졌다. 그 손 전체가 짙은 혈하(血霞)에 휩싸이며 일대에 가공할 압력이 만들어 진다.

"……함(陷)!"

산이라도 밀어내나, 명왕 사마혼은 두 눈에 핏발까지 세우며 천천히 단장의 혈수를 밀어냈다.

그 순간에 밀려든 것은 노도였다.

쿠쿠쿠쿠ㅡ

노한 파도, 정말 큰 산이라도 뭉그러뜨려 버릴 것만 같은 무서운 경력 이 회오리치는 압력을 동반한 채 십 장 공간을 질러왔고, 그에 맞선 허방 산의 이화뇌정권도 하얀 섬광을 끌며 폭발하듯 그 중심을 질러갔다.

콰아앙……!

일대 벽력, 그 여파는 굉장했다.

두 줄기 강력이 부딪치며 파생된 경풍이 한 꺼풀의 지면을 깎아 올렸

고, 자욱하게 일어나는 흙먼지 속에서 두 사람은 각기 두어 걸음이나 비틀거리며 물러섰다.

하지만 그 순간에 승패는 판가름났다. 허방산의 신형이 금세 안정을 되찾는 것에 반해 사마혼은 왈칵 핏물까지 게워냈던 것이다.

"으……."

사마혼이 두 눈을 부릅떴다.

"자네, 지금 나를 모욕하고 있는 것인가!"

이글거리는 숯불보다도 더한, 그야말로 타는 듯이 뜨거운 눈이었다. 무엇을 말하고자 하나, 명왕 사마혼의 시선은 격한 진실을 담고 웅왕을 쏘아봤다.

"내 아버지의 호마신력을 깨뜨린 그 힘을 보여주게. 난 명왕이야, 나 사마혼은 대촉산의 지주란 말이네!"

"으으음……."

허방산은 침음을 흘려냈다.

명왕은 정말 아까운 사람이었다. 선대의 원한만 아니었다면 허리띠를 풀어놓고 마음껏 취해보고 싶은 사람이 바로 그였다. 첫 대면, 단 한 번의 만남에 불과했으되 진심이었다. 해서 방금 전의 뇌박권에도 단 칠성의 공력만을 실었던 것이다.

그러나 아아, 저 사람…….

허방산은 마침내 고개를 끄덕였다.

"알겠소."

그 대답 하나에 사마혼은 마치 소년처럼 좋아했다.

"프하하하……! 좋아, 친구. 이번은 중(重)이라는 것이네!"

이매비전 혈왕수 함중이식의 마지막 중!

환히 웃으며 그는 단장으로 둥근 원 하나를 그리다가는 손장난을 하듯

이 가볍게 장심을 밀어왔다.

하나 그것이야말로 기세조차 느껴지지 않는 초극경의 혈왕장이었다. 혼신의 힘을 실은 사마혼의 장세는 쳐 나오는 순간 앞을 완전히 진공으로 만들어 버렸다.

고오오—

무음무풍의 역도가 정면으로 다가선다. 찰나의 느낌, 그것은 거대한 수레바퀴에 깔리기 직전과도 같은 느낌이었다.

"대단하네."

허방산의 우수가 팔뚝까지 하얗게 변했다.

이화뇌정으로 떨쳐지는 웅박, 비류권 중에서도 가장 위력이 큰 웅박권영이 하나의 눈부신 백색 화염덩어리로 변해 사마혼의 장세를 맞받아갔다.

한순간,

쾅!

원래 거대한 것일수록 표가 나지 않는 법이다.

그것이 만상이 운행되고 있는 자연의 이치다. 지금도 그랬다. 가벼운 음향과 함께 두 사람이 내쳤던 공세는 여운도 없이 사라졌다. 심지어는 한 가닥 경풍조차 일어나지 않는 천하사왕의 격돌, 그 마지막은 희미한 미소였다.

"고맙군."

도대체가 이해할 수 없는 미소였다. 명왕 사마혼은 그런 미소를 지으며 허방산을 물끄러미 바라다봤다.

"이것이 화신의 진면목인가? 그래도 그렇지, 이 아녀자같이 여린 친구야, 내 그렇게 신신당부를 했는데도 손속에 여지를 남겨둘 건 또 뭔가?"

"아니네. 난 전력을 다했네."

"하하, 자넨 나를 바보로 알고 있구먼?"

"……."

"지금 나의 내부는 완전히 으스러졌네. 그러나 방금 전의 그 일격도 그분의 호마강체를 깨뜨릴 정도는 아니었어."

"음……."

허방산의 눈은 아픔을 담고 있었다.

저 사람, 지금 저리 웃고는 있으되 아마도 단해가 빠개지는 듯한 격통을 느끼고 있으리라. 하나 그 정도를 가지고 어찌 심중의 아픔에 비교할 수 있으랴. 이백 년을 이어왔던 촉산사마가의 명맥이 이로써 끊기게 되었거늘……!

사실 방금 전의 웅박권에도 사정은 깃들어 있었다.

하되 그것을 받아들이지 않았던 사람은 바로 명왕 자신이었다. 피할 여지도 있었고 비껴칠 틈도 주었는데 그것을 무시했던 것은 그였다. 깨질 줄 알면서도 정면으로 부딪쳐 왔던 것이다.

사마혼은 거인이었다.

그의 눈빛은 아주 광활했다.

"눈 덮인 산을 좋아했네. 그 산정에 서면 모든 시름을 잊을 수가 있었지. 왠지 그 산이 못 견디게 그리워지는구먼."

"바란다면…… 촉산에 묻어주겠다."

"하하, 그런 것이 무슨 소용이 있겠나. 그저 왔다가 가면 그만인 것을. 굳이 남길 것도 없는 오욕의 삶이었거늘……."

"……!"

"뒤를 부탁하네."

"그게 무슨……?"

"그리고 조심하게. 자네의 능력을 믿어 의심치는 않으나 보이는 것이 꼭 진실만도 아닌 세상이니. 하하…… 세상은 너무나 추잡해.”

“……!”

허방산은 더 이상 묻지 못했다.

사마혼의 입이 그만 한일 자로 굳게 다물어졌던 것이다. 영원히 다시는 열리지 않게 될 그 입이다. 최후의 한순간까지도 의연한 미소를 잃지 않았던 사람, 명왕의 마지막엔 가슴 뭉클한 그 무엇이 있었다.

사마혼은 선 채로 눈을 감았다.

그는 갔다. 여름밤의 어둠만이 정적을 더해가는 가운데 문득 요란한 파공성이 일어났다. 다름이 아니었다. 정신을 잃은 줄로만 알고 있던 군림대종 유마옥이 엎어진 채로 떠올랐던 것이다.

뒤도 돌아보지 않는다. 어디에 그런 힘이 남아 있었던지 붕 떠오른 채로 곧장 쏜살처럼 내뺀다.

그러나 허방산은 태연했다. 마치 그럴 줄 알았다는 듯이 힐끗 그 요란을 한 번 스쳐 보고는 수중의 종이 봉투로 눈을 돌렸다.

“명왕의 유서라…….”

피땀이 배어 있는 명왕의 유물이다. 지푸라기 검불 무게만도 못한 종이 봉투 하나에 불과하거늘 왜 이리도 무겁게만 느껴지는 것일까?

“우선은 저 친구부터 안장을…….”

봉서를 품속에 갈무리했다.

유마옥은 신경도 쓰지 않았다. 그도 그럴 것이, 그가 도주하고자 하는 방향에서 컹컹 짖는 백구 소리가 들려왔기 때문이다.

백구의 곁에는 쌍치가 있다. 지금의 유마옥 정도라면 주검이나 마찬가지다. 아니나 다를까, 허공을 끊는 혈월비 소리와 함께 찢어지는 듯한 비명이 날카롭게 야공을 울려왔다.

“아아악……!”

한두 대도 아닐 것이다. 악치의 분노가 제대로 날아갔다면 보나마나 고슴도치가 되어 있을 것이다.

"제놈 주제도 모르는 자식……!"

차천곤으로 하여금 온갖 재주를 부리게 했고, 낭월의 형제에게 한을 품게 만들었으며, 대명의 황실까지도 농락했던 자, 황제의 눈과 귀를 가려 민초들의 애환을 야기한 주범이 그다. 군림마가는 그 이름만으로도 피가 끓어오르게 하는 자들이었다.

쌍치와 백구는 금방 당도했다.

유마옥과 유마강 형제는 바닥에 내동댕이쳐졌고, 명왕을 향한 쌍치의 경악이 있을 무렵이었다. 갑자기 백구가 털을 세웠다.

크르르르…….

절대 반가워하는 으르렁거림이 아니다.

살기였다. 허방산은 묵묵히 측면의 어둠 일각을 쏘아봤으며 그제야 이상을 감지한 악치가 잽싸게 허리춤을 훑었다.

쐐에에에……!

혈월비 두 자루가 동시에 어둠을 갈랐다.

한데도 별다른 반응이 없었다. 결과는 깜깜한 먹통, 다시 비도를 뽑아 드는 악치를 허방산이 말렸다.

"그만두게. 혈월비로는 잡을 수 없는 자이네."

"예, 예?"

악치의 새파란 외눈이 불신으로 불거졌다.

'설사 신이라도 그럴 수는 없다. 주군 외 당금 천하에 과연 비도무정혈을 웃어버릴 수 있는 능력자가 있을 수 있단 말인가?

주군의 말이 아니었으면 결코 믿지 않았을 것이다. 그래도 치미는 의구심은 어찌할 수가 없다.

‘대관절 어떤 놈이기에?’

허방산의 입술이 천천히 벌어졌다.

“나와라.”

장중한 응왕의 일갈, 하되 응답이 없었다.

잠깐의 정적이 다시 흐르고 허방산의 짙은 눈썹이 꿈틀하는 찰나였다. 어둠을 헤치며 느릿느릿 그가 나타났다.

많지도 않아 보이는 나이였다. 기껏해야 서른 안팎일 것이다, 싯누런 장삼을 걸치고 있었는데 일견에도 그는 눈이 번쩍 뜨일 만한 귀골이었다.

한순간,

“어?”

허방산의 눈이 번쩍했다.

정말이었다. 그러나 그것은 사내가 미남이거나 귀골이어서가 아니었다. 언젠가 한 번 만나본 적이 있는 구면이었기 때문이다.

“그대는 그때 그…….”

“한발 늦었군. 그나저나 파핫핫…… 이게 얼마만이오?”

그였다. 바로 그였다. 보배로워 보이는 자죽장 하나를 옆에 끼고 커다란 웃음과 함께 그가 다가왔다.

제6장 풍운개

풍운개

언제였던가, 막 천산에서 돌아왔을 때였다.

도치 박포의 생사전을 홀랑 뒤집어놓은 사람이 있었다. 도치의 금지옥
엽 절염쌍희마저 생사박의 제물로 만들어 버렸던 자. 북경에서 왔다 했
나? 그는 통성명도 없이 헤어졌던 바로 그때의 그 사람이었다.

"내가 호연풍, 호연모요…… 웅왕."

"호연…… 풍?"

그것은 또 하나의 놀라움이었다. 쌍치으 입이 단번에 주먹만하게 벌어
졌다.

"용등호약 구주풍운……."

"바로 풍운개 호연풍……?"

개방이 배출한 당대의 호걸들, 그중에서도 풍운개 호연풍은 단연 백미
였다. 오죽했으면 강호상에 떠도는 그 이름자 편린 하나만으로도 개방제
일이란 칭송을 받았겠는가.

그가 그러니……!

하되 허방산의 표정은 꽤나 담담했다.

아니, 덤덤했다고 해야 하나? 담담하다 함은 마음에 파문이 없다는 뜻이고 아무 느낌도 없는 밍밍함이 덤덤하다란 말이라면 전자가 더 옳은 표현일 것이다. 허방산은 별다른 표정 변화를 보이지 않았다.

“보이는 것이 꼭 진실만은 아니니…….”

방금 전에 들었던 말이다.

아직도 온기가 남아 있을 사마혼의 마지막 유언이 바로 그 말이었다. 허방산은 지금 그 말을 되새기고 있었다.

‘그때도 그랬고 지금도 우연은 아니다. 천하의협의 표상이라는 개방의 행사다. 진정한 개방의 협골이라면 절대 저자 같은 구란내는 풍기지 않는다. 어지러운 세상…… 호약개 호룡만 봐도 그래. 개방은 결코 옛날의 개방이 아니다.’

허방산은 풍운개를 직시했다.

눈과 눈 사이의 거리는 십여 장, 서로 간을 확인하는 데에 어둠은 전혀 방해가 되지 않는다. 허방산의 시선이 강렬해지자 풍운개가 한눈을 찡긋했다.

“응왕의 시선이 너무나 따갑구려. 그래, 이 호연모의 얼굴에 뭐라도 묻었던 게요?”

“……!”

“하하하…….”

그때도 저랬다.

당당함이 지나치다 못해 오만하게까지 보이는 눈빛, 게다가 묘한 상황에서의 돌연한 만남, 이것이 어찌 우연이라고만 말할 수 있을 것인가. 온몸을 사로잡는 것은 털끝이 곤두서는 경각심이었다.

허방산은 정색했다.

"다름이 아니다. 살쾡이 새끼도 아니고 주워 먹을 게 뭐가 있다고 곁을 기웃거렸는지 그것이 궁금해서다."

험악한 말이었다. 그리고 그것은 백리향을 떠나온 이래 웬만해서는 좀처럼 놓지 않았던 하대이기도 했다.

풍운개의 얼굴에서 웃음기가 사라졌다.

"허……."

얽혀드는 시선 사이, 보이진 않았으되 쩡 하고 불똥이 튀었다.

한여름의 공기는 싸늘하게 식었고, 비록 영문을 모르기는 했으나 주군의 뜻이었다. 베라면 개방이 아니라 천자라도 가차없이 벨 그들이다. 허방산이 적대감을 보이자 쌍치가 몸을 풀기 시작했다.

뒤가 아니라 앞이었다.

쌍치가 나란히 허방산의 좌우로 벌려 섰다.

"용건이 무엇이오?"

"바쁘니 별일이 아니면 그냥 지나가 주시겠소? 보시다시피 삶아 먹지도 못하는 닭대가리 두 놈의 털을 벗겨내야 하니 말이오."

풍운개라면 개방에서나 풍운개다.

뿐이랴, 쌍치도 호약개의 일을 들어 알고 있었다. 허방산의 명이 있었기에 함구하고는 있었으나 그들의 머리 속에는 풍운개조차도 호약개의 연장선상이었다.

'똑같은 북간의 개인지도 모르잖아?'

'썩을 놈들……!'

'껍데기만 봐서는 아무것도 모른다. 오죽했으면 청령 진인, 그 노인네

도 몰라봤을까? 그래도 그 어른은 좋은 사람이기나 했지.'

호연풍의 표정이 냉랭하게 변했다.

"무례하군. 창웅가의 쌍치가 그렇게 대단한 존재들이었던가?"

그러자 악치가 대뜸 벽안의 외눈을 부라렸다.

"왜, 한번 시험해 보겠느냐?"

공기가 이제는 살벌해지기까지 했다. 허방산은 방관자처럼 묵묵했고, 거기에 더한 모욕을 느꼈던지 호연풍은 일순 고개를 젖히고 앙천광소를 터뜨렸다.

"파하하하……!"

그것이 다였다.

나타남도 갑작스러웠거니와 떠남도 그랬다.

풍운개 호연풍은 느닷없이 번쩍 몸을 날렸다. 가공지경. 그는 단숨에 오십 장 저 너머로 사라져 갔다. 쌍치의 눈이 동그래졌다.

'놀라운 경공! 주군만이나 하다니, 그래서 그리도 건방지게 처웃었군? 제기랄, 어쨌거나 놈은 저 경공 하나만으로도 풍운이란 이름자를 쓸 자격이 있다.'

'빌어먹을 개방 놈……!'

결국 일은 벌어지고야 말았다.

아니, 만남만도 못한 만남, 그것은 너무나도 찝찔한 뒤끝을 남겨준 어느 여름밤의 조우였다. 쌍치가 뒷머리를 벅벅 긁었다.

"쩝……."

"주군, 이거 영 켕기는데요."

찜찜한 것은 허방산 본인도 마찬가지였다.

어쨌거나 그는 개방의 정통을 이을 사람, 문도의 수가 일만에 달한다는 천하제일방의 용두방주가 될 거물이 아니던가.

‘제엔장…….’

따지고 보면 도발은 자기가 먼저 한 셈이니 일가의 수장으로서 삼가야 할 실수를 저지르고 만 것이다. 한숨만 거푸 나왔다.

“그만 가세나.”

어둠이 벌어지며 한 쌍의 눈이 드러났다.

광염이 이글거리는 눈, 그 눈은 허방산 일행이 만들어놓고 떠난 명왕의 무덤에 꽂혀들었다. 큼지막한 바위 하나가 봉분을 대신한 무덤이다. 일대의 거인치곤 너무나도 초라한 안식처. 하나 그 눈에 떠오른 것은 애도가 아니라 비웃음이었다.

“무능한 놈……!”

그 눈의 주인공은 호연풍이었다.

한데 왜 그리 음산할까. 그의 목소린 얼마 전에 보였던 호쾌함과는 전혀 딴판이었다.

“그리도 허망하게 죽을 줄 알았더라면 내 거둬들이지도 않았을 것이다. 그나저나 놈이 저렇게나 커버렸을 줄이야……. 이제는 나라도 장담하지 못할 지경이 아닌가.”

풍운개 호연풍, 그가 생각하고 있는 것은 무엇일까.

대관절 무엇을 생각하고 있기에 저토록 무서운 살기를 보이고 있는 것일까. 그의 눈빛이 악착스러워졌다.

“나라정안법은 시간이 갈수록 가공해진다. 더 이상 자라나게 된다면 정말 곤란해져. 다소 무리가 있다손 치더라도 이참에 잘라 버려야 한다. 반드시 그래야만 한다!”

점입가경. 그의 독백은 더욱 가공해졌다.

“어쨌거나 유가 형제가 놈에게 넘어가 버린 이상 군림태상이라도 잡아야 유가 백 년의 장보(藏寶)를 얻을 수 있다. 척천오장의 유진도 유진이려니와 천하제일 유가의 부(富)가 있어야만 돼. 그래야만 대업에 차질이 생기지 않는다. 허가 놈은 그 다음이다."

고즈넉한 밤이었다.

달과 별이 한꺼번에 어우러져 빛나고 있는 이 밤, 호연풍의 불붙은 눈은 한참 만에야 그 빛이 꺼졌다.

"단지 살아남고자만 했다면 그런 절치부심의 세월을 보내진 않았을 것이다. 후훗…… 대중원, 이 너른 대지의 주인을 꿈꾸지 않았더라면 내 어찌 그런 수모를 겪고 살았겠는가."

그는 슬쩍 떠올랐다.

바람이 흐르는 듯, 구름이 흐르는 듯 그는 진짜 바람과 구름처럼 그렇게 어둠을 가르기 시작했다.

풍운. 뜻하지 않은 또 하나의 바람은 그렇게 불어왔다.

아니, 그 바람은 진즉부터 불었던 바람이라고 해야 옳지 않을까. 또 다른 몇 마디, 아리송한 몇 마디를 끝으로 호연풍은 완전히 자취를 감추었다.

"아무튼 담가 그 멍청한 놈은 잘 처리되었나 모르겠군. 가만히 있었으면 콩고물이라도 떨어졌을 것을 괜한 잔머릴 굴려 결국은 제 놈의 무덤을 파고 말다니……."

소쩍새 우는 사연은 어디에고 있다. 북망산 저 하찮은 무덤 하나에도 사연은 있거늘 하물며 개방임에랴.

*　　　*　　　*

"길을 터라!"

사자후 한 소리가 밤하늘을 울렸다.

쩌렁 하는 일갈이었으나 행색은 말이 아니었다. 군데군데 십여 곳의 칼자국이 참혹하다. 실밥 터진 황포는 누더기 혈포가 다 되었고, 안색은 이미 백지장이었다.

그래도 그는 담자기였다.

풍운개가 개방의 상징적인 존재라면 호약개 담자기야말로 방의 대외사를 관장해 왔던 실질적인 중추다. 금방이라도 주저앉을 것만 같은 중상임에도 불구하고 그의 호걸다운 풍도 여전했다.

"그대들을 죽이고 싶진 않다."

보라, 그의 눈에서 뻗어 나오고 있는 두 줄기의 무서운 불길을! 그는 노한 범처럼 외치며 쌍장을 들어올렸다.

"하나 막는다면 그대들이라도 실수를 쓰겠다!"

담자기는 사위가 봉쇄되어 있는 상태였다.

그를 가로막고 있는 것은 개방 특유의 타구봉이었다. 복장 또한 개방 전통의 황포였으니 이십 정도나 될까, 담자기의 전후좌우에 포위망을 구축하고 있는 황의인들은 다름 아닌 그의 형제였다.

자중지란인가? 특히나 담자기에게 살기까지 보이고 있는 자들은 전면의 사내들이었다.

숫자는 넷이다. 하나같이 삼, 사십 장년의 우람한 몸집을 자랑했는데 그들이야말로 개방의 상징이라 할 수 있는 법문호위 수호사십팔정(守護四十八丁) 가운데서도 백미로 손꼽히는 사대호장이었다.

일만의 숫자에서 추리고 추린 정예였으니 그 신수야 오죽할까. 사십팔정은 방주의 곁을 떠나지 않는다. 떠났던 것은 단 한 번, 반년 전 온다간다 한마디 말도 없이 종적을 감춰 버렸던 방주 독각선 울지 방주를 찾아나섰을 때뿐이다.

어쨌거나 그들에게도 양보는 없었다. 양보는커녕 오히려 살기만 증폭시켰다.

"방주 대행의 명이오, 담 장로. 순순히 오라를 받으시오. 거부한다면 결국 피를 보고 말 거요. 본인은 수급도 가하다는 명을 받았소."

특히 유난한 거구였다.

대력개(大力丐)란 이름 외에도 쌍장개천지(雙掌開天地)라는 별칭으로 더 유명한 자. 손 하나만도 가히 솥뚜껑을 방불케 하는 거수였는데, 그가 바로 개방의 호법절기 풍뢰개천장을 노화순청의 경지에까지 연마했다는 수호사십팔정의 수좌 본인이었다.

대력개의 말에 담자기는 단호하게 고개를 저었다.

"나는 십절죽부와 울지 방주 노방주의 명만을 듣는다. 대력, 나를 포박해 가고자 한다면 그것을 가져와라."

"개방종사령 십절죽부가 울지 방주와 함께 사라졌음을 알고 있으면서도 그런 억지를 부리다니……."

"억지라니! 그것이 어찌 억지란 말이냐? 그것은 당연한 것이다. 십절죽부와 용두령 이외 그 무엇이 감히 개방의 문하에게 하명할 수가 있단 말이냐?"

"방주 대행의 명이라지 않았소!"

"호연풍은 방주 대행이지 방주가 아니다. 너는 그것도 모른단 말이냐?"

"답답하구려. 꼭 이렇게까지 해야만 하겠소?"

"핫핫핫! 북간의 잡배 몇을 황천으로 보내느라 내 약간 지치긴 했다만, 그대들에게 모욕당할 정도는 아직 아니다. 동문의 정을 생각해 한 번만 더 경고하겠다. 비켜라……!"

"할 수 없군. 우릴 원망치 마시오."

대력개를 비롯한 사대호장이 사상합벽으로 돌아섰다. 그리고 그 순간에 담자기의 쌍장은 휘둘러졌다.

우르릉, 우레 치는 소리. 그와 함께 일어난 것은 담자기 독보의 항룡장세였다. 장세가 구름처럼 일어나 사상합벽진의 축을 휘몰아쳐 간다.

미처 이룩되지도 못한 진세였다. 찰나적인 담자기의 공세에 진세는 일거에 허물어졌다.

"윽."

"우욱……."

묵직한 신음 소리였다. 그러나 그것이 어찌 사실이라고만 할 수 있을까. 진실은 또 달랐다. 비틀하며 물러서던 사대호장이 소맷자락을 떨쳐내며 제각각 전음을 실어 보냈다.

"태양위(太陽位)로 어서……!"

"얘기는 나중에 합시다, 담 장로."

"무조건 베라는 명이었소! 게다가 함구령까지 ……."

"가시오!"

사대호장의 연수합격이었는지라 천 길 폭포수와도 같은 공세였다.

걸리면 부서지고 만다. 호약개 담자기의 신형이 둥글게 말려지며 팽이처럼 돌아간 것은 그 공세에 말려들기 직전이었다.

파파파팡!

가죽 북 터지는 소리가 요란하게 일어났다.

보나마나 짓이겨진 육괴가 되고 말았을 것이다. 하나 아니었다. 담자기는 혹같이 만들어내민 등짝으로 사대호장의 공세를 일일이 다 받아냈으며 회전하던 그 탄력으로 맹렬하게 허공으로 솟구쳤다.

돌개바람이라고나 할까. 그는 무사했다.

아니, 그 정도가 아니었다. 사대호장이 떨쳐 냈던 진력은 오히려 달리는 말에 채찍질한 꼴밖엔 되지 않았다. 핏덩이가 되어도 모자랄 담자기의 몸은 진짜 회오리바람처럼 개방도의 포위망을 넘어 저 먼 어둠 속으로 날아가 버렸다.

"귀, 귀공탄(龜攻彈)?"

모든 이의 눈이 휘둥그러졌다.

탄(彈)은 탄이로되 되치는 탄이 아니었다. 귀공탄은 등에 공력을 집중해 거북이 등짝처럼 단단하게 만들어 상대방의 공세를 되돌리는 기공이다. 일면 이화접목을 발휘해 원하고자 하는 방향으로 기세를 도인해 낼 수 있는 효용도 있는데, 담자기가 쉽사리 떠오를 수 있었던 것은 바로 그 때문이었다.

"영악하구나, 담자기."

"귀공탄은 구주 노사의 구명절기인데?"

"잡아…… 잡아야 한다."

그때서야 제정신인 시늉이다.

사대호장이 제일 먼저 몸을 날렸고 천진에서부터 남하해 왔던 총단의 고수들이 야조처럼 그 뒤를 따랐다.

"척살령이 내려진 이상 반드시 베어야 한다! 그는 반도, 그를 잡아야만 울지 방주와 구주 노사의 실종에 대해서 알아낼 수 있다."

"개방의 전통에 반역이란 없었거늘! 으드득…… 반드시, 반드시 잡아 포를 뜨고 말리라!"

"사대천왕의 명예로도 부족했더냐, 이 찢어죽일 놈아!"

호들갑스런 아우성. 그것은 잡자는 것이 아니라 반대로 어서 가라는 소리로밖엔 들리지 않았다.

정말 뜻하지 않았던 도움이다. 그 막무가내, 오로지 법만을 안다는 사대호장이 길을 다 터줄 줄이야……!

"모두가 두 분 선사(先師)의 영혼이 돌보심이다.'

담자기는 눈물을 흘렸다.

그가 사부라 칭할 수 있는 사람은 둘이다.

한 사람은 코흘리개 어린 시절 그에게 오의를 입혀주었던 독각선 울지 방주, 다른 한 사람은 제반 잡기와 상승의 경공절기를 전수해 주었던 일장로 풍개 구주 노사.

그런데 선사라니. 그것은 죽은 사람에게나 쓰는 말이 아니던가.

괴이한 일이 아닐 수 없다. 울지 방주는 그 호방한 성품으로 근 일 갑자 동안이나 개방을 이끌어왔던 당대의 거인이며, 풍개 또한 강호에서 가장 빠르다고 자타가 공인하는 경공의 대가로 근자에까지 건재했던 사람들이다. 그렇다면 뭔가. 그들의 신상에 무슨 변고라도 일어났다는 뜻이 아닌가.

"크흐흐흐……."

담자기는 주먹으로 눈물을 훔쳐 냈다.

"그런 개만도 못한 놈을 우상으로 여기고 있었다니… 으으…… 내 이 썩은 눈알부터 뽑아버리고 말리라."

정말이었다. 말보다 손이 먼저 올라갔다.

푹. 솔방울만한 살덩이 한 점이 손에 잡혀 나온다. 지독했다. 담자기는 자신의 눈알을 파 던지면서도 신음 소리 하나 내지 않았다.

아아, 대관절 그 사연이 무엇이기에……!

"한 눈은 남겨둔다. 아까워서가 아니라 그 개자식의 죽어가는 꼬락서니를 반드시 봐야 하겠기에!"

이제는 외눈, 그 눈엔 오직 철천지한뿐이었다.

점점의 핏방울이 그 한처럼 끝없이 허공을 수놓고 그 붉은 궤적만큼이나 담자기의 마음도 핏물에 젖어간다.

"거의 다 왔다. 그라면… 그라면, 크으으…… 내 손이 아니라서 그것이 분하나 그 도적놈을 벨 수 있는 실력자는 오직 그뿐이다."

담자기는 사력을 다했다.

그래도 벼랑이라도 헛디딘 것처럼 정신은 추락해 가고 몸은 천근만근으로 늘어져만 간다.

과다한 진력의 소모와 출혈 때문이었으리라. 지금은 경공도 뭣도 아니었다. 그저 흐느적거리는 몸짓에 불과했다. 앞도 모호했다. 검은 안개 속을 헤매듯 흐릿하기만 한 시야, 그 눈에 문득 낯익은 얼굴 하나가 들어왔다.

"사, 사제?"

'사형' 하고 부르는 소리도 들렸다.

몽롱해져 가고 있던 의식이 반짝 하고 돌아왔다.

허허. 그것이 벌써 십 년이나 되었나? 변치 말자 영원을 다짐했던 사제의 얼굴. 이 한 몸 다 바쳐 개방의 영광을 재현해 보자고 맹세하며 혈배를 나누었던 바로 그 사제의 얼굴……!

"오오, 너는 무사했구나!"

한데 저 미소는……?

등을 맞대고 서로 간의 뜨거운 체온을 느꼈던 나날이 얼마이며 같이 나눴던 그 열혈의 잔 수가 얼마이거늘… 그랬던 사제의 얼굴이, 아니, 네 놈의 낯짝이 왜 그리 악귀마냥 흉악해진단 말이냐?

퍽!

뜨거웠다. 발끝에서 머리끝까지가 화끈했다.

반가운 포옹 대신에 날아든 것은 비정의 칼날이었다. 얼싸안아도 시원치 않을 놈이 가슴에 비수를 꽂아오다니……!

칼은 아니었다. 비수만한 크기의 죽편이었는데 짧은 마디가 열 개나 되고 붉은빛이 은은한 것이 예사로운 기물이 아니다. 죽편은 뿌직 骨를 가르며 담자기의 가슴에 틀어박혔다.

"십절죽부니 원도 없을 것이오. 잘 가시구랴."

"그, 그럼 너도……?"

아마도 그것은 무인의 본능이었을 것이다. 담자기는 가슴이 꿰뚫리는 그 상황에서도 상체를 비틀며 최후의 일장을 쳐냈다.

꽝!

"아욱."

방심이라면 놈도 마찬가지였다.

죽을 용을 쓴다고 했다. 게다가 분노로 쏟아냈던 담자기 필생의 공력이었다. 회심의 미소를 띤 채 거 봐란 듯이 들이대고 있던 놈의 오른쪽 상판이 완전히 으깨진 석류가 되어서 날아갔다.

"까으으으……."

본래는 헌앙할 정도로 준수한 얼굴이었다. 그 얼굴이 이젠 야차처럼 변했다. 반쪽은 혈면, 다른 반쪽은 구겨진 휴지. 퉤 하고 침을 뱉으니 부러진 이도 대여섯 개는 족히 나왔다.

"가, 가느 꺼내 시브리라."

혓바닥도 잘렸나, 말도 모호했다.

그가 용수철처럼 튕겨 오르며 손을 치켜들었다. 하지만 담자기는 이미 의식 불명이었다. 가만히 놓아두어도 과다 출혈로 죽었을 그였다. 생으로 외눈박이가 된 데다 가슴에 죽편까지 박혔으니 가느다랗기는 했으나 호흡이 있는 것이 오히려 이상할 정도였다.

담자기는 답을 하지 못했다.

대신 다른 사람이 맞장구를 쳤다.

"무얼… 간을 꺼내 씹는다고 했느냐? 그놈 참, 어지간히도 식인을 즐기는 모양이로구나."

창노한 음성이었다.

이것이야말로 기겁할 노릇이 아닌가.

고즈넉한 이 밤, 인적은커녕 찌륵거리던 풀벌레마저도 잠든 이 밤에 도저히 들려서는 아니 될 소리가 들려왔던 것이다. 더군다나 지척에서였다.

"어, 어떠 잡노므 자스기……."

반인반귀가 대경해서 돌아섰다.

거기에 그가 있었다. 한 자루 시커먼 철검을 둘러메고 있는 주름살투성이의 백발노인, 그가 엎어지면 코 닿을 곳에 서 있었다.

"흐흐…… 어떤 잡놈의 자식이?"

아예 번역을 했다. 그러나 아니었다. 마치 장난을 치는 듯한 어조였으되 노인의 안광만은 차가운 겨울밤의 별빛이었다.

"서, 서르마……!"

무엇을 떠올렸던 것일까, 노인을 본 반인반귀가 부르르 몸서리를 쳤다. 그리곤 냅다 발끝으로 땅을 찍었다.

대단한 반인반귀다. 경공 하나는 정말 대단했다. 번쩍 하는 그 순간에 벌써 십 장 저 너머를 내닫고 있지 않은가.

노인이 목을 꺾어 두둑거리는 소리를 냈다.

"구주개, 그 냄새나는 거지 놈의 천풍비(天風飛) 재간이로군. 제법이야. 그러나 가더라도 욕 값은 치르고 가야지?"

노인의 손끝이 놈의 잔등을 가리키나 싶었다. 등에 꽂혀 있던 철검이 그 손끝을 따라 검은 유성처럼 쏘아져 간 것은 정말 환상이었다.

밤하늘을 달리는 검은 유성.

“케에에에……”

반인반귀가 돼지 멱따는 소리를 질렀다.

무엇이 어찌 되었나, 팔뚝 하나가 후두둑 핏물이 되어 떨어진다.

그렇게 놈은 사라졌다. 꼬리가 밟힌 도마뱀이 제 놈 살을 잘라내고 도망을 치듯이 놈도 팔 하나를 목숨 대신 남겨놓고는 죽어라고 줄행랑을 쳐버렸던 것이다.

노인의 칼도 더 이상 놈을 쫓아가진 않았다.

눈이라도 달린 양 졸지에 놈을 외팔이로 만들어 버렸던 칼은 제집으로 얌전히 날아들었고 노인은 혀만 끌끌 찼다.

“일검만 쓰기로 맹세했으니 지킬 수밖에. 그나저나 요새 젊은 놈들은 어찌 저리도 머리가 비상할까. 연전에는 패왕매인지 뭔지 하는 놈이 저러더니만 이번엔 저따위 비린내 나는 코흘리개까지도……. 이런 떠그랄, 실력이 준 건가?”

노인은 바로 검왕이었다.

검왕 단목추. 고개를 외로 꼬던 그가 담자기를 바라봤다.

“반 치만 비스듬했어도 염통이 상했을 것이다. 운도 좋은 놈…… 그래, 이것도 네 녀석의 복이라면 복이라 치자.”

그가 아니었다면 담자기는 꼼짝없이 숨을 거두고 말았을 것이다.

잠시 담자기의 기혈을 돌려준 단목추 노인은 그를 겨드랑이에 끼어 들었다. 내내 궂은 날 같다가도 느닷없이 쨍 하는 햇살처럼 도대체가 종잡을 수 없는 성품의 노인, 그가 싱긋 하며 반공에 노구를 걸었다.

“그놈이 내 병아리는 잘 건사해 놨는지 모르겠군.”

병아리라… 언젠가 들어봤던 말이었다.

촉산에서였을 것이다. 여치가 그의 한 칼을 빌리고자 갖은 유혹을 다 했다. 그중엔 이런 말도 들어 있었다.

짝짜꿍을 시켜주마!

"므흐흐흐……."

하나 웃음을 짓기에는 너무나도 비정한 밤이었다.

그리고 아직도 새벽은 멀었다.

이가 모두 나가고 볼때기의 생살이 찢어졌으니 얼마나 아팠겠는가. 너무나도 순간적이었는지라 팔이 잘려 나간 고통은 오히려 깨끗할 정도였다.

"다 잘됐는데, 커흐으…… 결국엔 십절죽부도 내 손에 들어왔는데…… 재, 재수에 옴 붙었다."

그 재수, 반인반귀의 옴 붙은 재수는 그것이 끝이 아니었다. 아주 사소하고도 미미하기 그지없는 시작에 불과했다. 꽁지에 불붙은 다람쥐처럼 죽어라 허공을 건너뛰고 있을 때였다. 뭔가 희끗한 것이 불쑥 코앞에 나타났다.

"하마터면 너를 몰라볼 뻔했구나."

낭랑한 목소리였다.

하되 반인반귀는 그를 알아보지 못했다.

눈앞에 나타난 얼굴이 고집깨나 있어 보이는 응왕, 그 본연의 얼굴임도 알아보지 못했다. 거짓말처럼 자신을 가로막는 그 놀라운 경공 솜씨에 생각나는 것은 오직 하나뿐이었다.

하얀 파뿌리, 그다.

"육시랄 늙은이…… 대업이 이루어지는 날 내 네놈의 껍질을 벗겨서 마누라 고쟁이로 만들어 버리고야 말겠다."

"뭐라고?"

"두고 봐라, 그 이전에 뒈졌다면 널짝을 파서 뼈다귀라도 고아 먹고 말 테니까.”

하기야 검왕을 만나고도 어찌 온전한 정신을 바랄 수 있겠는가. 그가 자신을 뒤쫓아온 줄로 착각하고 있는 모양이다.

“이놈이 지금 무슨 헛소리를……?”

대뜸 손이 올라갔다.

짜악! 따귀 돌아가는 소리가 경쾌하다.

“하이고……!”

조금만 더 셌어도 고개가 돌아간 것이 아니라 아예 떨어져 나갔을 것이다. 본인은 몰랐으나 얼마 전에 조우했던 풍운거 호연풍에 대한 찜찜함이 그대로 반영된 뺨따귀였다. 반인반귀는 그대로 땅바닥에 처박혔다.

“캑!”

불행히도 성했던 쪽이다.

이번의 따귀로 그나마 번듯하던 한쪽도 완전히 사라졌다.

이제는 양쪽 모두가 혈면(血面), 그 얼굴을 들어 상대를 보고 나서야 그는 비로소 천지 분간을 했다.

쇠기둥같이 튼튼해 보이는 건각이 여섯이었다.

갈색의 가죽 장포와 그 옆구리에 끼워져 있는 송장 둘. 거기까지는 그냥 지나갔다. 문제는 그 위의 얼굴이었다.

“……!”

찰나 모든 것이 경직되었다.

막 일어나기 직전의 엉거주춤한 삼지육신도, 벌겋게 핏발 선 눈도 송두리째 굳었다. 그러나 그것은 순간이라 할 수 있을 정도의 잠깐이었다. 혈면귀의 눈알이 핑그르르 돌아갔다.

찰나지간의 머리 회전, 결론은 금방 났다.

“어이구우. 나, 낭월의 대협이시었구려. 나요, 나…….”

뺨따귀 두 대에 양 뺨은 물론이고 입까지 주먹만하게 부어터졌는지라 겨우 알아들은 말이었다.

"나라니?"

모르는 척 되묻는 심사는 또 무엇인가.

어쨌거나 다행도 이런 다행이 없었다. 쇠 신발이 닳도록 찾아다녀도 모자랄 놈이 그야말로 하늘에서 뚝 떨어진 것이나 마찬가지였으니 그 기꺼움에 코끝을 실룩거릴 만도 했다.

허방산은 간신히 웃음을 참았다.

'놈⋯⋯!'

변신의 귀재. 놈은 정말 현란했다. 겉모양은 물론 하는 짓거리 하나하나도 완벽할 정도로 능수능란했다. 모르고 있었더라면 그 한 수에 홀딱 넘어가 버렸을 것이다. 놈은 진정 이 밤의 피도 잊혀질 만큼이나 대단한 별종이었다.

'한 번에 여덟 번이나 몸 색깔을 바꾼다는 팔색조도 결코 저놈만은 못할 것이다.'

그 팔색조, 놈이 한껏 재주를 피우기 시작했다.

"초면이나 나는 잘 아오. 내가 바로 개방의 호룡이외다. 호약개 담 사형과는 둘도 없이 절친한 사이라 들었으니 이 호룡도 그리 여겨주셨으면 고맙겠소이다, 허 대협."

"호룡? 모르겠는데⋯⋯?"

"그럴 리가! 정말로 나 용등개 호룡을 모르시오?"

"모른다. 북천밀왕 사도영, 그 망할 놈의 시위장이라면 또 모를까."

"⋯⋯!"

그것은 차라리 벽력이었다. 한껏 떠벌려지던 호룡의 입이 단번에 얼어붙었다. 허방산은 피식 웃었다.

“공공전의 태위가 어떤 놈팡이인지도 나는 알고 있지.”

“허걱!”

연이은 충격이었다.

호륭의 잘려진 어깨에서 붉은 피가 봇물 터지듯이 터졌다. 너무나도 크나 큰 타격에 그만 애써 지혈해 놓았던 경동맥이 툭 터져 버리고 말았던 것이다.

“쓰레기 같은 놈……!”

허방산은 경멸의 일별을 끝으로 선뜻 몸을 돌렸고 대신 악치가 앞으로 나섰다.

“개소린 나중에 듣자.”

아닌 게 아니라 시간이 없었다.

저 멀리에서 흘러든 천리천웅호 일성이 가슴을 덜컥하게 만들었던 것이다. 천웅호는 무척이나 긴박하게 들렸다. 그뿐만이 아니었다. 아련하긴 했으나 거기엔 결진을 요하는 야신호도 어지러이 섞여 있었다.

멈칫하던 허방산의 신형이 그대로 숏아올랐다.

“우…….”

일대의 초목이 다 요동을 친다.

천웅호에 화답하는 웅왕의 낭월후, 장소의 여운은 아직도 굉량한데 사람은 벌써 온데간데없다. 일수탈혼 악치 또한 끼고 있던 유마강을 내던지며 땅을 박찼다.

“형이 이자들을 압송해.”

“……!”

돌연했던 급사(急事)였다. 창웅과의 인연이 좀 더 일렀다면 호치 또한 방금 전의 천웅호를 완전히 해석해 낼 수 있었을 것이나, 그가 알아들을 수 있었던 말은 단 한 마디뿐이었다.

“군림태상……?”

그랬다. 급박하게 전해왔던 천웅호는 군림태상에 관해서였다. 또 하나가 있었다면 천웅호의 발신자가 여자였다는 것. 속 시원히 내용이라도 알아들었다면 이렇게까지 답답하지는 않을 것이다. 선풍각 호치는 답답한 가슴을 풀썩 주저앉는 호룡에게 풀었다.

“이 개자식을 확 작살내 버릴까 보다.”

“어, 어떻게……?”

“일어나, 이 새꺄!”

멱살이 잡힌 채 자신이 개 끌리듯 질질 끌려간다는 사실도 잊었다. 망연자실, 용등개 호룡은 그 말만 수없이 반복했다.

“어떻게 그 사실을……?”

그래서 세상일은 모르는 것이다. 한 치 앞을 모르고 두 치 앞은 더 더욱 모른다. 그러기에 발걸음 하나조차도 당당해야 하는 것은 아닐까. 밤은 새벽을 향하여 무섭게 달려갔다.

제7장 추적

강폭은 넓어 그 끝이 아득하다.

뿌연 새벽이라 강은 더 광대하고 신비로웠다. 대륙을 남북으로 양분하는 만리장강. 가파른 절벽 아래, 강안의 하얀 모래톱은 난데없는 핏물에 젖고 있었다.

캉캉캉…….

"커흑!"

부딪치고 있는 것은 검은 쇠도끼와 쌍검이었다.

그 사이에 터져 나오는 것은 단말마의 비명과 붉은 피보라. 한둘이 아니다. 장강의 모래밭에서 뒤엉켜 있는 검고 푸른 옷차림의 사내들은 각기 백은 되었다.

쇠도끼는 새벽을 가르고 쌍검은 목숨을 가른다.

도끼를 휘두르고 있는 청의인들이야 야응노인이 심혈을 기울여 배출해 낸 철부야신전의 고수들이었으나 쌍검의 흑의인들은 낯선 자들이다.

차림새론 군림수였으되 신수만은 흑옥마수 이상이었다. 하나같이 그리 길지도 않는 한 자 반 길이의 단검을 썼는데, 어찌나 영활하게 놀리는지 마치 손에서 돋아난 듯했다.

힘겨운 싸움, 그 이유는 따로 있었다. 그도 그럴 것이 야신전의 수장에겐 전장을 지휘할 여력이 없었기 때문이다.

"어, 언니……!"

산산이다. 눈물을 글썽이며 진기를 흘려 넣고 있는 곳은 바로 여시의 명문혈. 아아, 여시의 앞가슴은 완전히 피 범벅이 아닌가!

"제발…… 정신 좀 차려봐라, 언니야."

꼿꼿이 앉아는 있었으나 여시는 인사불성이었다.

대체 무슨 일이 있었던 것일까? 사력을 다해 진기를 쏟아 넣긴 하나 그뿐이다. 여시는 눈을 뜨지 못했다.

"주, 죽지 마."

산산이 입술을 깨물었다. 가녀린 체구에서 일어났다고는 믿을 수 없으리 만치의 진력이 노도처럼 일어났다. 혼신공력을 다 일으킨 것이다. 그러면서 산산은 뒤를 돌아다보았다.

'왜 아직도 오지 않는 거야!'

애타는 시선이다. 앞에서는 수하들이 피를 뿌리며 쓰러져 가고 있고 기다리는 사람은 오지 않는다.

사실 적수지에서 발현된 허방산의 천응호에 따라 세가를 나선 형제는 여시를 위시해 모두 여섯이었다. 주어진 임무는 일대를 뒤져 군림태상과 개방의 담자기를 찾아내는 것, 그러나 가주는 몰라도 가까이 있을 그들은 왔어야 했다. 산산의 애를 태우는 사람은 바로 그들이었다.

쾅!

폭음 소리가 유별나다.

산산의 표정은 더 더욱 다급해졌다. 하얀 모래밭을 뒤엎으며 격돌하고 있는 곳의 전황이 너무나 좋지 않았던 것이다.

험악했다. 근방의 모든 칼바람과 도끼 소리를 다 합친 것만큼이나 험악한 생사결이 벌어지고 있는 곳, 폭음 소리와 함께 거대한 철부 하나가 허공으로 튕겨지고 있었다.

"과, 과연 척천오장…… 그러나!"

튕겨 오르는 도끼 자루엔 손이 붙어 있다.

소나무 껍질처럼 우악스럽게 생긴 손, 그 손의 임자는 허공에서 자세를 바로잡으며 두 손으로 부서져라 도끼 자루를 움켜쥐었다.

"쌍검마(雙劍魔), 네놈에게 구천참룡부을 보여주겠다."

파월대부 광호, 다름 아닌 그다.

야신전의 수석야신, 그가 두 눈을 부릅뜨며 장작 패는 자세로 도끼를 치켜들자 상대 또한 방금 전의 격돌로 인해 모래밭에 박혀들었던 발을 빼냈다.

"흐흐……."

음랭한 눈빛이었다.

나이는 사십 정도. 깡마른 체구에 작은 몸집이었는데 진짜 무서운 눈을 가진 사내였다. 웃는데도 표정이 없다. 그저 입꼬리만 슬쩍 비틀렸는데, 가슴 앞에 교차시킨 검날에선 줄기줄기 서리 같은 예광이 피어오른다.

거부와 단검. 그 둘이 상대가 된다는 것 자체가 경이다.

그러나 사실이었다. 밀려난 쪽은 빼빼 마른 단검의 사내가 아니라 오히려 광호였다. 언뜻 보면 어른과 아이가 다투는 듯하다. 수중의 병기도 그랬고 체구도 그랬다. 하나 피를 본 사람은 광호였다. 단 십 초를 견디지 못하고 그만 가슴이 난자되는 검상을 입고 말았던 것이다. 조금만 더

깊었더라면 심장이 갈라졌을 것이다.

"으드득……!"

광호가 피를 뿌리며 도끼를 치켜들자 쌍검마라 불린 사내 또한 모래밭을 찍어 올랐다.

"무식한 산적 놈. 이번엔 진짜 숨통을 끊어주마!"

"이야아아앗……!"

석년 칠석지쟁 당시 오장원의 척천대장로를 두 조각으로 만들어 버렸다는 구천참룡부다. 수비의 여지라곤 단 일 푼도 남겨두지 않는 오로지 공격 일변도의 초식, 죽이지 못하면 죽는다. 비록 공력이 약해 그 본연의 위력은 아니었다 할지라도 전설의 도끼였다. 광호의 대부는 맹렬한 기세로 쌍검마의 천령개를 찍어갔다.

"크크크……."

사내의 눈빛이 음산해졌다.

그렇지 않아도 냉랭하던 눈빛이 어둠처럼 칙칙해지며 교차된 단검이 선풍처럼 휘돌았다.

검사란 원래가 눈이 좋은 법이다. 쌍검마는 특히나 그랬다. 참룡부의 맹점은 너무나도 강맹하다는 것, 그러기에 변초가 없다는 것, 한 번만 피하면 그것으로 승부가 난다는 것, 쌍검마의 우수단검이 머리로 짓쳐드는 도끼날의 옆면을 정확히 돌려 찍었다.

깡!

날의 방향이 비스듬해졌다.

하되 광호 필생의 힘이 담긴 참룡부였다. 쌍검마의 계산대로라면 튕겨져 나가야 마땅했으나 삐끗한 게 다였다. 그 바람에 살았다. 원래대로라면 팔랑개비처럼 휘돌던 쌍검마의 좌수단검이 광호의 가슴을 갈랐어야 했다.

“이, 이런……!”

도끼날이 어깨로 떨어져 오자 쌍검마가 기겁하며 상체를 뒤로 휘었다. 그래도 좀 늦었다. 광호의 쇠도끼는 쌍검마의 어깨살을 한 줌은 날려 버렸다. 너무나도 찰나적이었는지라 감각도 없다. 쌍검마의 허리가 기역자로 꺾어지며 자연스레 발이 올라갔다.

“윽.”

“우욱!”

쌍검마는 어깨살이 손바닥만큼이나 날아가 버렸고 배를 걷어차인 광호의 거구는 붕 떠서 날아갔다. 양패구상이었으되 아니었다. 쌍검마의 손실은 단순한 피륙에 불과했다.

그러나 광호는 폭포수처럼 피를 뿜어냈다. 쌍검마의 발길질에 그만 내장이 진동하고 만 것이다. 도끼는 모랫바닥에 날을 박고 몸은 길게 혈선을 그려낸다.

“이, 이놈의 곰새끼……!”

쌍검마가 눈을 희번덕거리며 광호를 쫓아갔고, 움직이래야 움직일 수도 없는 산산은 속만 까맣게 태웠다.

명재경각. 쌍검마의 검극은 어느새 광호의 사타구니에 가 닿고 있었다. 길게 베어버릴 참이다.

“아예 찢어주마.”

보다 못한 산산이 질끈 눈을 감는데, 이변이 생겼다.

아직 죽을 운명은 아니었는지 광호의 거구가 쌍검마의 단검을 피해 훌쩍 일 장을 떠올랐다.

“억?”

자력은 아니었다. 놀라는 쌍검마의 눈만큼이나 그것은 의외였다. 광호의 그 거구를 짚단처럼 가볍게 낚아채 십여 장 저 너머로 날아 내리고 있는 사람이 있지 않은가.

허방산이었다.

"크으으…… 가, 가주!"

입을 여니 주먹만한 핏덩이가 튀어나온다. 그래도 광호는 생긴 것만큼이나 강골이었다. 후들거리는 다리로 기어코 선다.

"죄, 죄송…….''

고개를 숙이나 허방산은 그를 보지 않았다.

멈칫하는 쌍검마를 보지도 않았다. 그의 불꽃 같은 두 줄기 시선은 이제 겨우 숨결이 돌아오고 있는 여시를 보고 있었다. 한눈에도 자상이다. 비스듬한 칼자국, 산산의 눈물 젖은 얼굴에 고개를 한 번 끄덕여 주고는 천천히 시선을 돌렸다.

보이는 이 주검이요, 피다. 허방산의 두 눈이 은은한 핏빛으로 물들었다.

"도끼질은 그렇게 하는 것이 아니다, 광호."

멀리서 보았다. 아슬아슬했던 그 순간 절정에 이른 운리쾌형이 아니었다면 광호는 이미 죽었을 것이다.

허방산은 나직하게 말하며 슥 우수를 내밀었다.

모래밭에 박혀 있던 광호의 파월대부가 그 손에 빨려든 것은 정말 순간이었다. 쌍검마의 전신이 그 한 수에 팽팽해졌다. 비로소 허방산의 정체를 눈치챘던 것이다.

"으, 응왕?"

"감히…….''

뒷말 대신 이어진 것은 파월대부였다.

손잡이까지 순강으로 만들어진 거대한 쇠도끼. 얼핏 봐선 의장용으로나 가능한 모양새다. 그런 쇠도끼가 대검처럼 수직으로 세워지고 그것도

모자라 벌건 불덩이로 달아오르는 것은 정말 보기에도 끔찍한 광경이었
다.

"감히 여시를 해하다니……!"

단 일 보였다.

스윽. 한 발을 내딛는 찰나 쌍검마와의 십 장 거리는 순간적으로 단축
되었으며, 허방산은 그의 머리 위에 떴다. 무서운 행보다. 눈살을 떨고
있던 쌍검마가 다시금 단검을 가슴에 교차시켰다.

"길고 짧은 것은 대보아야 안다."

강호상에 화신의 이름자를 모르는 사람은 없다. 특하나 군림마가에 있
어서는 불사의 괴물이요, 무슨 수를 써서라도 지워야 할 생사대적의 이
름이었다. 그 이름에 그 불길, 이글거리는 불덩어리는 그대로 쌍검마의
머리로 떨어져 내렸다.

쉬이이익!

찢어지는 파공음. 분명 방금 전에 겪어봤던 그 초식이다. 하나 우선은
그 기세부터가 달랐다. 후끈한 열기는 두 번째였다. 대번 귀청이 멍멍해
졌다. 빠르기는 또 어떤가. 머리 위로 떨어져 오는 불덩어리를 노려보던
쌍검마의 눈빛에 당혹감이 스쳐 갔다.

'보, 보이지도 않는다!'

엄청난 착각이었다. 한 번 파한 초식을 두 번은 못할까 했는데 그것이
아니었다. 어찌나 빠른지 도끼의 궤적은 시작부터가 하나의 칼이 아닌
가. 아까와는 아예 차원이 달랐다.

'피해야 한다!'

본능이 어서 피하라며 요란하게 아우성을 친다. 하나 피하기엔 이미
늦었다. 쌍검마는 죽을힘을 다해 단검을 휘둘렀다. 도끼를 쳐내고 상체
를 번드쳤다.

식(式)도 초(招)도 아니다.

그저 빨랐다. 오죽했으면 쌍검마가 도끼날도 제대로 보질 못했겠는가. 그리고 무지막지했다. 상상을 초월할 힘이었다. 뒤로 번드친다는 것은 쌍검마의 생각에 불과했다.

파팟!

쌍검은 수수깡처럼 부서져 나갔다.

당랑거철(螳螂拒轍). 사마귀발로 어찌 달리는 수레를 막을 수 있으랴. 이글거리는 불도끼는 그 기세 그대로 쌍검마의 머리부터 사타구니를 한 번에 쪼개 버렸다.

쭈아아악……!

"……!"

쌍검마는 비명조차 지르지 못했다.

벙긋하는 입이 세로로 갈라졌고 성대를 타고 오르던 그 찰나의 화끈함도 일순간에 재가 되었다.

"살계를 열겠다."

허방산의 눈은 핏빛이었다.

여시의 피가 그를 노하게 했고, 산산의 눈물이, 모래밭에 육신을 뉘어 가고 있는 야신전의 형제가 그의 가슴에 불을 질렀다.

무서운 살기였다. 쌍검마를 장작 패듯 일부에 쪼개 버린 파월대부가 다시금 허공으로 떠올랐다.

"우……!"

웅왕의 울부짖음이 사위를 들썩인다.

분노와 함께 펼쳐지는 것은 창웅표, 새벽이 화들짝 놀라 깨질 정도의 장소와 더불어 이화의 불도끼는 여기저기에 화끈한 불벼락을 때리기 시작했다.

"와아악…… 악……!"

"끄아아아!"

일컬어 도살. 더군다나 보기만 해도 기가 질리는 거부였다. 검으로 막으면 검이 부서져 나가고 사람이 스치면 새까만 육괴가 되고 만다. 피하고 자시고 할 틈도 없었다. 창응표는 방원 삼십여 장의 공간을 아수라지옥도로 만들어 버렸다.

여시의 피가 그렇게나 애달팠던 것일까.

마지막 쌍검이 유리 조각으로 터져 나간다. 파월대부가 움직임을 멈췄던 것은 휘리리릭, 옷자락을 펄럭이며 천응 형제 곳이 장내에 날아 내렸을 때였다.

"아."

"……!"

입을 벌리는 사람은 박포였다.

그와 함께 나타난 사람은 먹치 휘하의 혁씨 삼 형제, 과거 묘객원의 전령이었던 그들 또한 당당한 천응의 일원이었으니 그들 형제야말로 세가의 응창권(鷹暢拳)을 십성 넘게 연성한 권법의 달인이었다.

"사, 사매!"

혁대일이 대뜸 여시에게로 달려들었다.

구슬 같은 땀방울을 매달고 있던 산산에게 드디어 여유가 생겼다. 혁대일에게 여시를 인계하고 난 그녀가 휘청하며 일어났다.

"가, 가주!"

내내 진력을 주입하느라 입도 열지 못한 그녀였다.

무슨 일일까, 후줄근한 그녀의 안색은 광호가 쌍검마의 단검에 난자될 때보다도 더 급해 보였다.

"어서……!"

가까스로 손을 들어 가리키는 곳은 가파른 절벽 위였다.

"언니를 벤 자가 저기로 갔어요. 군림태상 또한……."

뭐라 의문을 발할 사이도 없었다. 쌍검마 짓이 아니었느냐, 그 말을 왜 이제야 하느냐 하는 등의 의문은 뒷전이었다. 성큼 다가온 허방산이 다짜고짜 산산의 손을 잡아끌었다.

"누구냐, 그놈이……?"

물음은 벌써 허공에 떴다. 그리고는 길게 절벽 위로 이어진다. 어찌나 쾌속했던지 산산의 답은 절벽의 중간 부분에서나 들려 나왔다.

"자죽장…… 거기에서 칼이 나왔어요."

"자, 자죽장!"

해연히 놀란다. 그럴 수밖에……!

"야신전에서 발견한 군림태상의 흔적을 쫓고 있었는데 쌍검마 패거리가 우리를 막았어요. 놈이 나타난 것은 그때였어요. 처음엔 같은 패로 알았는데 아니었어요. 몇 놈을 죽여 길을 트더니 느닷없이 언니에게도 손을 써왔지 뭐야요. 그리곤 득달같이 저 위로 올라갔어요. 나이도 많지 않은 놈이었는데 정말 굉장했다구요."

"그놈이다."

"언 놈인지 알아요?"

"어쩐지 인상이 더럽게 꿀꿀하더라니, 자죽장이라면 얼마 전에 본 바가 있다. 풍운개 호연풍, 바로 그 망할 자식이다!"

거기까지였다. 둘은 훌쩍 절벽 너머로 사라져 버렸고, 풍운개란 말에 경악을 삼키던 박포가 다급한 기색으로 입을 열었다.

"대일, 검 사매는 어떠냐?"

"어지간해졌습니다. 주맥이 상했는데 전 사매가 시기적절하게 손을 썼는지라… 하나 의식을 차리려면 아직도 반 시진은 더 있어야 합니다."

"좋다. 그럼 너희들은 나중에 와라."

"······!"

마음은 급하고 몸은 떠날 수 없고. 혁씨 형제가 발을 동동 구르는 사이에 박포마저 사라졌다.

모래밭은 조용해졌다. 혁대일은 전력을 다하기 시작했으며, 그때서야 풀썩 주저앉는 광호를 향하여 혁삼종이 험악하게 눈을 부라렸다.

"돌탱아, 그러기에 내 뭐라던! 죽어라 갈고닦으라 노래를 부르지 않던?"

"끄응!"

"인간아, 그 덩치가 아깝다."

"그만 하십쇼. 그래도 놈은 군림 최후의 안배, 태상이란 놈이 심혈을 기울여 재현한 척천오장의 하나랍디다. 자칭 쌍검마라고……."

"쌍검마? 석년 수검조권비(手劍爪拳飛)로 대변되던 것들 중의 그 쌍검마 말이냐?"

"아따, 보고서도 모르슈? 저기 저 새끼맣게 그슬린 송장이 바로 그놈이오. 가주께 두 조각이 나긴 했으나 놈이 썼던 검식은 분명히 쌍류검(雙流劍)이었소."

"흑옥마수와 흑천비마영에 쌍류검까지 나타나다니, 그럼 번천조(翻天爪)와 수라권(修羅拳)도 어딘가에 있다는 말이 아니냐?"

"어디긴요. 바로 여기였습죠. 어젯밤에 이놈이 왕년의 오장절기를 모두 다 보았다는 거 아닙니까. 물론 군림태상도 보았지요. 놈은 수하 사백을 이끌고 저 절벽 너머로 사라졌소. 아, 쌍검을 쓰는 놈들은 예서 깡그리 뒈졌으니 나머진 삼백이 되겠군요."

"그, 그래?"

"또 하나, 추적자는 우리뿐만이 아니오. 개방은 우리보다 먼저 놈들을 쫓고 있었소. 보나마나 놈들은 피똥깨나 싸고 있을 것이오. 거지 떼가 온 들판에 쫙 깔렸다니까.”

“……!”

혁삼종의 콧등에 나 있는 칼자국이 무섭게 꿈틀거렸다.

표웅을 벤 자가 풍운개가 틀림없다면 이제는 개방도 적이다. 웬만한 산 정도는 휘하 문도의 머리로 뒤덮을 수 있다는 천하제일방이다. 적으로 삼기엔 너무나 지겨운 상대가 바로 개방이었다.

“그러나 벨 때는 벤다, 설사 개방이라도……!”

살심을 품자 마음이 뜨거운 솥 속에 든 개미처럼 다급해졌다.

혁삼종은 급히 낭월대가 쪽을 향하여 상황을 담은 천응호를 발하기 시작했고 혁중이 또한 한시가 급하다는 듯이 형의 등에 손바닥을 댔다. 그것이 수였다. 형제의 진력이 합쳐진다면 여시는 보다 빨리 눈을 뜰 수 있을 것이다.

참으로 다사다난했던 하룻밤은 그렇게 지나갔다.

어느덧 아침이었다.

점점의 혈흔과 주검.

징검다리처럼 놓여져 있는 그 죽음의 흔적은 끝도 없었다.

죽은 자는 한 무리였다. 군림마가 특유의 옷차림에 적수공권, 한눈에 드러나는 신원이다. 정권의 옹이가 유난한 자들과 까마귀발처럼 손가락이 험악한 자들이 반반 정도로 섞여 있었는데, 사인은 하나같이 여시의 가슴에 나 있던 자상이었다.

“정말 대단했다구요. 살기를 느낀 언니가 혈정을 빼내는 순간에 놈의 칼은 벌써 언니를 스치고 지나갔으니까요. 때마침 제가 언니를 잡아당기지 않았더라면 진짜 일나고 말았을 거야요.”

“……!”

“쌍검마는 물론이고 군림태상이라는 자도 놈의 칼을 피하긴 어려울걸요? 놈이 무슨 일로 그를 노리는지는 모르나 어쨌든 둘 다 속 좀 탈 거야요. 보세요, 이젠 개방의 오의도 보이잖아요.”

“그렇구나.”

사실이었다. 땟국물이 흐르는 황포는 개방 전통의 오의, 싸늘한 주검이 된 그 옷의 임자도 이제는 어렵지 않게 발견할 수 있었다. 보나마나 군림태상의 진로를 막다가 죽어간 것이다.

“못 되어도 천(千)은 동원되었을걸요? 야신전이 확인한 오의만도 그 정도는 되니까요.”

“음.”

강안을 타고 달리는 길이다.

산은 날아 넘고 계곡은 한걸음에 건너뛴다. 어찌나 질풍 같은지 허방산의 손에 매달린 산산은 내내 실눈이었다. 그러면서도 입은 쉬지 않고 쫑알댔다.

“그러나 명색이 오장이에요. 척천의 오장절기를 익힌 자들이니 천이 아니라 이천이라 해도 그 자식 정도가 아니면 개방은 놈들을 막을 수 없어요. 그죠?”

“……!”

“근데요, 풍운개 그놈은 무슨 일로 군림태상을 노린다지요? 산산은 그것이 궁금해요. 북간 하나만 해도 벅찰 쥔데, 오히려 살살 긁어줘도 모자랄 군림을 치다니요. 이상하지 않아요?”

“……!”

허방산은 대답하지 않았다. 말없이 경공만 전개하던 그가 산산의 손을 놓았던 것은 해가 한 뼘이나 떠올랐을 때였다.

“이제 웬만큼은 진력이 회복되었을 터이니 뒤에 오는 도치와 함께 오너라.”

그 말과 함께였다. 한 번 휘청한다 싶었는데 벌써 저만치다. 쏜살이랄까, 허방산은 금세 희미한 점 하나로 화했다.

“치잇.”

산산도 발을 굴렀다.

기다린다는 것은 당최 성격에 맞지 않는 일이다. 도치 박포의 부름이 덜미를 잡아왔음에도 불구하고 못 들은 척 속도를 배가시켰다.

“가주는 어부지리란 말도 모르나 봐. 기왕지사 이렇게 된 것, 피 터지게 싸운 뒤에 가도 괜찮을 텐데…….”

그냥 손만 잡고 왔던 것이 아니었다.

경공을 전개하는 그 외중에도 허방산의 손에서는 한줄기 따사로운 온기가 일어났고, 그 힘은 소진될 대로 소진되었던 산산의 진력을 완전히 회복시켜 주었던 것이다.

“아악!”

“흐으으윽……!”

진강(鎭江) 북고산(北固山). 강을 건너면 양주고 강을 따라 동진하면 숭명도 앞바다가 나온다. 강과 연해 있는 북면이 깎아지른 듯한 절벽이기에 북고산이란 이름이 붙었다.

단말마의 비명 소린 바로 그곳에서 나고 있었다.

기슭에 있는 감로사(甘露寺)는 이미 지나간 전장이었다. 고즈넉한 산사의 적막은 오래전에 깨어졌으며, 즐비하게 포개진 시신은 산사의 어귀에서부터 절벽의 가장자리에까지 이르렀다.

노인도 있고 안타까운 젊음도 있다.

옷가지도 각양각색이다. 그러나 한 가지는 같았다. 죽어간 자들 모두가 개방도라는 것. 못 되어도 사오백은 되리라. 하나같이 철퇴에 얻어맞은 듯한 사인이다. 으스러진 두부, 짓이겨진 가슴, 어느 하나 깨끗한 시신이 없다. 모두가 단 일 격에 죽었다.

살인자는 바로 저들이었다.

죽음과도 같은 핏빛 전포에 바람결에 깃든 낙엽처럼 너울거리는 특유의 허공운신, 단혈수다.

군림마가 비장의 전력.

낭월의 형제로 하여금 통한의 눈물을 뿌리게 했던 자들이다.

그런 그들이, 둘만 모여도 천웅 하나에 버금가는 그 가슴 떨리는 혈영의 숫자가 어림잡아도 서른이 넘는다.

콰아아…… 콰아아…….

산정은 완전히 뒤집어졌다. 그 푸르던 청송은 뿌리째 뽑혀졌으며 땅거죽은 두더지 굴처럼 파헤쳐졌다. 녹음 울울하던 산봉우리는 완전히 평지로 화했다.

"으으, 이런 괴물들이라니……!"

유난히 두상이 큰 대머리에 강퍅한 인상을 지닌 오십 초로의 노인.

허리춤의 매듭이 여섯이니 육결(六結)이다. 많고 많은 개방도 중에서 육결제자는 단 하나뿐이다. 대 내의 호법을 담당한다는 집법장로, 항간에 알려지기를 불의를 보면 얼굴부터 빨개진다는 대두백령개가 바로 그였다.

꿈이라면 좋으리라.

백령개는 전신을 덜덜 떨었다.

"암만 맨땅에 대가리를 박기로서니……!"

아직도 오백이 넘으니 대군이다. 게다가 입문 백의개 시절부터 손에 익힌 타구봉을 쥐었다. 그 힘으로 빙 둘러 들이치고 있는 참이다. 상대는 군림마가의 단혈수, 새로이 부활한 전설의 척천오장원이다.

숫자로야 물론 상대가 되지 않는다.

그러나 전력은 완전히 그 반대였다. 절반의 전력이 꺾였음에도 불구하고 때려뉜 단혈수는 겨우 열[十]. 그것도 칼에 의해서다. 타구봉에 의한 소득은 단 하나도 없었다.

쉬이이잇……!

칼 하나가 허공을 가로 끊는다.

외날의 장도이되 쏟아져 나오는 초식은 분명한 검식이다. 횡으로 베어 나오다가 비스듬히 찔러 올리는 횡단관일식(橫斷灌日式), 칼끝에 걸린 팔 하나가 피분수와 함께 솟구쳐 오른다.

"……."

비명도 없다.

있느니 오직 시종이 여일한 무표정의 얼굴. 사람을 죽일 때도, 자신의 목이 날아가는 그 순간에도 아무런 감정이 드러나지 않는 저 얼굴뿐이었다. 또 하나는 숨이 멎을 때까지 움직인다는 것. 경동맥에서 뿜어져 나오는 피가 폭포수를 방불케 함에도 아랑곳하지 않는다. 단혈수는 하나 남은 단장도 무섭게 휘둘러 댔다.

픽!

이번에는 그 팔이 너덜너덜해졌다.

팔뚝을 후려친 것은 자색의 죽장이었다. 오른손엔 폭 좁은 석 자 길이의 예도, 으스름한 청하가 물빛으로 빛나는 칼이다. 왼손엔 죽장, 그는 바로 호연풍이었다.

청홍자뢰(靑虹紫雷).

칼은 푸른빛 무지개요, 장(杖)은 번쩍이는 벼락이다.

서른 남짓한 단혈수에 뒤덮여 있긴 하나 그의 일도, 일장은 무리없이 사위를 휘어 감았다. 사실 다수의 포위라 한들 엄밀히 말하자면 전후좌우 넷에 불과하다. 나머지는 그 넷의 연속일 뿐 진력만 끊임없이 이어진다면 오로지 시간상의 차이일 뿐이다.

더군다나 단혈수의 뒤엔 사력을 다해 타구봉을 밀어 넣는 개방도의 죽음이 있다. 그랬다. 단혈수는 풍운개를, 개방도는 단혈수를. 좀 더 정확히 말하자면 풍운개는 단혈수를 벗어나려 했고, 단혈수는 몸으로 그의 진로를 막아서는 형국이었다.

"흐흑!"

또 하나의 생명이 덧없이 스러져 간다.

풍운개나 피를 보지 여느 타구봉 정도로는 생채기 하나도 내지 못했다. 하나 저돌적으로 목숨을 던져 가는 개방도의 무수한 죽음이 없었다면 풍운개의 움직임은 보다 절박해졌을 것이다.

"으으음……."

백령개의 신음 소리가 무거워졌다.

경악과 곤혹이 버무려진 표정이다. 언제부터인가 그는 잔뜩 목청을 돋우던 전장의 독려도 잊고 있었다.

"타구봉법은 틀림없다. 구구 팔십일로…… 분명 방주 비전이 맞다. 검식 또한 본 방의 도룡검초. 하, 하지만……."

팔십일로 타구봉법은 방주에게만 일로 구전되는 용두비전이다.

그리고 검식 또한 개방에서 유일하다 할 수 있는 쇄월도룡 십팔초 검식이 분명하다. 검 대신 도를 쓰나 그 정도도 몰라볼 백령개가 아니었다.

"하지만 저것은 아니다."

입 안에서 웅얼거리는 독백. 백령개는 풍운개의 동작 하나하나를 경악으로 주시했다.

"취팔선보에 추운등공…… 그러나 저 도초는 나도 모르는 것이다."

푸른빛의 예도가 섬광처럼 떨어져 빛난다.

가끔씩, 아주 가끔식이긴 했지만 그때마다 풍운개의 칼날은 단금절옥의 위력으로 단혈수의 수족을 가차없이 베어냈다.

"무서운 도초……!"

단혈수의 무서움은 겪어봐서 안다.

수중엔 반 토막의 집법봉. 방 내에서도 열 손가락 안에 든다는 자신의 실력으로도 단 오 초를 버텨내지 못했던 단혈수다. 그런 그들을 초우처럼 갈라 버리다니……!

그것은 기쁨이 아니라 오히려 우려였다.

개방의 절기는 정대함을 표방한다. 해서 직선적이고 웅휘롭긴 하되 저처럼 순간적인 폭발력은 보이지 못한다. 더군다나 매번 사각으로 흐르는 저 음침함이라니……!

백령개의 미간에 진 그늘이 더욱 짙어졌다.

"방주님과 구주 노사, 두 분의 실종에 이어 믿었던 담자기마저도 방을 배반했다. 석연치 않아. 근자에 이루어진 이 일련의 사태는 정말 석연치 않아."

개방이란 이름이 생겨난 이후 최대의 현안이자 의안.

그 의미는 무엇인가. 대체 그 안에 담겨진 진실은 무엇인가. 대관절 그 무엇이 이토록 개방을 궁지에 몰아넣고 이런 개피를 보게 한단 말인가.

콰드득!

"와아아악……!"

단혈수의 사수에 걸려 상체가 으스러진 문도 하나가 코앞으로 날아왔다. 부질없는 죽음이다. 부나방. 제 몸이 탈 줄도 모르고 무작정 날아드는 하루살이와 무엇이 다른가. 이것은 개죽음, 그에 일 푼도 더도 덜도 아니다.

정말 이것은 아니었다. 처참하게 으스러진 시신을 안아 든 백령개의 고뇌에 찬 얼굴에 일순 단호함이 서렸다.

"물러… 물러나라."

반 토막의 집법봉이 번쩍 들렸다.

비록 부러졌다고는 하나 방주의 용두장을 제외하면 개방제일의 신위를 지니고 있는 집법봉이다. 명령일하, 죽음으로 짓쳐들던 개방도가 일제히 전장을 벗어났다.

"역시……!"

단혈수는 쫓아오지 않았다.

물고 늘어지는 것은 풍운개가 유일했다. 아니, 꼭 그렇다고만 볼 수도 없었다. 단혈수가 막아서는 것은 방향이었다.

동(東). 강을 따라 숭명도와 황해가 나타나는 바로 그쪽이다. 풍운개의 진로 또한 동쪽. 그렇다. 풍운개가 향하고자 하는 방향을 단혈수가 막고 있었던 것이다.

백령개는 고개를 끄덕이며 목소리에 진기를 실었다.

"집법령으로 명하오. 방주 대행도 물러서시오!"

"……!"

지금까지 기합성 하나 없이 단혈수를 베어내던 호연풍이다.

두 눈이 잔광으로 이글거린다. 그런 눈으로 풍운개 호연풍은 한참이나 전면 반공을 부유하고 있는 단혈수와 백령개의 단봉을 번갈아 노려보았다. 그러다간 하는 수 없다는 듯이 칼을 거두며 물러섰다.

과연 덤벼들지 않는다. 오직 풍운개의 앞길을 막는 것만이 해야 할 일이라는 듯 팽팽하던 단혈수의 기세가 눈에 띄게 줄어들었다.

풍운개의 영준한 얼굴에 스산한 냉소가 만들어졌다.

"죽음으로 길을 트라 명했거늘…… 오히려 항명이라. 그리고도 대개
방의 집법이라 할 수 있는가."

"……!"

북천밀가와 다투어온 것이 자그마치 이백 성상이다. 이 지겨운 싸움의
종지부를 찍어줄 희망이자 신룡이라 일컬어지던 존재가 바로 풍운개다.
그런 그다. 그라면 결코 저런 말을 해서는 안 된다. 보이지도 않는가. 덧
없이 스러져 간 형제들의 저 최후가!

장렬한 죽음이라면 모른다.

대의를 위한 의혈이라면 또 모른다.

백령개의 전신은 무섭게 떨렸다.

맞으면 맞고 틀리면 틀리다는 사람이 대두백령개였다. 냉철한 판단력
만큼이나 불같은 성정의 소유자도 그였다. 백령개의 입에서는 대뜸 분노
가 터져 나왔다.

"방의 흥망을 책임질 사람으로 어찌…… 방주 대행은 이 많은 형제들
의 주검이 보이지도 않는단 말이오?"

"각자의 부족한 능력을 탓해야지. 하하, 그렇지 않소?"

"닥치시오!"

"호오, 정녕 거스를 작정인가?"

백령개의 얼굴이 대추처럼 붉어졌다. 불끈 단봉을 움켜쥐며 고개를 가
로젓는다.

"아직은 아니지. 방주께서 행방불명되시고 십절죽부가 사라진 이상
장로회의 인준이 있어야만 방주 대행의 일언일행에 권위가 선다. 그것이
본 방의 법도. 그러기 전에는 방주 대행, 말 그대로 대행일 뿐이지 방주
는 아니다!"

이제는 말투조차 확연하게 달라졌다. 백령개는 불꽃 튀는 시선으로 풍

운개를 노려보다가 단봉을 높이 치켜들었다.

"방규에 의거 고하거니와 앞으로 한 달 후 장로평의회를 개최할 것이니 그 결과가 나올 때까지 방주 대행은 행동을 삼가라! 지금 이 시간 이후 방주 대행의 권한은 집법령으로 일체를 제한한다!"

"……!"

설마 저렇게까지야…….

빙글거리던 호연풍의 안색도 눈에 띄게 딱딱해졌다.

우수가 선뜻 칼자루를 잡아간다. 그러나 수많은 문도들의 앞이다. 그는 차마 뽑아내지 못했다.

개방은 법도가 지배하는 방파이다.

각양각색, 각지의 사람이 모였고 그들을 하나로 묶어야 했기에 그만큼 법도도 지엄했다. '개방의혈 천하호한' 이란 찬사가 괜히 생겨난 말이 아니다. 오직 바른길만을 걷는다. 생령을 아끼고 동도를 가슴으로 품어야 하며 불의 앞엔 초개처럼 목숨을 던져야 한다.

그것이 개방제일법이었다.

거역하는 자, 일만 개방도의 적이 된다.

대척살령이 떨어지고 천지사방에 깔려 있는 문도들을 피해 평생을 가슴 졸이며 살아야만 한다. 죽는 이만 못하다. 귀신은 피해도 개방의 눈은 벗어나지 못한다. 방규를 어긴다면 설사 그가 방주라 할지라도 목숨을 내놔야만 한다. 호연풍의 칼이 잠잠한 것은 그 때문이었다.

어쨌거나 급전직하.

상황은 묘하게 변했으며 허방산이 서쪽 산 능선에 나타난 것은 바로 이 즈음이었다.

거익을 떨치듯 양팔을 곧게 펴서 표표히 날아오른다.

장천등붕(長天登鵬). 창응표상의 만리비행술이다. 진기의 소모가 적고 허공에서의 방향 전환이 자유로운 점에 있어서는 무림제일이라 하는 곤륜의 운룡대팔식에 버금간다. 하지만 그 속도에 있어서는 타의 추종을 불허했다. 점점으로 이어지던 반공이 빨랫줄같이 뻗어온다.

보라, 그의 모습이 급격하게 확대되고 있지 않은가……!

스으읏.

어느덧 상공이다.

허방산과 호연풍의 시선이 일순 위아래로 얽혀들었다.

둘 다 살벌한 눈빛이다. 호연풍은 알지 못할 적개심으로 이글거렸고, 허방산의 시선 또한 냉엄한 살기에 젖었다.

어찌 그러지 않을까. 여시의 가슴에 칼자국을 낸 자가 바로 호연풍이다. 하나 부딪침은 일순이었다.

"지금은 그냥 가지."

사실이었다. 허방산은 잠깐 멈칫하던 그 바람으로 소맷자락을 떨쳤고 뭔가에 잡혀 끌리듯 쑤욱 십장허공을 상승해 올랐다.

다름이 아니었다.

저 멀리 숭명도 방향의 높은 상공에 떠 있던 하나의 점 때문이었다.

적수지 상공에서 보고 일각 전에 시야에 담았던 바로 그 점이다. 점은 칠해교랑의 애조 취옹이었다. 앙앙불락(怏怏不樂), 눈에 보였을 때부터 왠지 불안하게 뒤척이던 취옹이다. 그 녀석이 지금 곤두박질을 치듯이 지상으로 꽂혀 내리고 있지 않은가!

결코 사냥하는 모양새가 아니다.

분명 일이 있다. 취옹이 있는 곳엔 교랑이 있다. 그녀는 어머니와도 같은 존재. 다급한 마음이 절로 공력을 배가시켰다.

슈우우우…….

가공할 모습이었다. 허방산은 광야를 가로지르는 하나의 유성처럼 금세 멀어져 갔다.

"무, 무섭군."

"바로 만리응왕…… 저 사람이 바로 창응의 주인이다."

"구주 노사 어른의 천풍비보다 배는 더 빠르다. 과연… 과연!"

입을 벌리지 않는 자가 없다.

하되 풍운개는 달랐다. 이글거리던 적가심에 이제는 질투마저 더해진다. 그도 번뜩 지면을 박차 올랐다.

그러나 그는 떠나가지 못했다.

등짝을 쳐오던 개방도나 허방산에게는 눈길 하나도 주지 않던 단혈수들이다. 그렇지만 풍운개에게만은 달랐다. 풍운개가 떠오르자 그들도 같이 떠올랐다.

마치 붉은 장막이 펼쳐지는 듯하다.

전개되는 신법 또한 한없이 허공을 부유할 수 있다는 전설의 부운답공이다. 풍운개는 빨랐으나 그들도 빨랐다. 사전 약속이라도 한 듯이 진로를 막아서며 일제히 쌍장을 흔들어댔다.

"으으, 이 잡귀들이 끝까지……!"

밟지 않고서는 지나가지 못한다.

풍운개의 얼굴이 험악하게 일그러졌다. 척천오장원은 전설이다. 개방의 절기로는 단혈수를 뉘지 못한다. 벗어나고자 한다면 필히 다른 수를 써야 한다.

속은 개미굴같이 바글거리고…….

단혈수들처럼 오래 허공에 떠 있을 수도 없다. 풍운개는 결국 제자리에 내려서고야 말았다.

"으아아아……!"

제8장 교량

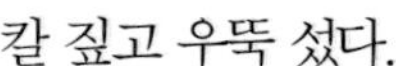

칼 짚고 우뚝 섰다.

팔 척 장신의 고대한 체구가 대도를 짚고 서 있으니 그 하나만으로도 오금이 저릴 위풍이다.

칠해교랑이었다.

하나 그녀의 안색은 위풍만큼 늠름하지는 못했다.

창백한 얼굴에 입가엔 핏줄기가 선명하다. 과거 동남부 군도 해역을 해골도 한 자루로 평정했다는 백전노장, 한때 쌍치와 염라부의 무공 교두로 맹위를 떨쳤던 그녀에게 무슨 일이 생겼던 것일까.

교랑은 부르르 몸을 떨었다.

"쇠 신발이 다 닳도록 찾아다녔지……."

장부가 울렁거리는 내상 때문이 아니다.

주체할 수 없는 격정 때문이었다. 정확히는 한(恨). 그렇다. 줄기줄기 내뻗치고 있는 안광의 의미는 원한이었다.

“살부망자(殺夫亡子)의 원수…… 카핫핫! 하늘이 고마운 줄을 내 오늘에야 알았느니.”

지아비를 죽이고 아들을 죽게 하고…….

일차 거친 상견례를 치른 후다.

상대는 둘, 결과는 무승부. 아니, 손해를 봤다고 해야 옳다. 아리골과 비류연의 인연으로 신수와 이화의 절학을 두루 섭렵했던 그녀의 해골도로도 우위를 점하지 못했다. 상대는 그만큼 강했다. 하나라면 모르되 둘의 연수합격엔 무리였던 것이다.

강변, 무성한 갈대밭이었다.

한참이나 떠오른 양광을 등에 지고 있는 두 사람.

훌쩍 큰 체구에 깡마른 자, 유별나게도 까무잡잡한 피부에 쌍수는 먹물처럼 검다. 특이한 것은 세 치가량이나 돋아나 있는 손톱이었는바, 일견에도 외문조공을 익힌 자이다.

그 옆은 너무나도 대조적인 사람이었다.

둔하다 싶을 정도의 튼실한 체격에 신장도 보통이 아니다. 체구로 보나 키로 보나 절대 교랑의 아래는 아니다. 둘 다 교랑의 연배로 보이니 나이도 오십은 넘지 않았다.

“그놈의 웃음소리를 들으니 옛 생각이 절로 나는군.”

“그땐 풍랑 때문에 놓쳤지. 크크크, 그렇지 않아도 마무리가 없어서 찜찜했는데 잘됐어. 계집, 네년의 서방에게 인사를 시켜주마.”

“갈 길이 좀 바쁘긴 하다만 꿈에 그리던 옛 상전을 그냥 보낼 순 없지. 후훗, 어디 얼마나 더 실해졌나 볼까?”

음충맞은 시선이 송충이처럼 전신을 더듬어온다.

교랑의 눈썹이 역팔자로 곤두섰다.

“좋아.”

좋은 것이 아니었다.

마음 같아선 난도질을 해도 골백번은 했다. 하나 상황이 여의치 않았다. 일차 격돌 시 전력을 다해 연환치뢰도를 펼쳐 냈던 바, 옷자락 한 줌 잘라내는 데 그치고 말았다. 대신 얻었던 것은 거한의 일권, 무지막지한 놈의 권세에 그만 등을 내주고야 말았던 것이다.

솔직히 승산은 없다. 그러나 평생의 가슴앓이 값은 받아내야 되지 않겠는가. 그것이면 족하다, 그것이면……!

교랑은 심호흡을 했다.

부글부글 끓는 마음을 가라앉혀야 했다. 잔잔한 호수처럼 가라앉혀야 한다. 그러지 않으면 오히려 당하고 만다.

'발바닥을 핥던 종놈들이나 예전의 놈들이 아니다.'

과거 둘은 수하였다. 혈왕단을 이끌 당시 해골도에 대고 절대 충성을 맹세하기도 했으며 또한 동료들을 선동해 칼을 거꾸로 잡은 자들이기도 했다.

동심오마(同心五魔).

패악으로 똘똘 뭉친 의형제이다.

몇 수 몸에 붙은 무기로 인근 해역을 돌며 해적질을 하던 자들로, 그 잔악한 행태에 노해 칼을 뽑아 든 교랑의 발끝에 입을 맞추며 목숨을 구걸했던 자들이었다. 그런 그들이 반역을 했던 것은 이십오 년 전의 그날, 폭풍우가 매섭게 밤바다를 할퀴던 그날이었다.

교랑은 해산 후 미처 몸도 풀기 전에 허리가 잘려 두 동강이가 나는 지아비의 시신을 뒤로하고 편주에 몸을 실어야만 했다. 하나 불행은 그것이 끝이 아니었다. 노한 바다는 결국 갓난아이마저도 한입에 삼켜 버렸고 자신까지 내팽개쳤다. 아리골 주인이 구원의 손길을 뻗어주지 않았다면 그녀 또한 대해의 원혼이 되고 말았을 것이다.

통한의 원수, 그들이 코앞에 있음이라……!

양손으로 칼자루를 포개 잡았다.

"군림오장, 각오해라!"

그렇다. 이들이 바로 군림오장이었다.

말라깽이가 번천조 오수한이고, 주먹이 두툼한 거구의 사내가 수라권이기다. 모두가 과거의 동심오마……!

"흐흐흐……."

"이 형, 박살을 내진 마시구려. 고란내 나는 발가락 맛도 보여야 하고 벼르고 별렀던 속살 맛이 어쩐지도 봐야 하니까."

이미 승자의 미소요, 전리품을 즐기는 눈이다. 교랑은 터져 나오려는 욕설을 참아내느라 입술을 깨물어야만 했다.

'속전속결! 폭우도 백팔초로 끝을 내자. 아직 한 번 정도 시전할 진력은 남아 있다. 그래도 안 되면 저놈, 이기와 함께 간다. 그이의 허리를 자른 놈인 수라권 이기, 저놈만은 절대 살려두지 않겠다!'

과거 교랑은 혈왕단의 총수이자 선망의 대상이었다.

여느 사내 뺨치는 시원시원함에 야성미 물씬한 자태. 해골도를 뽑아 들고 호령할 때면 하나같이 넋을 잃고 군침을 흘렸었다. 그것이 그날 있었던 반역의 사단이었다.

"개자식들……!"

칼을 미간에 세웠다.

쿠앙!

진각은 서슴없이 중궁을 밟아나갔고 급기야 해골도가 무서운 칼바람을 일으켰다.

위이이잉.

소나기를 방불케 하는 도초다.

한 번 시작하면 백팔 초 모두가 시전되어야만 끝이 나는 연환폭우도. 일초, 일초가 장대비처럼 퍼부어지며 폭풍과도 같은 그 기세에 상대는 가랑잎처럼 흔들리다가 결국엔 휩쓸리고 마는 절명도다. 한 번 휩쓸리면 그것으로 끝장이라는 말이니.

사분오열…….

널따란 도신에 반사되는 양광이 빛살이다. 게다가 해를 마주 보는 위치인지라 빛살은 가히 현란할 정도였다.

하나 상대는 군림오장이었다.

해골도에 휩쓸린 갈대가 어지럽게 날아오르는 가운데 오수한과 이기가 양쪽으로 갈라졌다. 번천조의 흑천비마영은 무게감조차 느껴지지 않는다. 그는 훌쩍 칼날을 피해 반공을 솟구쳐 올랐고, 교랑의 폭우도식을 비웃으며 정면으로 맞닥뜨린 것은 거구의 수라권 이기였다. 그는 피하는 대신에 쌍권으로 둥글게 원을 그렸다.

"크크…… 수라포원(修羅咆圓)!"

쌍권은 원형의 궤적을 그리며 해골도를 맞이했고, 꽝 하는 폭음과 함께 칼과 권이 붙었다가 떨어졌다.

"윽!"

교랑의 입에서 핏줄기가 뿜어졌다.

살과 뼈로 된 주먹과 칼이 마주쳤는데도 오히려 손해다. 하나 핏줄기는 공연한 것이 아니었다. 점점의 혈홍은 진기를 머금고 폭사되었다.

"우욱!"

거의 동시라 할 정도의 신음 소리.

교랑은 손해만 보지는 않았다. 어차피 속전속결을 작정했던 터다. 살을 주고 뼈를 바른다. 교랑이 뿜어낸 핏방울은 붉은 탄환처럼 날아가 잔뜩 여유를 부리고 있던 수라권의 반쪽 면상에 틀어박혔다.

"이, 이 찢어 죽일 년이……!"

쉽게 생각했다가 대가를 치른 것이다.

경추가 놀랄 정도로 고개를 젖혔기에 망정이지 하마터면 면상 전체가 벌집이 될 뻔했다. 눈알이 상하지 않았던 것도 다행이라면 다행, 그 눈알이 모골이 송연할 정도로 음산해졌다.

하나 교랑은 그 눈빛을 받지 않았다. 수라권과 부딪치며 튕겨지는 탄력을 이용해 허리를 맹렬하게 반전시켰다.

쉬아아앙!

해골도가 섬전으로 흘렀다.

회전력을 가미한 삼절도 일식. 위아래로 그어대던 폭우도에 이어진 구구삼절도다. 상중하 세 번, 해골도는 좌우수를 거치며 찰나적으로 세 번이나 허공을 가로 끊었다.

번천조가 거기에 걸러들었다. 수라권과 맞닥뜨린 틈을 이용해 교랑의 등 뒤로 슬그머니 내리 덮치고 있던 참이다. 우수 다섯 손가락을 구수로 내뻗어 뒷덜미 일격을 가하고 있던 그다. 회심의 냉소로 여유만만하던 번천조 오수한의 얼굴이 추악하게 일그러졌다.

"여, 염병……!"

목표물이 돌아서는 바람에 뒷덜미 대신 목덜미다.

하되 무지막지한 칼날은 벌써 허리춤에 닿았다. 곧바로 썰릴 판이다. 번천조는 기겁하며 쌍수를 휘돌렸다.

까강!

삼절도의 일초 이식은 그렇게 막았다.

그러나 웅! 번천조에 비틀린 해골도가 그 탄력까지 가미해 배나 빠른 속도로 마지막 삼식의 변화를 일으켰다.

"억!"

하마터면 머리가 잘릴 뻔했다.

거대하게 확산되어 오는 칼날에 놀라 반사적으로 상체를 숙였기에 죽음을 면했지만 봉변은 면치 못했다. 섬뜩한 칼날은 정수리 가죽을 회치듯 베어버렸다.

“……!”

방심했다.

일차 격돌했던 바, 이 정도면 했다.

그 방심이 화를 자초했다. 수라권은 수라권대로 피투성이가 된 반면의 얼굴을 어처구니없어했고, 번천조는 머리가 시원해지고 나서야 그 고통을 실감했다.

“뜨아아아……!”

박속처럼 뼈가 하얗게 드러났거늘 그 횡함이 오죽할까.

번천조는 두 눈을 까뒤집었다. 그것은 수라권도 마찬가지. 둘은 이를 갈며 달려들었고 교랑은 순식간에 백척간두의 위기에 처하고 말았다.

‘요행수에 방심을 노린 일격, 그것도 전력을 다했거늘 저 정도에 그치고 말다니……!’

이제 요행은 없다. 삶과 죽음, 복수를 하느냐 치욕을 당하느냐 하는 것은 이제 모두 본 실력에 달렸다. 교랑은 최후를 준비했다.

‘어찌 됐든 이기만은 같이 간다!’

그러자면 다시 한 번의 방심을 더 유도해 내야 한다.

뒤를 포기했다. 시종일관 번천조만 겨냥해 악착같이 해골도를 그어갔다.

원래가 독한 사람들이다.

세월이 지났다고 타고난 천성이 어디 가겠는가. 서로가 상대를 잘 알았다. 고래 심줄처럼 질긴 악랄함도, 한 번 원한을 맺으면 바다 속까지라도 쫓아가는 집요한 근성과 타의 추종을 불허하는 잔혹함도 누구보다 잘 안다. 패자는 죽음보다 더한 치욕 속에서 죽는다.

교랑이 자신을 도외시하고 따라붙자 상황이 달라졌다. 전설의 번천조, 철판도 찢어버린다는 그 번천조도 해골도를 혼자 무너뜨리지는 못했다. 쳐냄보다는 피하기에 바쁘다.

"이, 이년이……?"

꽝꽝!

교랑의 등에선 연방 폭음이었다.

무인의 감각으로 요혈은 피한다곤 하나 명색이 수라권이다.

대부분의 진력을 등으로 옮겨 공세를 받아내곤 있으나 서너 대 이상은 무리였다.

꾸역꾸역. 사력을 다해 칼을 휘둘러 대는 교랑의 입에서는 계속 핏덩이였다. 그나마 수라권이 교랑의 산목숨을 원하고 있었기에 그 정도였지 아니었다면 진즉에 무너졌다.

"흐흐, 앞쪽만 성하면 된다. 그 대신 뒷짝은 아예 걸레짝으로 만들어주마. 쳐죽일 년. 어디, 얼마나 더 견디나 보자."

교랑의 등은 완전히 피투성이였다.

근육이 찢어지고 뼈가 드러났다. 몸은 천근만근으로 무거워졌으며 운신조차 급격하게 느려졌다.

"헉헉… 헉……."

시야마저 가물가물해진다.

명재경각. 칠해교랑은 전신의 진력을 마지막 한 방울까지 모두 끌어모았다. 칼조차 무거운 듯 흐느적거리며 몸을 웅크리던 교랑이 드디어 사지를 활짝 폈다.

"가라……!"

해골도가 아래로부터 번쩍 하고 빛났다.

칼날이 향하는 곳은 번천조의 사타구니. 칼날이 위로 쳐 들렸으니 걸리기만 하면 가슴까지 갈라 오를 판이다. 하지만 번천조였다. 놀라기는 했으나 서로 간의 근성을 아는지라 최후의 뭔가는 있으리라 예상도 하고 있던 터였다.

"으크크……."

번천조는 쳐 올라오는 칼날을 덥석 움켜쥐었다.

평소의 교랑이라면 어림도 없는 일이다. 진력이 여일했다면 번천조가 아니라 그 이상이라도 잘라졌을 것이다. 그러나 최후의 진력치곤 너무 약했다. 칼날은 꼼짝없이 잡혀 버렸고, 그것으로 인해 교랑이 의도했던 마지막 일격은 완전히 무산되고 말았다.

"아아……."

피하지 않고는 배기지 못할 것이다. 그 틈에 선전건곤으로 칼날을 틀어 무방비로 주먹질을 해대고 있는 수라권을 갈라 버린다. 그것이 계획이었다.

'하늘도 무심하구나……!'

교랑의 안색은 흙빛이었다.

낙담. 그보다 더 무서운 적은 없다. 교랑은 전신을 축 늘어뜨렸으며 그를 기다렸다는 듯 껄껄거리는 대소와 함께 수라권이 최후의 한주먹을 가해왔다.

그때였다. 교랑을 격해 수라권 이기를 보고 있던 번천조의 눈이 화등잔처럼 커졌다. 뭔가. 대체 뭔가, 저것은……?

고오오오…….

그것은 느낌이었다.

아니, 눈에 잡히는 현실이었다. 금빛이었는데 너무나도 빨랐다.

저 먼 곳에서 환상처럼 일렁였다 싶었거늘 어느새 지척이다. 그 선을
연장하면 여지없는 수라권의 뒷등이 아닌가. 맞통하면 심장…… 머리끝
이 서늘해졌다.

"조, 조심해……!"

머리에서 발끝까지 꿰뚫어 버리는 기이한 전율.

번천조 오수한은 버럭 외치며 발을 굴렀다. 멋도 모른 채 아직도 빙글
거리고 있는 수라권 때문이 아니었다. 그것은 자신도 모르게 취한 무인
의 행동이었다.

"탓……!"

오수한은 수라권의 머리를 타 넘어서며 번천조를 정면에 교차시켰다.
번천열지(翻天裂地), 번천조 최후의 초식이다.

그와 동시였다. 반면이 벌집이 된 경험도 있던 터라 오수한의 조심하
란 외침에 수라권 이기는 반사적으로 일권을 더 보탰다.

콰쾅…… 쾅!

연달아 세 번의 폭음이 일어났다. 두 번은 자신의 수라권력이 교랑의
등을 때린 소리고 마지막 한 번은……!

'뭐였더라……?'

그런 의문이 드는 순간 뭔가가 획 하고 머리 위를 지나갔다. 그리고는
삼 장여 저만치에 모질게도 틀어박힌다. 보니 그다. 교랑의 칼질에 짙은
회색의 맨땅을 드러내 놓고 있는 바닥에 처박힌 것은 오오, 바로 오수한
이 아닌가!

"……!"

방금 전까지만 해도 펄펄했던 그였다.

그런 그가, 그 자랑하던 번천조 열 손가락 모두가 수수깡처럼 부러져
나갔고 일체 미동조차 없다니. 가슴의 기복도 없고 맥도 느껴지지 않는

다. 다가와 닿는 것은 오직 한 가지, 시신어서나 느껴볼 수 있는 섬뜩함
뿐이었다.

수라권 이기는 아직도 멀뚱멀뚱했다.

그가 상황을 상황으로 인지한 것은 오수한의 등 쪽에서 스르륵 솟아
나온 금빛 소도 하나를 보고 나서였다. 손잡이의 구분조차 모호한 작은
칼은 생명이 깃들어 있기라도 한 것처럼 저 혼자 떠올라 방향을 바꾸더
니 후끈한 열기와 함께 쌩 하고 코앞으로 날아들었다.

"으악!"

이기는 넙죽 엎드렸다.

고개를 틀어 피하려면 피할 수도 있었고 쳐내려면 쳐낼 수도 있는 기
세요, 속도였으나 어떤 연유로 엎드려 피했는지는 자신도 몰랐다. 그런
그의 뇌리에 일개 수적 동심오마를 군림오장으로 만들어줬던 사람이 지
나가는 투로 했던 말 몇 구절이 꿈결처럼 스쳐 갔다.

"천리어검(千里御劍)이라는 것이 있다. 피할 수도 없고 막을 수도 없다는
검도 최상승 공부가 바로 그것이다. 검에 생명을 불어넣을 수 있다는 경지로
무적검이라 할 수 있으나 그것은 꿈이다. 오직 전설에나 나오는 상상검이기
에……!"

"서, 설마……!"

그것이 아니라면 방금 전에 봤던 것이 설명이 되지 않는다. 그 전설의
검학이 아니라면 번천조가 부러질 리도 없거니와 소림사 장문도 겁내지
않을 오수한이 비명 소리 하나 없이 즉사할 리는 없다.

"으……."

갑자기 등골이 오싹해졌다.

마치 그 누가 내려다보고 있기라도 한 것처럼…….

오수한은 번쩍 고개를 치켜들었다.

진짜였다. 자신이 쓰러뜨린 칠해교랑의 옆에 눈빛이 맑은 갈포청년 하나가 자신을 쏘아보고 있지 않은가.

언제 나타났는지도 몰랐다. 십 장 밖 낙엽 지는 소리도 놓치지 않는 자신의 이목으로도 청년이 언제 어떻게 나타났는지 몰랐다. 청년은 자신을 한 번 힐끗 쏘아보는 것으로 관심을 끊었다. 그리고는 지극히도 조심스럽게 교랑을 안아 드는 것이 아닌가.

그때 봤다, 청년의 손목에 걸려 있는 싯누런 금환 하나를……!

"허억……!"

촉산전 이후 설원에서 펼쳐졌던 죽음의 추격전은 군림마가에 있어 영원히 지워지지 않는 악몽이었다. 염통에 구멍이 나고서도 누런 손칼을 휘두르며 무적의 신위를 발휘했다는 사람, 화신이자 당대의 만리응왕이 바로 그이지 않은가!

그가 바로 저 청년이다.

그렇다면……!

수라권 오수한은 엎드린 채 네 발로 땅을 박찼다.

'저놈은 태상 사부도 어쩌지 못할 놈이다. 아니, 불가능할 것이다. 놈의 주먹질 한 대에 아직까지도 골골하잖나. 으…… 놈은 우리 오형제가 합격을 해도 승산이 없는 놈이다. 도망쳐야 한다. 그래야 산다!'

냅다 뒤로 날았다.

십 장여를 날았을까. 신형을 돌려 자세를 바로 했다. 재도약을 위해 지면에 발을 붙이려던 참이다. 뭔가 은은한 금하(金霞)가 일렁이는 것 같더니 갑자기 쥐가 난 것처럼 아랫도리가 짜릿해졌다.

"하필이면 이 판국에 쥐가……!"

살짝 땅을 디뎠다.

그리곤 세차게 발을 굴렀다.

휘이익. 한데 뭔가가 이상했다. 뜨거운 것이 아랫도리로 쑥 빠져나가는 것 같더니 갑자기 오한이 들었다. 게다가 누가 잡아당기기라도 하는 것처럼 자꾸 뒤가 켕긴다.

고개를 돌려 봤다. 두 줄로 이어진 핏줄기의 끝, 괴기한 다리 두 개가 나란히 서 있다. 그러더니 뒤뚱하며 자빠진다.

격통이 사무친 것은 그때였다.

"으아악……!"

수라권 이기. 그는 잔악하기는 했어도 모진 자는 되지 못했다.

허벅지 어림에서 싹둑 잘려 나간 자신의 하체를 일별하곤 그대로 의식을 놓아버렸다.

쿠웅!

끄으으윽…….

취옹이 거칠게 떨어져 내렸다.

보니 제 놈의 몰골도 엉망이다. 번천조에 스쳤는지 옆구리 살이 한 줌이나 떨어져 나갔고, 그 때문에 날개조차 제대로 펼치지 못했다.

놈은 꽤나 슬피 울었다.

주인이 죽은 줄로 아는 모양이다.

사실 교랑의 상세는 엄중했다. 엉겁결에 터진 수라권력이 아니었다면 즉사를 면치 못했을 것이다. 과다한 출혈도 문제였다. 오죽했으면 해골도가 번천조에 잡히는 그 순간에 정신을 다 잃었을까.

허방산은 탄식을 흘려냈다.

"바보같이……."

진기요상이 베풀어지지 않는다면 교랑은 일각도 더 버티지 못할 것이다. 치마를 찢어 상처를 싸매는 내내 허방산은 이맛살을 펴지 못했다. 참혹하고도 깊은 상처다. 허방산은 교랑의 명문에 장심을 갖다 붙였다.

흉측한 파면에 벽안의 외눈.

악귀를 방불케 하는 악치의 인상은 그것만으로도 무서운 공포다. 더군다나 뭐라 한마디 입도 벙긋하지 않는다. 표정 하나 바꾸지 않고 그는 소위 고문이라는 것을 했다.

쓰걱!

두툼한 손가락 하나가 잘려져 나갔다.

소나무 등걸처럼 거칠게 생긴 손가락이다. 얼마나 고련을 했으면 마디마디가 저런 옹이일까. 그러나 혈월비의 날 앞에선 썩은 고기나 다름없었다.

방금 떨어져 내린 손가락은 좌수 엄지.

일컬어 수라권이라는 척천오장원의 절기를 이십 년 이상이나 익혀온 손가락이요, 주먹이다.

수라권 이기. 그의 왼 손가락은 그것으로 다섯 개 모두가 주인의 손에서 떨어져 나갔다. 혈월비는 이어 뭉툭해진 주먹도 서슴없이 잘라냈다. 그러고 나선 잠깐 손길을 멈췄다.

혈월비를 든 이래 처음으로 멋은 동작이다.

"……!"

눈.

한 쌍의 눈이 애처롭게 갈구한다.

아혈이 잡혀 무어라 언어를 쏟아내진 못하되 그 눈은 백 마디, 천 마디의 말을 한꺼번에 담아냈다. 하지만 통하지 않는다. 멈칫했던 칼은 다시 움직이기 시작했다.

'끄으으……'

아픔? 고통? 그딴 것은 생각도 나지 않았다.

머리를 온통 옭아매고 있는 것은 오직 하나, 저 눈이 퍼런 외눈박이 악마에게서 벗어나야 한다는 일념뿐이었다. 그러자면 말을 해야 한다. 그렇지만 칼을 든 악치나 잘려지는 이기나 말이 없거나 못하기는 매한가지, 둘 사이엔 오직 살과 뼈가 잘리는 소리뿐이었다.

슥슥슥.

주먹이 사라진 팔뚝이 팔꿈치를 지나 견골에 이르기까지 채 썰리듯 썰렸다. 말 그대로 산 채로 도륙하고 있는 것이다. 악치는 그때서야 칼질을 그쳤다.

그리곤 이기의 눈에 바싹 벽안을 들이댔다.

"생각이 났지?"

모깃소리보다 더 작은 속삭임이다.

하나 이기에겐 천둥 소리였다. 그는 죽어라 말을 쏟아냈다. 입으론 못하니 눈으로 할 수밖에. 한데 제대로 전달이 되질 않았나 보다. 울퉁불퉁한 악치의 입술이 슬쩍 벌어졌다.

"안 났나 보군."

말할 기회나 줬나.

악치는 대뜸 다른 팔뚝을 거머쥐었다.

두 팔, 두 다리. 사지 중 남아 있는 것은 오로지 오른팔뿐이다. 그마저도 절단이 나고 나면 몸뚱이만 뎅그러니 남게 된다.

이기는 죽어라 악을 썼다.

"내가 이기요!"

언제 아혈이 풀렸을까. 감사인지, 아픔인지 모를 눈물을 흘려대며 이기는 폭포수처럼 가슴속의 말을 쏟아냈다.

"혈왕단을 노리고 단주를 살해했으며 주제넘게 그 아내의 몸을 탐했습니다! 이십 년 전 군림태상을 만나 수라권을 익혔고 오장의 일원이 되었습니다. 으으…… 그것이 이놈의 전부입니다요."

악치의 귀면이 꿈틀했다.

"군림태상, 그 시러베아들놈이 누구냐?"

"이, 이름은 사공량…… 일 년에 한 번씩 만났는데 그때마다 복면을 했는지라 생김은 모릅니다."

"……."

"사실…… 죽어도 사실입니다. 그 이상은 정말 모릅니다요! 느닷없이 나타났다가 말도 없이 가버리는데 무엇을 어찌 알겠습니까."

"어디에서 무엇을 하는 자인지도 모른다 이 말이지?"

참으로 우문(愚問)이다. 낯가죽을 가린 자가 그 정도를 흘리고 다녔을까. 혹시나 했던 것인데 역시였다.

"그…… 그렇습니다요, 예."

줄줄 콧물까지 쏟아내는 것이 결코 거짓은 아니다.

제 놈의 잘려 나간 다리를 보고 실신까지 한 놈이니 독종도 되지 못한다. 그나저나 군림태상, 정녕 대단한 자가 아닌가. 이십 년을 배양한 자신의 수하에게도 낯을 감추었다니, 그 얼굴이 그토록 대단한 얼굴이었던가?

악치는 눈을 빛냈다.

"네놈의 소굴은?"

"수, 숭명도(崇明島) 올습니다."

"숭명도?"

"예, 숭명도 리가장(犁家莊)…… 저희 형제는 쭉 그곳에 기거했습니다요, 나으리."

“태상, 그놈의 현재 위치는?”

“모르긴 몰라도 리가장을 향하는 중도에 있을 것입니다요.”

“……!”

“원래 가고자 했던 곳이 그곳입니다요. 그분을 대동한 비마(飛魔)와 장마(掌魔)가 그리 말했으니 틀림이 없을 것입니다.”

“비마? 장마?”

또 다른 목소리다.

악치는 혼자가 아니었다. 저만치 요상에 몰두해 있는 교랑과 허방산의 곁엔 산산이 있었고 박포는 바로 악치 곁에 붙어 있었다. 방금의 의문은 박포였다. 하나 이기는 눈도 돌리지 못했다. 아교를 발라놓은 듯 그의 시선은 처음부터 끝까지 악치의 외눈이었다.

“이놈의 오장 형제들입니다, 나으리.”

별호로 미루어 보건대 하나는 흑천비마영을 연성한 자이고 다른 하나는 흑옥마수의 원본을 익힌 자이리라. 그들이 군림오장, 셋이 죽거나 이 모양이니 살아 있는 자들은 그 둘이 전부였다.

“숭명도, 숭명도라…….”

악치가 혼잣말을 되뇌었다.

비마든 장마든 그따위에는 관심도 없다. 오로지 군림태상만이다. 사공량이라는 자, 그가 있으면 마가가 있고 없으면 이것으로 군림마가는 종결이다. 그는 어떻게 해서라도 반드시 잡아야 할 자였다.

이기는 이미 사선을 넘었다.

육신의 고통은 느낌이나 감각을 예전에 지나쳤고, 있느니 오직 뇌리를 가득 메운 공포뿐이다. 그가 벗어나고자 하는 것은 억겁만큼이나 길고도 긴 지금 이 순간의 공포였다.

이기는 마른침을 꿀꺽 삼켰다.

"장담합니다. 리가장의 지하에 단혈수 오십이 마지막 연신 과정을 거치고 있는데, 지금 이 판국에 그들을 버리겠습니까?"

"그래……?"

이는 정말 중요한 대목이었다.

얼마 전, 낭월대가에 숨어들었다가 잡힌 녹로부인이 토설한 내용에 따르면 군림마가의 단혈수는 총수가 일백이라 했다. 지금까지 나타난 자들은 대략 오십여, 그 정도면 대충 숫자가 들어맞는다.

말만 들어도 진절머리가 나는 것이 단혈수란 그 석 자 이름이다. 호치를 절름발이로 만들고 맹호연의 목숨을 앗아간 존재가 바로 그 이름이 아니던가.

악치의 외눈이 절로 흉흉해졌다.

살광이다. 다 죽어가던 이기의 표정에 반색이 떠올랐다.

"이놈이 아는 것은 다 말씀 올렸습니다. 하오니 제, 제발……."

"그만 보내달라고……?"

"예, 나으리. 그냥 찔러주십쇼."

"안 되겠는데? 네 멱을 따실 수 있는 분이 아직 깨어나질 않아서 말이야. 곤욕스럽더라도 조금만 더 참아라. 아니, 가만있으면 따분하기만 할 것이니 우린 좀 더 내밀한 얘기나 해볼까?"

"……!"

거기까지였다.

중천으로 향하는 태양만큼이나 짙어지는 피비린내에 질려 몸을 돌리던 박포가 돌연 움찔하며 신형을 솟구쳐 올렸다. 그리고 내내 허방산의 주위를 서성거리던 산산의 눈도 뎅그래졌다.

"아!"

물씬한 반가움이다.

갈대가 우거져 있긴 하나 허리까지밖엔 차지 않았는지라 시야는 시원
했다. 더군다나 이쪽의 강안임에랴. 배다. 돛을 두 개나 장착한 거선이
다. 배도 배려니와 그 뱃전에 서 있는 사람들이라니……!

혁씨 삼 형제와 여시.

그리고 또 한 사람, 그는 벌써 뱃전에 장극을 짚어 신형을 날려 오고
있다. 다름 아닌 그, 흑웅 단리종도였다.

산산은 번쩍 쌍수를 치켜들었다.

배는 용왕선이었다.

소속은 장강의 해역을 독점하고 있는 용왕방.

촉산이 무너졌어도 용왕방은 건재했다. 그도 그럴 것이, 장강용왕이라
불리며 독재했던 광수매 손랑과 해마 장호만이 촉산의 이매였고 그들의
측근조차 그 사실을 몰랐던 것이니.

손랑과 장호가 화방에 갇혀 수장된 이후 용왕방은 일로 혼란에 휩싸였
다. 수괴가 없어진 이상 당연한 수순이었다. 그러나 그 혼란은 채 한 달
도 지나지 않아 잠잠해졌다.

새로운 강자가 부상해 올랐던 것이다.

그가 바로 저 사람이다. 단연 두각을 나타내 단숨에 일천 방도의 목줄
을 움켜쥐어 버린 자, 그는 의외로 앳된 소년이었다.

"가정(假正)이라 합니다, 대협."

"가정?"

희한한 성도 다 있다.

거짓 가(假) 자를 성으로 쓰는 자가 있다니…….

무심코 소년의 포권을 받던 허방산의 눈에 이처가 스쳐 갔다.

이제 나이 열다섯이나 되었을까. 두드러진 매브리코가 어디에서도 눈

에 뜨일 강렬한 인상이다. 소년의 독특한 기태는 군림태상의 일로 골몰해 있던 허방산의 상념을 일거에 흩어버렸다.

"자네가 이 배의 주인이라고?"

"그러하오이다."

"흠."

보일락 말락 미미하게 고개를 끄덕이던 허방산의 시선이 일순 흐르듯 단리종도를 스쳤다. 그리곤 싱긋 이를 보였다.

"그럼 부탁함세."

"염려 마십시오. 숭명도 정도는 잠깐이면 닿을 것입니다."

음성에도 영기가 가득하다.

절도있는 언행이 명가의 후손임을 능히 짐작케 한다. 가정이란 소년은 재차 포권을 하고는 문을 열고 나갔다.

용왕선의 귀빈실이었다. 승선한 것은 반 시진 전, 어수선했던 지난 며칠을 정리하고자 주위까지 물리치고 있던 차 인사를 시킨다며 소년을 대동했던 단리종도의 방문을 받았던 것이다.

"그럼……."

"잠깐 기다리시게."

나가려는 단리종도를 허방산이 붙잡았다.

"어찌 만났던가?"

"일전 군사의 명이 있었습니다. 어찌 될지 모르니 수로를 확보해 두라고 말입니다. 그래서 묶어둔 것이 용왕방인데, 무슨 문제가 있으십니까?"

"아니, 문제랄 것은 없고 가정을 보니 달리 생각나는 사람이 있어서 말이네."

"아."

“그는 자네도 잘 아는 사람이지.”

사실이었다. 소년 가정의 인상은 한 사람을 연상하게 했고 그가 남긴 유서를 기억하게 만들었다.

명왕 사마혼. 떠오른 사람은 그였다.

그같이 인상 깊은 사람을 다시 만나긴 어려울 것이다. 허방산은 지난 밤 내내 품속에 잠들어 있던 그의 마지막 숨결을 꺼내 들었다.

겉봉은 피땀에 절었다. 아마도 고단했던 행로 탓이었으리라. 엊그제 작성된 듯 명왕의 유서엔 아직도 묵향이 싱생하게 살아 있었다. 봉서는 이내 속을 드러냈다.

왠지 모를 긴장감이 엄습하기 시작한다.

명색이 천하사왕의 하나다. 지난 이백 성상 군마의 요람으로 자리매김을 한 대촉산의 지주가 남긴 유언이니 어찌 간단한 내용이랴. 아니나 다를까, 허방산은 단번에 심각해졌다.

점차 얼굴조차 굳어간다.

명왕의 유서는 장문이었다.

한데 기이하다. 무엇인가. 대체 그 무슨 비사가 담겨져 있는 것일까. 대관절 그 어떤 내용이기에 천하의 만리웅왕을 저리도 질리게 만들 수 있는 것일까.

“……!”

어느 대목에서는 숨결조차 간단히 정지한다.

허방산은 하나의 석상으로 화해 버렸다.

─눈에 보이는 것이 꼭 진실만은 아니니…….

제9장 숙명도

장강은 천하를 질타하는 거대한 용이다.

굽이굽이 암벽의 협곡을 소용돌이치고 구곡회장의 용틀임으로 일만 육천 리를 흐른다. 그 종착지는 대해로 이어지는 동단의 숭명도, 거기서부터는 강이 아니라 바다다.

숭명도는 그 장강이 뱉어낸 퇴적의 산물.

땅이 기름져 씨만 뿌리면 수확이 가능하다는 말이니 그야말로 천혜의 옥지라 할 수 있는 곳이다. 넓기는 또 얼마나 넓은가. 광활함으로 치자면 섬이 아니라 육지라 해도 무방할 정도다.

그렇다고 화가 없는 것은 아니었다.

아니, 그래서 더욱 많은 피가 흘렀다. 연례 행사로 수적의 약탈이 벌어졌고, 당세에 이르러서 그 정도는 사흘이 멀다 하리만큼 빈번해졌다.

지키지 못하면 내주어야 한다.

그것이 설령 목숨이라 할지라도. 해서 이 땅에 사는 사람치고 품에 비수 하나 품고 있지 않는 자가 없다. 농사로 먹고사는 곳에 칼 찬 모습이 전혀 이상하지 않은 곳, 그곳이 당세의 숭명도였다.

그러나 오늘도 노을은 고왔다.

하늘 아래 사는 것들이 어찌 살든 말든 광활한 습지는 검은 초록으로 물들어가고 그 위에 지는 주홍빛 석양은 진정 장관이었다.

더없이 장엄한 노을. 마을엔 모락모락 밥 짓는 연기가 피어나기 시작한다. 참으로 정겨운 풍경이 아닌가. 하얀 연기는 노을로 번져 간다. 넉넉하고도 고즈넉한 대지의 밤이 시작되는 것이다.

멀리로는 어둠으로 짙어가고 있는 절강의 산악이 올려다보이고 물결치는 강 저 너머엔 누런 횡사도(橫沙島)가 손에 잡힐 듯이 다가와 있는 곳이다.

그곳, 밤은 리가장원에도 깃들었다.

리가장이 세워진 것은 이십 년 전이다. 당시 숭명도 일대는 횡사도에 근거를 두고 있던 해적 혈왕단의 발호로 몸살을 앓았다. 그러던 어느 날, 무슨 조화인지 횡사도 자체가 폐허로 화했으며 그날 이후로 혈왕단의 이름은 완전히 지워졌다.

사, 오백에 달하던 해적 대부분이 미간에 구멍이 뚫린 주검으로 변했고 잔명을 보전했던 이들도 감쪽같이 사라졌다.

리가장은 그 이후에 건립되었다.

남해와 유구, 왜국을 오가는 밀무역을 주업으로 부를 축적시켰고, 급기야는 채 오 년도 되지 않아 숭명 제일의 실세로 부각되었다. 대해를 오가는 상인이 수백이요, 상주하는 호위 무사만도 이백이 넘는다는 부가(富家) 중의 부가로 변했다.

찌르륵, 찌르륵.

풀벌레 울음소리가 구성지다.

은은한 별빛 아래 여느 여름밤이요, 적막도 예전 그대로다. 모두가 들어앉은 시각인지라 컹컹 개 짖는 소리도 아주 가끔 아련하게 들릴 뿐, 움직이는 것이라곤 오직 습습한 바닷바람뿐이다.

대해에서 불어오는 짠바람.

횡사도에서 불어오는 모래바람.

그 둘이 섞였다. 아니다, 짠바람에 섞여든 것은 세사(細沙)만이 아니었다. 사람 냄새도 숨어들었다.

강가의 수면에 갑자기 검은 머리들이 떴다.

하나둘이 아니다. 대오를 맞춰 소리없이 스윽, 슥 줄기차게 솟아나는 사람의 머릿수는 족히 오백을 헤아렸다. 굴 반 머리 반이랄까.

입도 보이지 않는다. 안광조차 별빛에 드러날까를 우려해 가느다란 실눈만 물 위로 내놓았다. 그중 강안에 접한 선두 열이 수달처럼 잽싸게 뭍으로 올랐다.

간신히 샅타구니만 가린 차림이다.

횡사도에서부터 잠영을 해온 듯, 하되 무엇을 발랐는지 전신이 어둠 같은 회색이었는데 납작 엎드려 버리니 사람인지 땅인지 분간조차 되지 않는다.

가슴엔 손바닥만한 주머니 하나, 등엔 비스듬히 장도를 멨다.

집도 없는 칼이다. 날 또한 회칠로 광을 죽였는지라 자세히 보아야만 그나마 칼인지를 알아볼 수 있을 정도니 기가 닥힌 위장술이다.

대략 삼십 정도나 될까. 인기척에 놀란 게가 흩어지듯 어지러이 인영이 흐르더니 잠깐 사이 삼인 일조로 헤쳐 모였다.

수순. 그렇다, 이들은 지금 야습의 전통적인 수순을 밟고 있는 것이다. 아니나 다를까.

삼인 일조 열 개 조가 일제히 사행하-기 시작했다.

뱀같이 능숙한 움직임이다. 설사 뻔히 눈을 뜨고 지켜봤더라도 저것이 설마 사람이랴 했을 것이다.

일사불란. 회영은 손과 발, 전신을 움직이는 동작 하나하나가 마치 한 틀에서 찍어낸 것처럼 동일했고 민첩했다.

손을 드는 것도, 앞가슴의 주머니를 열고 청람색으로 물들어 있는 죽침을 꺼내 드는 것도 똑같았다. 서른 개 손이 일제히 흔들렸고 미세한 파공음 서른 줄기도 동시에 일어났다.

파아아…… 팟팟팟…….

그리고 소리없는 비명.

“……!”

어둠은 단순한 어둠만이 아니었다.

거상(巨象)처럼 웅크리고 있는 리가의 대저택까지는 약 삼백 장. 그 사이는 억새풀만이 듬성듬성 무더기로 물가에 자라 있는 습지다. 거기엔 군데군데 보이지 않는 암혈이 구축되어 있었고 매복이 존재했다.

야습조는 지금 그 매복을 제거하고 있는 것이다.

때론 억새풀 더미에서, 때론 모기 떼 웅웅거리는 물웅덩이 속에서 인간의 숨결이 끊어지는 기척은 쉬지 않고 일어났다.

무서운 독이었다.

죽침을 맞은 자는 입도 벙긋하지 못하고 맞은 자세 그대로 굳었다. 촉산의 지배를 벗어난 당가에서나 겨우 만들 수 있는 절독이다. 그럼 저들이 당문의 문도일까. 청람으로 섬뜩한 저 독물이 인구로만 회자되던 바로 그 앙천효(殃天慀)?

그럴지도.

어쨌거나 암혈은 빠른 속도로 제거되어 나갔다. 이제는 담장이 지척이다. 마침내 본진도 뭍에 올랐다.

‘살아 있는 것은 모조리 재워라.’

‘내원의 밀전이다. 목표물은 그곳에 있다.’

‘최종 점검……!’

일방적인 수화가 육성보다도 빠르게 흘렀다.

시기가 좋았다. 아무리 가깝다곤 해도 숭명도와 횡사도 사이의 물줄기는 격류나 마찬가지다. 겉으로 보기엔 잠잠해도 물밑의 흐름은 거세기이를 데 없다. 하지만 하늘이 도왔다. 때마침 만조였는지라 흘러드는 강물과 역류하는 해수 사이에서 별다른 진력의 소모 없이 도하에 성공했던 것이다. 드디어,

“북천의 용사들이여, 가라!”

“……!”

회색의 파도다.

겹겹의 그 파도가 밀물처럼 습지를 잠식하기 시작했다.

무서운 속도, 회의도수 오백은 금세 자취를 감췄고 강변은 다시금 썰렁해졌다. 남아 있는 자는 단 하나, 그는 비록 흠씬 물에 젖긴 했어도 의복 일습을 제대로 갖춰 입고 있는 자였다.

칼도 등이 아니라 허리춤이다.

그것도 양 허리에 한 자루씩.

패도나 패검이 아닌 이상 도검을 허리에 걸고 있는 사람은 쾌공을 구사하는 이가 대부분이다. 나이가 오십은 되었을 것이다. 말상의 긴 얼굴에 종이처럼 얇은 입술이 특이한데 목소리다운 목소리를 흘려낸 것은 그가 처음이었다.

“북천 본가의 정영이 아니라곤 하나 저들 숙위조(宿衛組) 고수 오백이면 껍질 정도는 충분히 벗겨낼 수 있으리라. 그것이 나 하비의 임무, 나머지는 총사께서 알아서 하실 것이다.”

북천이라 했다. 숙위조라 했다.

그 말은 하나를 의미했다.

북천밀가. 바로 그들인 것이다.

강호에 북간이란 악명을 얻은 밀가에는 숙위 가문 열 개가 있다. 모두가 이름만 들어도 알 수 있는 북방의 무가들로 북천밀가야말로 북방무림계의 연합 세력……!

하비라는 이름 또한 모르는 이 드물다. 북천밀가의 외단총령, 북양쾌도의 이름이 하비가 아니었던가.

"이제 가볼까."

북양쾌도 하비. 그도 마른 솜에 물이 스며들 듯 순식간에 어둠으로 잠겨들었다. 그리고 비명.

"아아아악……!"

마침내 최초의 비명이 터져 나왔다.

밤하늘의 적막을 떨어 울리는 참혹한 비명, 그것은 북천밀가의 야습이 발각되었다는 뜻이고 죽이려는 자와 막아서는 자 사이에 전면전이 벌어진다는 의미에 다름이 아니다.

스윽.

하비가 섰던 공간의 어둠이 다시 한 번 일렁였다. 어둠을 헤치며 나타난 사람은 허방산과 일수탈혼 악치였다.

"과연 놈들이었군요."

"흐음……."

오직 둘뿐이다.

시선이 가는 곳은 리가장, 단말마의 비명과 도검이 부딪치는 쇳소리가 눈앞에 그려질 듯이 선명하고도 급박해진다.

"배로 해안을 따라 내려왔기에 야신전의 이목에 걸러들지 않았던 것입니다. 그렇지 않고서야 어찌 저 정도의 다군을 놓쳤겠습니까?"

"……!"

"횡사도에 잔류해 있는 놈들도 오늘밤을 넘기진 못할 것입니다. 기척 없이 제거를 하라 하셨기에 다소 시간이 걸릴 뿐, 그까짓 일백 남짓한 정도로는 혁씨 형제 분도 감당해 내지 못할 것입니다, 주군."

"그렇겠지."

용왕선이 숭명도 순회 한 바퀴를 마친 것은 해질녘이었다.

혹시 있을지도 모를 도주로와 비밀리에 접안할 수 있는 곳을 찾고자 했던 것인데, 지켜보는 눈들이 많아 마땅한 곳을 찾지 못했다.

숭명도는 그 전체가 리가장의 영역이라 할 수 있는 곳이다. 외인이 들어설 경우 채 일각도 지나지 않아 상세한 전서가 리가장에 날아들게 된다. 수라권 이기가 거품을 물며 추천한 곳은 횡사도. 은밀히 정박해 있던 원양범선 두 척은 거기에서 발견했다.

악치가 말한 것은 그 후의 일이었다.

북간 또한 생사대적, 통한의 원수가 아니던가. 단리종도와 박포를 위시한 형제들은 지금쯤 진한 피 냄새에 젖고 있으리라.

"그나저나 일이 더욱 어려워진 것은 아닌지요. 생각지도 않았던 북간까지 끼어들었으니 말입니다."

"……."

허방산은 대꾸하지 않았다.

무슨 생각을 하고 있는 것일까, 그저 국묵히 리가장만 주시하고 있는 기색이 무척이나 심란하다.

아마도 명왕의 유서 때문이리라. 그것이 아니고서야 어찌 여시의 상처도 보는 둥 마는 둥 했겠으며 그 찜통처럼 더운 선실 구석에서 한나절 동안이나 꼼짝도 하지 않았겠는가.

그러고 있는 사이다.

리가장엔 마침내 화광도 충천하기 시작했다.

결국은 불길마저 솟구치는가. 누가 지른 것인지는 모르나 완벽한 준비다. 기름을 부었는지 한 번 일어난 불길은 삽시간에 장원 전체로 번져 갔으며, 얼마나 지독한지 밤하늘도 벌겋게 익었다.

넘실넘실 광란하는 화마(火魔). 대들보 무너지는 소리도 요란해졌고 어찌나 화마가 기승을 부리는지 장승처럼 서 있는 허방산과 악치의 얼굴도 붉은 화광으로 물들었다.

그러던 어느 일순,

콰아아앙……!

거창한 폭음이 일어났다.

두 사람이 서 있던 지면마저 울렁거릴 정도의 굉렬한 폭발이었다. 검붉은 버섯구름이 하늘 높이 치솟았고 모든 것이 거기에 일어난 불바람에 묻혀 버렸다. 갈가리 찢겨진 육편이 소나기처럼 퍼부어졌으며, 그 한 번의 폭발은 그토록 기승을 부리던 화마마저 단숨에 삼켜 버렸다.

“우와…….”

악치의 입이 절로 벌어졌다.

“단혈수가 있던 지하에 화약 만 근이 비축되어 있다고 하더니만…… 저, 저 정도면 아까 기어들어 갔던 북간 놈들은 물론이고 단혈수 그 괴물들도 모조리 콩가루가 되고 말았겠는데요?”

“……!”

허방산 또한 적잖이 놀란 기색이다. 그러다 무엇을 떠올렸는지 갑자기 서둘렀다.

“가세나.”

“예?”

미처 물을 사이도 없다. 허방산의 신형이 장대가 세워지듯 쑤욱 야공을 솟아올랐다. 악치도 부랴부랴 몸을 날렸고 허방산의 말은 그 이후에나 들렸다.

"가등, 자네 같으면 어찌했겠는가?"

"무슨…… 아, 사공량 그자 말이지요?"

"그렇네."

"저였다면 이기 정도가 알 정도의 행로를 택하진 않았을 것입니다. 하나 그 중요한 단혈수가 있으니 다른 곳으로 가진 않았겠지요. 어떻게든 구해보려고 했을 것이고 그것이 불가능해졌다면……."

"맞아. 화약이 터질 것은 그도 예상치 못했겠지. 아니면 옮길 시간이 없었다거나. 아무튼 저 불구덩이 속에 있지는 않았을 것이고 어딘가에서 지켜보고 있었을 터인데, 일이 이렇게 된 이상 그가 취할 수 있는 방법은 단 하나밖엔 없지."

"도, 도망! 하지만 이곳은 막다른 곳인데…… 바닷길을 준비했다면 또 모를까. 오, 그렇군요! 바다, 바다가 아니겠습니까?"

"그러겠지……?"

"예."

허방산이 향하는 곳은 동쪽이었다.

원래가 숭명도는 동서로 늘어져 있는 삼각주이다. 리가장의 위치 또한 동단에 가까워 망망대해까지는 채 이십 리도 되지 않는다. 거기에다 리가장이 바라다보이는 곳이라면……!

"바로 저기야……!"

허방산의 신형이 빨랫줄처럼 뻗어갔다.

백여 장의 공간을 찰나에 가로지르는 무서운 경신이다.

섬류형(閃流形), 낙뢰가 흐르듯 창응표는 허방산의 일신에서 운리쾌형 그 이상의 경지로 무르익었다.

휘이이이……

창공의 독수리가 토끼를 낚아채는 듯한 위세다.

경인할 그 위세에 강안을 질주하고 있던 묵포의 사내 하나가 피할 수 없다 여겼는지 풍차처럼 돌아 오르며 첩첩의 장영을 일으켰다.

아홉 겹의 검은 구름이 폭발하듯 일어난다. 그 다음은 구첩일장, 마왕수 하나로 나타나는 흑옥마수 최후의 변화다.

"구정토혈……?"

다분히 실망 어린 어조였다.

그도 그럴 것이 놈은 사공량이 아니었던 것이다.

놈이라면 눈빛만으로도 알 수 있는 그다. 각진 털북숭이에 고리눈, 아니었다. 마왕수 신수로 미루어보건대 확인해 보나마나 이기가 언급한 바 있던 장마가 틀림없을 것이다.

허방산의 우수 다섯 손가락이 매 발톱 모양으로 구부러졌다.

진력이 피폐해진 상황에서도 군림대종 유마옥의 마왕수를 깨뜨렸던 그다. 구수로 벌어진 허방산의 우수에서 다섯 줄기의 노을빛 이화진력이 매화꽃 모양으로 반공을 꿰뚫었다.

퍼퍼퍼퍼퍽!

"아욱……!"

구정토혈은 단번에 무산되었다.

묵운 같던 장세는 흔적도 없이 사라졌고 사내의 손바닥엔 시커멓게 관통된 구멍이 생겨났다. 죽이고자 했다면 지력이 아니라 주먹이 나갔을 것이다. 휘청 하는 사내의 목덜미를 틀어잡았다.

"사공량은?"

"큭!"

나라정명결이 운용된 음성이었다.

지금 이 순간 사내의 머리 속을 들여다본다면 뇌리가 하얗게 비었음을 볼 수 있을 것이다. 사내의 눈이 찰나적으로 몽롱하게 풀어졌다.

"저, 저어기……."

돌아가는 눈동자가 동쪽의 바다를 가리킨다.

"뭐라고?"

그 바람에 틀어졌다. 나라정명결은 마음의 공부다. 다급함이 섞이자 뇌정탈백의 결이 풀어지고 말았다. 사내가 푸르르 그개를 털더니 입술을 깨물었다.

"부, 북안으로……."

사내의 눈에 희뜩 초점이 사라졌다.

"이, 이런……!"

너무 힘을 줬다. 사실 처음 틀어쥐었을 때 이미 경추가 나갔다. 축 늘어지는 사내의 시신을 던져 버리고 재차 지면을 밟아 올랐다.

어차피 놈이 갈 수 있는 곳은 바닷길뿐이다.

북천밀가가 육박해 왔음은 놈도 알고 있을 것이니 돌아가지는 못할 것이고, 리가장에서부터 훑어오던 길이다. 이미 배를 탔다면 모르되 그럴 여유는 없었다.

더군다나 놈은 아직도 정상이 아니라 했다.

"동이든… 북이든 뛰어봐야 벼룩이다."

그 바람에 죽어나는 것은 악치였다.

단내가 풀풀 났다. 주군을 따르느라 급하게 내기를 휘돌렸더니 속이 울렁거릴 정도로 기혈도 불안했다. 그러나 어찌하겠는가. 허방산의 마음은 벌써 숭명도를 열 바퀴는 돌았거늘……!

그러길 얼마나.

비쾌하게 쏘아져 오는 인영 하나를 봤다.

호리호리한 체격에 유난히 다리가 긴 은색 장발의 중년인이었다. 생김이 그래서 그런가, 경공 하나는 참으로 일절이라 불릴 만했다. 그러나 그것은 펼쳐서는 아니 되는 운신법이었다.

특히나 허방산과 악치의 면전에서는. 왜냐, 그것이 바로 흑천비마영이라 명명된 척천오장원의 유진이었으니까. 허방산이 우뚝 허공을 꺾어 내렸고 악치 또한 거친 숨을 몰아쉬며 낭월비류를 멈추었다.

악치의 외눈이 은은한 긴장으로 굳어진다.

다름이 아니었다. 중년인은 자의로 날아오고 있는 것이 아니었다. 추격당하고 있었던 것이다. 그의 뒤엔 꼬리가 붙어 있었다.

"비마 리홍(犁鴻), 게 서지 못하겠느냐!"

잔뜩 약 오른 추격자의 목소리다.

역시 비마. 쾌속함으로 따지자면 추격자도 그에 못지않았다. 문제는 능가하지를 못한다는 것이었는데, 둘 사이 십 장의 이격 거리는 허방산과 악치의 전방 가까이에 이를 때까지도 좀체 좁혀지지 않았다.

앞은 긴 다리를 이용해 한걸음에 오 장 이상을 건너뛰고 뒤는 점점이 땅을 찍어 날고 있는 상황이었으니 보통 실력이 아니다. 더군다나 젊은 여자의 앙칼진 교갈이었는 바,

"으득! 잡아! 그놈의 다리짝부터 요절내고 말리라!"

스물서넛은 되었을 것이다. 자색 경장에 목이 긴 미녀였는데 그녀는 혼자가 아니었다. 그녀의 뒤쪽으론 수십 줄기의 파공성이 더 따르고 있었다.

"허걱!"

리홍은 현 리가장주의 성명이다.

비마라는 이름 또한 군림제일장의 호칭이니 리홍이야말로 군림오장의

수장인 셈이다.

아무튼 그의 안력은 경공 실력만은 못했다. 지척에 이르고서야 수풀 가운데 서 있는 허방산과 악치를 발견해 낸 듯 질겁하며 뛰어올랐다.

호약번등(虎躍翻騰), 범의 도약세다.

찰나적으로 삼 장을 떠올랐다. 하나 그가 마주하게 된 것은 허방산의 얼굴이었다. 그가 떠오를 때 허방산 또한 떠올랐던 것이고, 비마 리홍은 비마다운 절기를 그 순간에 발휘해 냈다.

"차앗!"

새가 아닌 이상 한 번 떠오르면 반드시 내려와야 한다. 그래서 재차 도약을 해야 한다. 그러나 비마는 달랐다. 호약번등의 정점에서 그는 도약 시 구부렸던 오른발 끝으로 왼발 등을 세차게 찍었다.

떨어지기는커녕 오히려 두 길이나 더 오른다.

그러나 그도 결국은 부질없는 짓이 되고 말았다. 비마는 허방산의 얼굴을 또 보아야만 했다.

"나, 나보다 더 빠르다니⋯⋯!"

어이없어하는 얼굴이 애처롭다. 허방산은 일그러지는 비마의 완맥을 순간적으로 잡아당겼다.

"사공량은 어디에 있느냐?"

"크윽!"

완맥을 통해 쇄도해 드는 것은 꼭 죽지 않을 만큼의 이화다. 하나 경락이 불에 타 오그라드는 고통은 현세의 초열지옥이라 할 수 있을 것이다. 비마의 눈은 하얗게 뒤집어졌다.

"그, 그분은⋯⋯."

그때였다. 입으론 묻고 발은 지면에 대고 있던 참이다. 여태껏 비마를 몰아왔던 여자가 다짜고짜 칼부터 후려왔다.

"놓아라, 이 개자식아!"

사실 여자의 입장에서 본다면 억울하기도 했을 것이다.

진땀을 흘리며 쫓아냈더니 죽 쒀서 뭐 준 꼴이라. 두 눈 뻔히 뜨고 가로채였으니 그 분함이 얼마나 크겠는가.

허방산은 그녀의 칼질을 무시했다.

신경조차 쓰지 않고 뭐라 뭐라 토설하는 비마의 입을 주시했고 그런 그의 옆구리를 파고드는 여인의 칼날을 맞이해 간 것은 악치의 혈월비였다.

땅!

귀신같은 솜씨다.

혈월비는 머리카락 두께의 칼날을 정확히 맞혔고 칼은 그 부위에서 힘없이 부러져 나갔다. 그것도 칼자루에 이어지는 두툼한 부분이다. 부러진 도신은 허방산의 낭월포를 스치며 떨어졌고 그러고도 남아도는 혈월비의 경력은 여인의 손에서 칼자루마저도 날려 버렸다.

"아흑……!"

여인의 교구가 휘청했다.

"어떤 개자식이……?"

험악하게 인상을 쓰던 여인이 찔끔하며 입을 다물었다.

악치의 파면 때문이었다. 무섭게 번쩍이고 있는 쪽빛 외눈과 꿈에 볼까 두려운 야차의 얼굴. 어지간한 사내조차 마주하기 어렵거늘 하물며 여자임에랴. 슬쩍 벌어지는 악치의 입술도 공포라면 공포였다.

"여자가 아니었다면 마빡에 구멍이 뚫렸을 것이다. 그러나 거기까지다. 한 번만 더 욕설을 담는다면 너는…… 죽는다."

"흐으……."

뒷걸음을 치는 것도 모른다.

창백하게 질린 그녀의 얼굴에 안도의 화색이 돈 것은 자신도 모르게 십여 보를 물러섰을 때였다. 주춤거리며 물러나는 그녀의 어깨를 잡아 안돈시키는 오십 초반의 자포노인이 있었다.

"그대는 누군가."

위엄 서린 음성이다. 많은 사람을 거느려 본 자의 관록이 느껴지는 목소리, 하되 누르는 어조였다. 그런 말투는 악치같이 자유롭고도 거칠게 자라온 사내들에게 있어서는 당연히 반감을 사게 된다. 뿐만이 아니었다. 말은 악치에게 던지면서도 노인의 눈은 시종일관 허방산의 얼굴에 멎어 있었으니.

악치의 입 언저리 파흔이 무섭게 꿈틀했다.

"웃기는 늙은이. 봐라, 이것이 바로 나다!"

악치는 술수를 모르는 사람이다.

그는 보란 듯이 우수로 낭월포를 젖혔다. 빼곡히 비수가 꽂힌 요대가 거기에 있다. 거기까지는 눈에 보였다. 하지만 그 이후는 하나도 보이지 않았다.

보이는 것은 자연스럽게 늘어져 있는 우수뿐이었다.

무슨 일이 어떻게 벌어졌는가. 경과는 찰나에 지나갔으되 결과는 확연했다. 패옥을 박은 백건을 두르고 있는 노인의 우측 관자놀이 부분이었다. 하얀 머리띠 한가운데로 붉은 선홍의 피가 배어 나오고 있지 않은가. 간단히 말하자면 찢어졌다는 것이다.

놀라지 않으면 사람이 아니다.

둘 사이의 거리는 삼 장. 방금 전 악치는 노인의 미간을 향해 혈월비 한 자루를 날려 보냈고 노인은 고개를 틀어 피한다곤 했으나 완전하진 못했다.

그러나 그 정도의 거리에서 악치의 비도무적혈을 피해냈다는 것은 노인의 신수가 간단치 않다는 것을 의미한다. 비록 한 자루에 불과했다곤 하나 그게 어디 보통 일인가.

뜨끔하긴 악치도 마찬가지였다.

하나 그것은 내심뿐, 얼기설기 흉터로 얽혀 있는 악치의 파면에는 추호의 미동도 없었다. 대신 몇 마디를 음산하게 씹어뱉었다.

"나는 만리응왕의 십보장이 되는 사람, 늙은이에게 막말을 들을 신분은 아니니 그댄 썩은 입을 삼가라."

"……!"

노인이 흠칫했다.

그것은 독 오른 암고양이처럼 목을 세우고 있던 여인도 마찬가지였다. 전율이 자르르 등골을 흐른다.

만리응왕 화신 허방산, 그 이름 석 자는 강호를 경동시킨 거인의 이름이 아닌가.

무거운 침묵이 만들어졌다.

그 잠깐 사이 비마 리홍은 물먹은 솜처럼 널브러졌다. 그럼에도 결과는 신통치 않았나 보다, 기색이 그랬다. 실망한 얼굴로 고개를 드는 허방산의 시야에 숨 가쁘게 반공을 날아 내리고 있는 이십 여명의 자포도수가 들어왔다.

"선자님, 비마는요?"

"저놈들은 또 누구랍니까?"

참으로 안타까운 순간이다.

노인의 이맛살이 절로 찡그려졌다.

아니나 다를까, 일대가 갑자기 서늘해졌다. 응왕, 그 젊은 용의 안광이 무섭도록 가공해지고 있지 않은가.

"자포에 용작환도…… 그대들은 북간의 잡배로군?"

마치 광구가 터지는 듯하다.

인간의 눈빛이니 설마 그러기야 하리만은 그랬다.

허방산은 전에 없는 살기를 보였다. 그는 몽니가 휘둘러 댄 배신의 칼을 맞고서도 웃어버린 사람이었다. 작의적인 것이 아니라 천성이 그랬다. 직선적이고 제멋대로였으나 결코 피는 즐겨하지 않았다. 그러던 그가 변했다. 횡사도에 잔류해 있는 북천의 수하들을 하나도 남김없이 베라 명했으며, 지금도 그랬다. 그가 내보이는 것은 전율스런 살기였다.

"북천대사마…… 맞느냐?"

노인에게다.

북천대사마 사도헌.

그는 북천밀가의 실질적인 지배자의 이름이다. 북천일관옥이라 소문났던 그의 이복 동생 사도영이야 있는지 없는지도 모를 자, 비록 밀왕의 신분은 아니나 이십 년 전에 숨을 거둔 사도쾡 이후의 북방무림계를 이끌어온 강호의 거목이 그였다.

그리고 그 이름은 아무에게나 불려질 이름이 아니었다. 허방산의 물음에 성질 급한 자포도수 서넛이 대뜸 칼을 뽑아 들었다.

"저, 저놈이?"

"감히 어느 안전이라고……!"

"대공(大公)! 저희 북풍사도(北風四刀)가 놈을 잡아 꿇리겠습니다, 허락을!"

처음엔 말리려는 눈치였다.

그러다가 확인이나 해보자는 심산이었는지 여자를 잡아끌며 아예 멀찌감치 십 장 저 너머로 물러선다.

"좋아, 허한다."

"감사합니다."

하나같이 사십 중반, 익을 대로 익은 절정의 장년들이다.

북풍사도가 했던가? 저벅거리는 자신감으로 거침없이 다가오는데 허방산의 불타는 시선은 그들보다는 오히려 물러나는 노인을 좇고 있었다. 그러다간 미미하게 고개를 끄덕였다.

"사도헌이라…… 잘됐군."

대공이라 불린 자, 엄밀히 말하면 그는 무인이라기보다는 책사에 더 가까웠다. 지켜본 결과가 그랬다. 자운영이 기술한 '북방밀서'에도 그런 내용이 언급되어 있었다.

북천대사마 사도헌. 나이 오십, 제반 병서와 고금의 학문을 두루 섭렵한 자로 북간의 핵심 두뇌임. 가문비전 용권도결(龍卷刀訣)을 연성한 친위군 일백을 수족처럼 부리고 있으며, 슬하엔 비연선자(飛燕仙子)라는 딸 하나를 두었음.

신분을 확인한 이상 뭐가 또 남았을까.

불공대천. 한 하늘을 같이 이고 살 수 없는 사이다. 죽음으로 보상을 받는다 한들 어찌 그 상처가 아물 수 있으랴.

"훗……."

속절없이 웃음이 다 나온다.

천산에 누운 어른은 망량과 밀혼에 의해 최후를 마쳤다. 망량이야 적수공권이었으니 그분의 팔을 자른 자는 북천밀가의 밀혼이었을 것이다. 그래, 칼날이 아니었으면 절단면이 그리 예리했을 리가 없다.

'비류연의 적손을 천하제일의 불효자로 만들어 버린 자들…….'

버럭.

악치의 서슬 퍼런 일갈이 떨어진 것은 그때였다.

"그만! 한 발짝만 더 오면 죽는다!"

비스듬히 허방산의 우측으로 나서 있던 그다.

그에겐 나름대로 정한 법이 있었다.

여느 고수라면 삼십 보, 자신 정도의 수준이라면 이십 보, 절정이라면 십 보 삼 장. 그 조건이라야 손을 쓴다.

북풍사도. 그들은 아직 응왕을 알지 못한다. 대공이 허락을 하면서도 어인 연유로 전권을 벗어나 있는지도 모른다. 그러기에 저리도 여유가 있는 것이리라.

"건방진 애꾸 놈……!"

딱 이십 보.

많이 잡아준 것이다.

악치의 외눈이 살벌해졌다. 그리고 그의 우수가 폭섬으로 흐른 것은 정확히 일 보가 더 줄어들었을 때였다.

그뿐이었다. 뭔가가 날아갔다면 파공성이라도 있었을 것이다. 아니, 있었다. 하되 어찌나 빨랐는지 그 파공성은 인간의 골육이 부서지는 소리에 묻혀 버렸다.

퍼버버벅……!

셋은 양미간에, 하나는 유난히 빙글거리던 자의 입 안에.

북풍사도는 비명도 지르지 못했다. 그들의 죽음은 죽음조차 느끼지 못할 정도로 순간적이었다. 뇌수가 터지고 뒷골이 부서졌는데 무슨 고통을 느낄 수 있었겠는가.

"주군, 다 죽이겠습니다."

"한 놈도 남기지 마."

"여부가 있겠습니까."

북풍사도의 시신은 그때서야 넘어갔다. 여기저기에서 일수탈혼에 이어 화신을 알아보는 경악이 폭죽처럼 일어났고, 성큼.

쿠앙!

주체치 못할 살기가 진각으로 흘러든다.

오늘따라 유별난 살심이다. 이렇게라도 해소치 않으면 정말 야수가 되고 말 것이다. 허방산은 거친 발도장을 찍으며 일로 북천대사마를 향하여 보폭을 늘려갔고, 그런 그의 앞에 도광이 번뜩이기 시작했다.

"하아앗…… 용권절도(龍卷絶刀)!"

사막 용권풍의 기세를 담았다는 패도다.

절정에 이르면 그 기세만으로도 살상이 가능하다는 북방의 절기, 하나 용권도식은 채 절반의 변화도 일으키지 못했다.

픽!

귀에 익은 파열음.

"으악……!"

여지없다. 일수에 심혼을 끊어버린다는 악치의 혈월비는 한 치의 에누리도 없었다. 허방산에게 가장 가까이 다가섰던 도수가 이마에 비수가 꽂힌 채로 날아갔다. 그것이 순서였다. 먼저 칼을 들이민 족족 이마에 피가 튀었으며 그것이 죽음의 순서였다.

무인지경. 앞은 금세 훤해졌다.

"으…… 이, 이 정도라니!"

이젠 둘뿐이다. 부르르 진저리를 치고 있는 자신과 주춤주춤 물러나고 있는 여자. 나머지는 모두가 주검으로 누웠다. 아예 상대가 되지 않는 싸움이다. 아니, 싸움이랄 것도 없었다.

"후훗훗……."

목숨을 앗고자 가는 것이 아니다. 충천하는 살기를 잠재우러 가는 것이다. 한데 무슨 일일까, 사도헌의 지척에 이른 허방산의 눈빛이 돌연 신묘해졌다.

"너는 누구냐?"

"부, 북천대사마……."

"개소리."

언제 갔었나. 사도헌의 귀 앞에 있는 상관(上關)을 점하고 나오는 허방 산의 검지가 있었다. 변화는 그 뒤에 일어났다. 사도헌의 얼굴이 갑자기 울퉁불퉁 찌그러지더니 사십 초반 중년의 견상으로 변하는 것이 아닌가.

"삼환(三幻)이라고 너 같은 작자를 몇 겪어봤었지. 누구냐?"

"무영친위대장……."

상관은 마혈이며 또한 사혈이기도 하다.

약간만 힘이 더 들어갔어도 혁가 늘어졌을 것이다. 어쨌거나 사내는 이미 기백을 잃었다. 멀건 눈이 되어 순순히 대답했다.

"사도헌 본인은?"

"천진 본가에 계신 것으로 아오."

"저 여잔?"

"비연선자, 그분의 여식이오."

"그래……?"

그때다. 허방산의 힐끗하는 시선을 받은 여자가 놀란 기러기처럼 떠올 랐다. 이제나저제나 도주할 기회만 노리고 있던 차, 자신의 신분까지 드 러나자 그만 될 대로 되라는 심정이었으리라.

하여간 비연이란 이름처럼 경공 하나는 제법이다. 그녀는 찰나에 십 장 이상을 스쳐 날았다.

"주군, 어찌하리까?"

악치의 손엔 세 자루의 혈월비가 들려 있었다.

허락만 떨어지면 날아갈 판이고 비연선자란 여자는 결코 살아서 돌아

갈 순 없을 것이다. 허방산은 고개를 저었다.

"아직 여자까지 벨 정도는 아니네."

"……!"

상황이 그렇다는 것인가, 마음이 그렇다는 것인가. 알 수 없는 일이다. 악치는 두말없이 비도를 거두고 소매를 걷어붙였다.

"이젠 제가 좀 캐보지요."

"음……."

새벽이 될 때였다.

용왕선이 숭명도를 떠나가기 시작했다.

모두가 묵묵히 선미 뱃전에 서서 점차 멀어지는 선창을 바라본다. 목적했던 사공량을 놓쳤으니 말짱 헛고생을 한 셈이다. 말이 없는 것은 그 때문이었다.

그래도 산산이었다.

내내 쭈뼛거리더니 기어코 묻는다.

"그 비마라는 자의 말대로 정말 놈이 바다로 떴을까요? 저는 아직도 이해가 안 돼요. 그 유구국이 하루 이틀의 뱃길도 아닐 텐데 한 목숨 부지코자 거기까지 도망을 친단 말이에요?"

"……."

"사내자식이 뭐 그래? 거기까지 줄행랑을 치느니 나 같았으면 그냥 콱 코 박고 죽었다. 안 그래요, 나으리?"

'나으리'란 낭월각 시절의 호칭이다. 지금은 산산만의 애칭.

허방산은 피식 웃었다.

"오래 살고 싶은가 보지 뭐."

"힝."

용왕선이 가물가물 한 점으로 변했을 때였다.

높다란 언덕에 앉아 여태껏 갑판 일각을 지켜보고 있던 사내가 천천히 몸을 일으켰다.

"결국은 이리되고 마는 것을, 허허……."

왠지 쓸쓸해진다.

자조 때문일까. 사내는 부싯돌을 켰다.

불쏘시개가 얇은 전서 뭉치고 태우는 것이 서책인지라 연기도 없이 아주 잘 탔다. 표지에 적힌 '흑옥마예(黑獄魔藝)'라 적힌 글씨가 괴로운 듯 전신을 뒤튼다.

한 권, 두 권…….

'흑천비마영진해(黑天飛魔影眞解)'이란 책자가 마지막 다섯 권째, 궤짝 하나를 채우고 있던 책자 다섯 권은 한 줌 재로 변했다. 그나마도 불어오는 강바람에 슬슬 한 귀퉁이씩 날려 나가고 나니 남는 것은 이제 시커멓게 그슬린 땅바닥뿐이다.

"이같이 사람을 홀리는 귀물은 영원히 없어져 버려야 한다."

사내는 혼자 중얼거렸다.

"그때 장안의 만서각(萬書閣)에만 가지 않았던들, 아니, 갔더라도 이 망할 것들만 발견치 않았어도 나는 지금 손자 볼 꿈에 부풀어 있을 것이다."

다 탔으니 남아 있는 것은 없다.

아니, 한 가지 더 버려야 할 것이 남았다. 이제는 그놈의 과거도 활활 태워 깡그리 없애 버려야만 한다.

"그저 한바탕의 꿈이었으면 좋으련만……."

사내는 눈을 들었다.

정명하도록 맑은 눈이다. 무슨 공부를 했기에 저리도 시리도록 맑은 눈을 지니고 있는 것일까? 사내는 그런 눈으로 지금은 자취조차 묘연해진 용왕선의 그림자를 찾았다.

"방계라는 자괴심에…… 배운 재주가 아까워 시작했던 심심풀이였는데 돌이키지 못할 진짜가 되고 말았다. 천망회회(天網恢恢), 하늘이 둘러친 그물코가 제아무리 성기다 한들 나 같은 사람을 놓치실 리야 있겠는가, 아암."

무슨 소리일까.

사내의 독백은 점입가경이었다.

"그래도 목숨으로 책임을 진다면 용서는 되지 않을까?"

사내의 안색은 창백했다. 고질이라도 있는 것인지, 아님 내상이라도 있는 것인지. 사내는 속이 아픈 듯 두어 차례 가슴을 쓸어 내리다가 격한 기침을 쏟아냈다.

"쿨럭쿨럭."

각혈까지 한다. 사내는 손바닥에 토해낸 핏덩이를 물끄러미 쳐다보다가 툴툴거리며 웃었다.

"하여간 난 놈은 난 놈이지. 그 몸으로도 날 이 지경으로 만들어놨으니 말이야. 못된 놈, 내가 쳤다고 제 놈까지 치다니, 허허…… 그럼 이제 그만 떠나볼까?"

사내는 툭툭 옷을 털고 일어섰다.

훤칠한 키다. 창백해서 그렇지 청수한 인상에 유삼만 걸치면 누가 봐도 거유(巨儒)라 칭송해 마지않을 초로의 풍모였다. 태우고 버려서 그런 것일까. 휘적휘적 언덕을 내려가고 있는 사내의 뒷모습은 굉장히 홀가분해 보였다.

"그나저나 그 친구 있는 곳까지 갈 수나 있을지 모르겠군. 천산은 너무 먼 곳이란 말이야. 암튼 그 친구를 만나게 되면 옛날처럼 다시 떡이나 감자고 졸라봐야지."

배웅이라도 하나, 그의 뒤로 뿌연 물꽃이 사르륵 피어올랐다.

물안개다. 홀연히 일어난 장강의 물안개는 구름처럼 언덕을 덮었고 사내의 흔적까지도 완전히 감춰 버렸다.

제10장 영웅연

　"우리와 개방, 그리고 북경유가. 북천삼세라 일컬어지는 이 셋의 저력이 하나로 뭉쳐져야만 천하군림의 대사가 도모될 수 있다는 것은 아우님도 잘 알고 계실 것이네. 그렇지 않은가?"

　"알기야 알지요. 하지만……."

　"하지만이 아니야. 개방은 중요해. 개방이 있어야만 정통성이 보장되네. 지난 이십 년의 고행은 그 때문이 아니었던가?"

　"음……."

　"당분간만 참으시게. 머지않았네. 역겨우시겠지만, 개방은 그때까지만 붙들고 있기로 하고 현안을 상의해 보세. 먼저 마가 건인데, 태상의 종적이 묘연해진 이상 유가장보의 비밀은 어떻게든 화신에게 잡혀간 유마옥 형제에게서 우려낼 도리밖에. 무슨 수가 없겠는가?"

　"수는 무슨. 그래서 내 말하지 않았소. 이제는 측방이 아니라 정면을 때려야 할 때라고 말이오. 모든 열쇠는 그놈, 화신이 쥐고 있소. 놈을 죽이지 않고서는 백이면 백 모두가 공염불이 되고 말 거요. 놈은 지금도 막강하오. 하나 조금만 더 지나면 아예 시도조차 못해볼 것이오. 때는 지금, 지금 쳐야 하오. 그래야만 우리에게 약간이라도 승산이 있소. 아시겠소?"

"허허, 정말 그 정도인가?"

"일 대 일로는 나도 장담 못하오. 사실이외다."

"허……."

"놈은 강하오. 아니, 갈수록 더 강해지는 진정 특이한 종자요."

"……!"

"건곤일척의 결심이 있어야 할 때요. 형님 말씀대로 내 어떻게든 개방으로 하여금 한 팔을 거들도록 할 터이니 요번 기회를 놓치지 맙시다. 전력을 쏟아 옛날처럼 놈의 소굴을 완전히 부숴 버리자, 이 말이오."

"춘추의 무리가 가만히 있겠는가? 그리고 무당은? 검선과 검왕, 그 늙은이들이 놈에게 힘을 실어주고 있다고 들었네만."

"……!"

"아닌가?"

"중요한 것은 명분이오. 다시 말해, 구천사가의 일로 국한을 시켜 버린다면 무당이 끼어들 여지는 사라질 것이오. 춘추의 전력은 이미 절반 이상이 소진된 상태, 향후라면 모르겠으나 지금이라면 별다른 장벽이 되지 못할 것이라 믿소. 더군다나 그들은 과거 창응겁 당시에도 팔짱만 끼고 있던 국외자였으니……."

"그래도 만에 하나라는 것이 있네."

"그렇게 생각한다면 아무것도 하지 못합니다. 아시다시피 본 가의 전력은 창업 이래 최강의 성세를 이루고 있소. 지금의 전력으로도 대사를 이뤄내지 못한다면 일찌감치 뜻을 접는 것이 옳을 것이외다. 그렇지 않습니까?"

"으으음……!"

"한 달 후 평의회가 열리게 되오이다. 그때까지 뿐이오, 내가 개방을 흔들어댈 수 있는 것은. 날은 그 이전으로 잡읍시다. 승산은 육 할, 관건은 놈이오. 놈의 수급만 벨 수 있다면 승산은 완벽해지오. 설사 춘추가 개입을 한다 할지라도 말이오."

"……!"

"놈은 내가 잡겠소."

"좋네. 그럼 하나하나 세부 사항부터 조율해 보세. 아우님 말마따나 건곤일척을 해야 한다면 해야지 어쩌겠나. 우형도 더 이상 반대만은 하지 않겠네."

"하하하! 우리 형제의 생각이 이제야 맞아뗼어지는구려. 고맙소이다."

"고맙기는. 당연한 일. 아우님의 보필은 돌아가신 분의 마지막 유언이 아니었던가?"

"……!"

급히 서둘러 친 초막에서였다.

강바람이 산들산들 옷깃을 스치고 지나간다. 늙고 젊은 노소 형제는 바싹 무릎을 당겨 앉았다.

*   *   *

늦춰도 될 일이 있고 하지 않아도 될 일이 있다.

반면 때를 놓치게 되면 곤란해질 수 있는 일도 있다. 그럴 경우 오해를 살 수도 있으며 자칫 구구한 변명으로 전락해 버릴 수도 있다.

지금이 그때다. 웅왕은 시선을 들었다.

"가정이라고 했지?"

"예."

용왕방의 소년 방주, 그가 허리를 숙였다.

방금 불려든 참이다. 웅왕의 좌우엔 십보장 악치와 단리종도가 시립해 있으되 둘 다 묵묵했기에 선실은 조용하기 이를 데 없었다. 그렇지만 왠지 심각한 분위기였다.

소년이라고 느끼지 못했을 리 없다.

제아무리 간담이 크다 한들 어쨌거나 일개 소년이다. 더군다나 웅왕의 면전. 몰랐다면 모르되 알고서도 잔잔할 가슴은 없다. 소년의 표정이 눈에 띄게 굳어졌다. 그럼에도 침착은 잃지 않는다. 고개를 숙이며 또박또박 묻는다.

"어인 일이시온지요?"

"……!"

웅왕은 가만히 있었다.

눈빛도 여느 때처럼 맑기만 하다. 그러나 그 속을 깊이 들여다본다면 한줄기 진한 심상(心傷)을 읽어낼 수 있으리라.

"가씨라……."

한 소리 탄식.

그에 놀란 소년이 고개를 치켜들었다.

눈과 눈이 마주친다. 맑은 혜광이 서린 눈이되 천하사왕의 하나라는 만리웅왕의 눈이다. 화들짝 놀란 소년이 재차 고개를 숙일 때였다.

"네 모친도 이 배에 계시느냐?"

뜬금없는 소리다.

그것은 악치나 단리종도에게도 매한가지였다. 갑자기 무슨 말씀이신

가. 당연한 의문에 안광을 발했으나 소년에게는 또 다른 의미로 들렸다. 이번엔 진짜 놀랐는지 그 침착하던 자세가 일거에 무너졌다.

"대, 대협……!"

입까지 벌리고선 휘청하며 물러선다.

아녀자처럼 홍조 띤 얼굴이 백지장처럼 창백해지더니 보기 싫게 일그러진다. 응왕은 천천히 고개를 끄덕였다.

"가서 모시고 오너라."

불가항력.

그 거대함을 감히 거역하지 못한다는 의미이다.

아니라는 말도 할 수 없다. 못한다는 말은 더 더욱 할 수 없다. 열다섯 소년의 나이로 감당하기엔 응왕은 너무나도 험준한 거악이었다.

소년의 어깨가 축 늘어졌다.

허름한 차림이되 기품이 있다.

서른 중반이나 되었을까, 간난을 겪었던지 피폐한 용모였으나 다소곳이 읍을 하는 여인은 아주 차분한 인상이었다.

"부르셨다 들었습니다."

목소리에도 갈라짐이 없다. 그것은 탁기가 없다는 뜻이고 곧은 성정이라는 반증이다. 응왕은 반례로 그녀를 맞았다.

"영식이 아주 바르게 자랐습니다. 내내 궁금했는데 모친을 뵈니 그 연유를 알겠군요."

깍듯한 예의였으되 어조가 묘하다.

마치 잘 아는 사람과의 연분을 말하고 있는 듯하지 않은가.

악치의 표정이 자못 기괴해졌다. 연이은 의문에 의혹, 참으로 곤혹해하는 얼굴이다.

그도 그럴 것이, 웅왕이 허방산이란 이름으로 몸을 들인 곳은 백리향이 처음이다. 자신과의 인연 또한 그곳에서부터 시작되었던 바, 도대체가 웅왕이 알 만한 사람이 아니질 않은가.

여인도 그렇다. 그 말에 몸까지 떨 것은 또 무엇인가. 정녕 알 만한 사이던가? 웅왕은 갈수록 모를 말만 했다.

"종도."

"예, 가주."

"저 어린 친구를 정말 모르겠는가?"

"짐작이 가는 바는 있으나 우연이 아니겠습니까? 저는 그리 생각했습니다. 세상엔 닮은 사람도 있는 법이니까요."

"아니야. 가정이 바로 소군(小君)일세."

"……!"

청천벽력.

모자는 그대로 뻣뻣해졌다.

극에 달한 놀람, 몸 안의 심장이 꺼내져 백주에 적나라 해지는 것만큼이나. 모르긴 몰라도 머리 속엔 아마 쇠종이 울고 있으리라. 단리종도가 짚고 있던 장극도 휘청했다.

"언제고 그들을 보게 된다면…… 한 번, 단 한 번만 그들을 도와주게. 그것이 나 사마혼의 처음이자 마지막 부탁일세."

그랬었다.

그때는 무슨 말인지도 몰랐거늘……!

"그럼 혈봉(血鳳)?"

혈봉과 소군. 그것은 촉산이매가의 대매 서열 삼, 사좌를 칭하는 이름이다. 마신곡이 텅텅 비는 와중에서도 나타나지 않았던 이름이고 그 존재 유무조차도 의문인 구름 속의 이름이다.

그랬었는데……!

창웅에게 있어 이매는 만인이 다 아는 불공대천의 원수다. 이미 스러졌다 여겼던 창웅겁의 불씨가 낭월의 이튿으로 살아났고 피와 설움으로 그 빚을 갚았다.

세상이 돌 듯 원한도 돌고 돈다.

촉산전의 포자는 혈봉과 소군. 이들 또한 피로써 발아해 언제고 창웅을 향해 칼을 세울 것이다. 사마혼이 그를 원했든 원하지 않든……!

여인이 자세를 바로 했다.

"그래요. 내가 모용연, 이 아이 정(正)의 어미고 사 자, 마 자, 혼 자 성함을 쓰시는 분을 지아비로 둔 사람이에요."

부인할 단계는 이미 지났다. 그렇게 해서 넘어갈 수 있는 일이 아니었고 그렇게까지 하기엔 촉산명왕의 이름이 용납지 않는다.

여인은 허리를 쭉 폈다.

"정아, 정식으로 예를 갖추어라. 저분이 바로 만리웅왕, 우리로 하여금 이름까지 숨기고 살게 만들었으며 네 부친을 산에서 내몰아 행방조차 묘연하게 만드신 분이다."

이것은 미움이나 원한도 아니다.

용기였다. 여인은 담담했다. 처음에나 놀랐지 자신의 신분이 드러난 이후에는 사뭇 당당하기까지 했다. 소년 역시 남달랐다. 모친이 천군만마라도 되는 양 다리에 힘을 주고 어깨를 벌렸다.

"내가 사마정입니다."

"……!"

웅왕은 침묵했다.

일견에도 모자는 죽음을 각오했다. 그러기에 적 앞에 당당하고자 하는 것이다.

사마혼의 유서에는 혈봉소군의 사연이 간략하게 적혀 있었다.

그가 흔쾌히 죽음을 택했던 것은 자신의 목숨으로 빚을 갚고자 했던 것이며, 자신으로선 감당할 수 없는 숙명의 굴레 때문이었기도 했거니와 저토록 영명한 후인을 두었기 때문일 것이다.

그의 눈빛은 참으로 광활했었다.

그만큼 호탕하며 장쾌한 사내도 드물 것이다. 그는 마도계의 거인, 촉산에 홀로 핀 영웅이었다.

범은 범을 낳는다. 소년은 정면으로 눈을 마주 봐왔다. 죽일 테면 죽여보라는 눈빛이다. 그러나 아직은 어린 나이였다. 당찬 눈빛을 하고는 있어도 소년은 차마 어미의 손을 놓지 못했다.

여인도 입술을 깨물었다.

"풀은 뿌리째 뽑아야 하는 법이지요. 과거 본 가도 그랬었으니까요. 베세요. 결코 목숨을 구걸하진 않겠습니다."

"풀이라……."

장탄일성, 마침내 응왕의 입술이 벌어졌다.

"종도."

"예, 가주."

"앞으로 이 모자의 후견인은 단리종도 자네네."

"예, 예?"

"마왕매로 돌아가 촉산을 재건하라는 말이네. 아직도 모르겠는가?"

"……!"

모를 소리, 정말 모를 말이다.

잡초는 베어도 다시 난다. 조금만 방심하면 우거질 대로 우거져 나중에는 온 천지를 덮어버린다. 그것이 잡초다. 없애려면 목을 내밀고 있는 여인네의 말마따나 뿌리를 뽑아야 한다. 그래야 후환이 없다.

그런 잡초를, 그렇게 끈질긴 생명을 송두리째 뽑아내도 시원치 않거늘 후견에 재건이라니……!

어리둥절하긴 모용연 모자도 마찬가지였다.

"희, 희롱을……!"

그렇다. 이것이 희롱이 아니면 무엇이 희롱이겠는가.

모자의 얼굴이 분노로 하얘졌다.

뚜벅.

단리종도가 앞으로 걸어 나왔다. 응왕은 허언을 할 수 없는 사람이다. 그것을 알기에 저리도 심각한 것이리라.

"가주, 감히 묻겠습니다. 진정이시오니까?"

"그렇네."

"……!"

"이유는 묻지 말게. 지금으로서 내가 해줄 수 있는 말은 촉산의 사마가도 희생자라는 것. 촉산은 창응겁의 빚을 이미 갚았다는 것, 그뿐이네."

"……!"

단리종도의 표정이 엄숙해졌다.

열 번, 백 번을 놀라게 했던 가군(家君)이다. 화신이란 이름으로 세상을 놀라게 했으며 그 경인할 무공으로 가문을 부활시켰다. 그럼에도 아직 놀라게 할 것이 더 남아 있는가?

그러나 믿는다. 그가 하는 말, 그가 하는 행동 그 모두를 믿는다. 단리종도는 장극을 잡아 미간에 세웠다.

"알겠습니다."

그러면, 그러면 된다.

웅왕은 다시금 고개를 끄덕였다.

단리종도가 물러서자 모용연 모자에게로 시선을 돌렸다. 진정 하고 싶지 않은, 마음 같아선 꼭꼭 영원히 숨겨 버리고 싶은 말을 해야 할 때다. 지나가는 말처럼 덤덤하게 툭 던졌다.

"이틀 전 명왕은 운명을 달리했소."

꽝!

다시 한 번의 날벼락. 모용연 모자는 선 채로 넋을 잃었다. 그러다간 학질 걸린 사람마냥 부들부들 떨기 시작했다.

"저, 정녕……!"

"아아……."

여인과 아이. 이 얼마나 연약한 이름인가.

그 이름의 방패막이는 이제 사라지고 없다. 그래도 설마 했으리라.

그래도 어디에선가는 살아 있겠지, 믿었으리라. 존재한다는 그 사실만으로도 위안이 되고 힘이 생기고 등 비빌 언덕이 되었던 사람은 이제 다시 보지 못한다. 그래서 자신의 목숨조차 초개로 여겼던 사람들이 저리도 소리없는 눈물을 떨구고 있지 않겠는가.

내친김이다.

웅왕은 대못을 마저 박았다.

"그는 내 손에 죽었소."

"……!"

여인은 물 젖은 눈을 들었다.

그 눈에 새파랗게 어리는 것은 살광이리라. 여인은 눈으로만 칼을 들었으되 소년은 달랐다. 행동으로 보였다.

모친을 뿌리친 손이 가슴께로 올려진다. 이어 다른 손이 십자로 포개지며 두 발이 비스듬히 벌어진다. 바로 촉산제일절기 혈왕수의 발초세인 것이다.

'아버지의 원수…… 죽여 버리겠다!'

가능하다거나, 당치도 않다거나 하는 것은 생각도 나지 않았다. 있느니 오직 폭풍처럼 몰아치는 살심뿐이다. 여인이 잡아채지 않았더라면 정말 뛰쳐나갔을 것이다. 모용연이 선뜻 아들의 덜미를 잡아 세웠다.

"망동한다면 너는 사마가의 자식이 아니다."

독한 여심.

그녀는 눈 한 번 깜박이지 않고 조용히 말했다.

"그이의 목숨까지 앗으셨다면 창응겁의 빚은 다 받아 가신 셈이로군요. 그것으로도 부족하시다면 우리 모자의 목숨도 드리지요."

"……!"

"살려두시면 평생이 괴롭게 될 것입니다. 이 아이에겐 당신이 살부지수가 되니까요."

"……."

말은 맞는 말이다.

돌고 도는 복수의 윤회에 무슨 끝이 있겠는가. 죽이고 죽고, 그것도 모자라면 대까지 이어가며 그렇게 억겁을 간다. 깊숙이 몸을 묻고 있던 응왕이 교의 등받이에서 상체를 떼어냈다.

"그는 부인께 꼭 이 말을 전해달라 했소. '부디 산을 외롭게 하지 말라' 부군께선 그리 말했소."

"아……!"

모용연이 휘청하며 이마를 짚었다.

그때쯤이었다. 가문 존장의 원영강무공이 피해되었다는 전갈이 날아들었을 때였다. 그가 은밀히 찾아왔다.

"여태껏 숨어 살게 한 것도 미안하나 더 미안한 말을 해야겠소. 즉시 아일 데리고 용왕방에 몸을 숨기시오."

"그, 그 정도이옵니까?"

"가시오."

"사, 상공……!"

"산이 무너졌다는 소식을 들으면 나를 기다리지 마시오. 이는 내가 자진으로 씻어야 할 오명을 감수하기로 결심했다는 뜻이니, 그날부로 촉산의 지존은 저 아이 정이오."

"무슨…… 대체 무슨 말씀이신가요?"

"은인자중하여 부디 당신과 나, 우리의 이 산이 홀로 외로워하지 않게 하시오. 부탁하오, 부인."

사실 이매대법사는 명왕의 젊은 혈기를 우려했었다. 하나 명왕은 누구보다도 냉철했던 지자였다. 자신의 역량을 정확히 알았고 정세 또한 예리하게 판단했다. 얼마나 치밀했으면 그 위치, 그 자리에 있으면서도 처자식을 숨겼겠는가. 그는 자신의 사후를 치밀하게 대비했다. 응왕의 성품까지도 고려했다 여겨질 정도로.

"……!"

명왕의 여인.

그녀도 지아비 이상으로 현명했다.

응왕의 몇 마디 말과 진정 어린 그 눈빛에서 상황을 정확하게 유추해 냈다. 기실 후환이고 뭐고 당장 손 한 번 들면 간단히 끝날 일이다. 뭐가 아쉽다고 구구절절 설명일까.

'그래, 그인 저 사람의 손을 빌어 자진을 하셨던 거야. 저 사람으로 하

여금 부담을 느끼도록……. 맞아, 틀림없어.'

모용연은 식식거리고 있는 아들의 어깨를 눌러 바닥에 꿇어앉혔다.

"절해라. 네 아버지의 마지막을 지켜주신 분이다."

"어, 어머니……!"

"어서!"

호령이 추상같다.

소년 사마정은 마지못한 예를 취했다.

뻣뻣한 나무토막처럼 이마를 조아리더니 콩 튀듯이 일어난다. 시뻘건 얼굴을 하고선 반항하듯 선실을 뛰쳐나갔다.

굵은 눈물을 뚝뚝 떨궈가며…….

"저런 망할 자식! 제 아비의 묏자리를 써준 공로도 모르고선……?"

옆방에서였다.

문 앞을 스쳐 가는 사마정을 보고는 산산이 쌍불을 켰다.

내내 허방산의 선실 동정에 귀를 기울이고 있던 참이다. 숭명도를 오가는 길에서 명왕의 최후에 대한 얘기를 들었던 터라 그 사연을 안다. 촉산과는 더 이상 피를 보지 말라는 명이 없었다면 진즉에 선실문을 박차고 뛰어들었을 것이다.

"그렇지 않아요, 언니?"

"풋."

여시는 그저 웃기만 한다.

그때였다. 위쪽에 갑작스런 소란이 일었다. 비명 소리도 들린 것 같다. 아니, 아련하기는 했으나 분명 갑판에서 난 외마디 비명이었다.

"적?"

"누가……?"

강상이다. 강안과는 삼백 장도 넘게 떨어져 있다.

더군다나 용왕선이다. 장강의 수적일 리는 없고 군림마가는 쫓기기도 바쁘니 공격이 있을 리 없다. 그렇다면……?

"북간?"

반응은 옆방이 더 빨랐다. 단리종도가 바람처럼 좁은 복도를 스쳐 간다. 그러면서 툭 말을 던졌다.

"나오지 마라."

"……!"

놀라는 그사이다. 악치의 귀면도 시야를 스쳤다. 이어 모용연이란 여인도 치맛바람을 펄럭이며 지나갔고, 누런 갈포가 번뜩하더니 허방산이 문가에 나타났다.

"몸은 어떠냐?"

여시에게다.

부끄러운 듯 그녀는 고개를 숙였고 대신 산산이 말을 받았다.

"헹. 그래도 걱정이 되긴 되나 부죠? 그래도 그렇지, 그런 걸 이제야 묻는 사람이 어딨어요?"

"하하하……."

뭔가 덜기는 덜었다. 싱긋 웃는 얼굴이 어제와는 달랐다.

사실 뭐라 말은 하지 않았지만 어제의 뱃길 한나절은 어찌 그리도 삭막했던지…….

산산이 콧등에 잔주름을 만들었다.

"다 낫긴 나았는데 문제가 생겼어요. 뭐냐구요? 힝…… 요기에 칼자국, 나중 보면 아시겠지만 엄청 흉측해요."

왼쪽 어깨에서 오른쪽 옆구리까지 비스듬히.

산산이 불룩한 자신의 앞가슴에 선 하나를 그었다. 깜짝 놀란 여시가 황망히 다 끝난 산산의 손짓을 말렸다.

“애, 애는……!”

여시가 목덜미까지 붉히는 때도 있을 줄이야.

과거였다면 어림도 없는 일이다. 산산이 혀를 내밀며 폴짝 뛰어 물러섰다. 북간이 됐든 뭐가 됐든 그딴 것들은 논외다, 최소한 그가 곁에 있는 한은.

“나가 보시게요?”

여시가 나직하게 물었다.

“아니… 그럴 것까지는 없을 것 같구나.”

적습은 아니었나 보다. 웬일인지 처음 한 번의 소란 이후는 잠잠했다. 사실이었다. 단리종도가 나갔던 만큼이나 빠르게 나타났다.

“가주……!”

자못 상기되어 있는 얼굴이다. 옆에 벼락이 쳐도 흔들리지 않을 부동심의 소유자가 저리도 흥분하다니.

“놈이 강변에서 비검으로 전서를 날려왔습니다. 애꿎은 수부 하나가 그 바람에 그만…….”

“놈?”

“예, 여기…….”

단리종도가 내민 것은 붉은 쪽지였다. 꼬깃꼬깃 접힌 혈첩, 쪽지는 이내 반듯이 펴졌다.

구월 스무날. 풍릉도에서 기다리겠다. 겁이 난다면 휘하를 대동해도 좋다. 노을 속에서 네 목을 베어주마.

간단하나 무서운 내용이다.

수취인이 누구인지는 굳이 밝히지 않았으되 이 자리에서 그를 모를 사람은 없다. 삼백 장 공간을 비검으로 가로지를 능력자가 지칭할 사람이 누가 있을까.

이를테면 도전장이다.

도전자는 정확히 자신도 밝혔다.

북천밀왕.

"북천밀왕…… 사, 사도영?"

두루미처럼 고개를 빼고 있던 산산이 깜짝 놀라 외쳤다.

북천일관옥. 어린 나이에 행방을 감췄다는 장막 속의 북천밀왕, 천하 사왕의 하나로 그토록 찾고자 했던 북천밀가의 주인이 제 발로 나타났다니……!

그것은 경악이었다.

"이거…… 가주 혼자 나오라는 얘기 아녜요?"

북천밀왕이 나타났다는 것보다는 허방산의 안위가 더 걱정인 여시다. 말도 안 된다는 듯이 여시가 눈을 치뜨자 허방산은 피식 웃었다.

"그래도 운치는 있는 놈이로군. 노을이라……."

"뭐예요?"

"하하……."

실없는 웃음만은 아니었다.

그가 자신의 옷 속에 숨어 있는 가슴의 칼자국을 생각하고 있다는 것을 여시는 알고 있을까? 그의 웃음은 괜한 것이 아니었다. 그는 남이 모르는 무엇인가를 알고 있었다.

뾰르릉······!

방개였나 보다.

길둥근 물벌레 한 마리가 물녘에서 혼자 장난을 치고 있다가는 제풀에 놀라 화들짝 물속으로 숨어들었다.

적녀의 단심처럼 짙고도 짙은 홍자색 물봉선 꽃이 군락을 이루고 있는 곳이다. 넓이만도 만여 평에 가까우니 못이라기보다는 호수라고 해야 마땅하리라. 짙푸른 호수는 이름도 지니고 있었다.

영웅연(英雄淵).

낭월대가의 후원에 속해 있는지라 찾는 이 없어 호젓하긴 했으나, 저 말없이 잔잔한 영웅연이야말로 창웅만리가의 참담한 역사를 고스란히 안고 있는 곳이다.

모두가 거기에 묻혔다.

사람은 물론, 심지어는 말 못하는 축생까지도 모두 거기에 묻혔다.

창웅 대혈사. 과거 칠석지쟁 이후 가장 많은 피가 흘렀다는 창웅겁의 전장이자 무덤이 바로 저 영웅연이었던 것이다.

수장된 사체는 적아를 포함해 대략 이천 정도라 했다. 남녀노소를 불문하고 이곳에 살았던 생령이란 생령은 모두가 그 속에 잠겼다.

그래서 꽃도 저리 서럽게 붉은 것일까. 그때 그 시절 피와 눈물을 뿌리며 원통하게 스러져 갔던 망자의 혼이 봉선의 그 꽃으로 피어났기에? 물봉선 꽃은 정말 선혈보다도 더 붉었다.

"그래, 그랬을지도······."

허방산, 그는 내려다보고 있던 봉선화 한 송이를 무심코 꺾어 올리려다가는 놀란 듯 손을 멈추었다.

"······!"

꽤나 쓸쓸해 보인다.

과거의 참사 때문이었을까. 그렇긴 했을 것이로되 물덤벙술덤벙하는 성격을 감안한다면 꼭 그것만도 아닌 것 같다.

"모두가 한낱 물루(物累)에 불과한 것을……."

물루라 함은 몸을 얽매는 세상의 온갖 괴로움의 통칭인 바, 그 근저가 되는 것은 바로 욕심이다. 수도승도 아니고 아직은 인생을 되돌아볼 나이도 아니다. 그럼에도 불구하고 그는 세상 다 산 노인네의 얼굴을 하고 있다.

무슨 연유일까?

시름인지 번뇌인지 모를 상념은 점점 깊어져 갔다.

소연한 적막도 점차 그 도를 더해 간다. 얼마나 지났나, 그대로 놓아두었더라면 언제까지라도 그렇게 멈춰 있었을 물녘의 적막이 깨진 것은 돌연한 양리와 홍리 때문이었다.

"거봐요, 언니. 내 말이 맞죠? 저기에 계시잖아요."

"쳇, 청승맞게 무슨 일이시람?"

팔랑팔랑 뛰어오고 있는 댕기머리 둘, 그녀들에게 있어 이 영웅연은 그저 붕어가 살고 방개가 뛰노는 연못일 뿐이다.

"조용히 해라."

나직이 꾸중하는 사람은 자운영이었다.

혀를 쏙 내밀며 예까지 데려다 준 것으로 제 할 일을 다 했다는 듯이 또다시 뜀박질을 해가고 있는 그녀들의 뒤로 한낮의 햇살이 눈부시게 부서져 내린다.

"왔는가."

"예."

허방산은 고개도 돌리지 않았다. 자운영 또한 개의치 않는 듯 흐트러진 머리칼을 쓸어 올리며 한옆에 조용히 섰다.

"결론은?"

갑작스런 물음이었으되 자운영의 대답은 자연스럽게 흘러나왔다.

"내내 궁리를 해봤어도 역시 답은 하나였습니다."

일견에도 아주 초췌한 모습이었다.

언제나 단아했던 그녀였다. 그런 그녀가 주름 가득진 치마를 아무렇게나 입고 있다는 것은 옷매무새에도 일절 신경 쓸 여유가 없었다는 것이었을진대.

"황실에서는 이미 유가뿐만 아니라 북간의 무리도 색출해 내기 시작했습니다. 게다가 무림에서의 간계도 들통이 났으니 더 이상 무슨 입지가 있겠어요. 궁지에 몰린 것이지요."

"음……."

"궁지에 몰린 자는 마음이 급해지는 법이니……."

"역시 전면전인가?"

"그렇습니다. 더 몰리기 전에 힘으로 승부를 결하려고 할 거예요."

"그날 말인가?"

"예, 상황이 그러합니다. 놈의 전력이 이 남경 일대로 집결하고 있다는 보고입니다. 놈은 가주를 불러내는 일방 총력을 기울여 본 가를 들이칠 것입니다."

"우리 준비는?"

"명하신 대로 삼십육천웅 전체를 소집했습니다. 야신전으로 뒤를 끊게 하고 정면으로 부딪쳐 깨어버리겠습니다. 옛 빚을 그대로 갚아줘야겠어요."

"좋아. 다시 말하거니와 타 방파의 지원은 받지 마. 무당이나 아미도 마찬가지야. 이번 일은 구천의 일. 북간의 징치는 창응겁 때문이 아니라 장문가로서의 문호정리 차원이라는 것을 확실히 해두게."

“그리하겠습니다.”

“이매는?”

“단리 사형이 용왕방에 합류했습니다. 춘추의 눈을 피해 잔병들도 속속 가세하고 있는 바, 지금만 해도 그 수가 천을 헤아린다 합니다. 북간의 뒤 정도는 충분히 끊을 수 있을 것입니다.”

“신경 좀 더 써줘. 이번 기회에 촉산도 거듭나야지. 나는 그들이 음습한 귀기가 아니라 밝은 양광으로 설 수 있었으면 하네.”

“예.”

“그건 그러면 되겠고……”

꼭 뭔가를 정리하는 여운이다.

그리고 그 여운은 길었다.

고기 비늘처럼 살랑거리는 영웅연. 그만큼 심사도 산란하다.

복잡한 의미의 시선이었다. 지난 며칠 사이 온갖 정보를 분석하고 내내 거기에 골몰해 있던 자운영보다도 더 복잡한 눈빛, 난마처럼 어지럽게 얽혀 있는 그 무엇이 그에겐 있었다. 분명 혼자만이 알고 고뇌하는 그 무엇이 있다.

자운영은 묵묵히 기다렸다.

번뇌하는 가군. 숭명도에서부터 이어졌던 그만의 고뇌다.

아무도 묻진 않았다. 궁금하지 않아서가 아니라 그 어떤 번뇌의 틀도 과감히 깨치고 나오리라 믿고 있기에.

일 다경이나 지났을까? 드디어 일어선다. 그러더니 갑자기 바보라도 된 양 히죽이 웃는다.

“어쨌거나 험산은 이제 모두 넘은 셈이니…… 자네, 이제부터는 형제들의 뒷일이나 생각해 보도록 하게.”

“예?”

“그럼 언제까지나 그냥 놓아둘 셈이었는가?”

“그, 그게 무슨…….”

“형제들 대부분이 독신이니 그들에게 짝을 지워줄 연구를 하란 말일세. 우선 당장은 아구부터 주선해 봐.”

“……!”

자운영은 아직도 어리둥절한 기색이었다.

옆길로 새도 정도가 있지, 짝은 또 무슨 짝인가. 그녀는 가만히 있는데 답은 다른 곳에서 들렸다.

“만만한 게 뭐라더니…… 이놈은 왜 또 씹으십니까?”

잔뜩 볼멘소리. 언제 왔던 것일까? 그였다.

아구 달단양이 물가에 나타났다.

“담자기가 정신을 차렸습니다. 움직이지도 뭇하는 주제에 꼭 가주를 뵈어야겠다고 고집을 부리는군요.”

“흐음…….”

허방산과 자운영의 시선이 마주쳤다.

“그 일인 모양이에요.”

“그렇겠지.”

허방산은 느릿느릿 일어났다.

그리곤 아구를 바라보며 하다 만 말을 계속했다.

“씹은 것이 아니라 중매를 서려고 하는 것이야. 퀴퀴한 발 고린내는 그만 풍기고 너는 장가들 생각이나 해라.”

“장가는 무슨 얼어죽을 장갑니까?”

아구가 펄쩍 뛰었다.

허방산은 빙그레 웃었고.

“어떠냐? 빙염이에게 초장 바를 기회를 주고자 하는데…….”

"서, 설옹 사매에게 초장을요?"

"넋 빠진 놈. 설마 제 입으로 뱉었던 말도 잊어먹었단 말이냐?"

"……!"

아구의 얼굴이 잘 익은 대춧빛으로 붉어졌다.

벌겋게 변한 얼굴, 신녀만이 영문을 몰라 두 눈 가득 의혹을 담는데 분명 그런 일이 있기는 있었다.

마가대원주의 회갑연에 초청받았을 때였다.

설빙염과 오대무선을 수행차 뱃전에 서 있다가 설빙염의 미모에 놀라 개망신을 당한 적이 있었다. 감쪽같은 연극이었으니 지금에야 웃을 수 있는 일이었으나 쩍 벌린 아구의 입에다 보란 듯이 침을 뱉어준 설빙염이었고 보면 아구나 그녀나 정말 독하긴 독한 사람들이었다.

당시 아구는 이를 갈았다.

"내 언제고 저년의 몸뚱이에 초장을 발라 버릴 거야!"

바로 그 말,

"한 말에 책임을 져야지?"

"예?"

"음흉한 놈. 좋으면 좋다고 할 것이지 내숭은……."

허방산은 그의 어깨를 툭 치고 지나갔다.

"나는 너희 부부에게 백리향을 맡길 작정이다. 너희들이라면 그들 눈에서 눈물이야 빼진 않겠지."

"……."

울 듯 말 듯한 얼굴이 괴기했다. 굳은 듯이 서서 멀어져 가고 있는 가군의 뒷모습을 멀겋게 바라보고 있는데 자운영이 옆구리를 쿡 찔렀다.

"억."

"금 사형, 정말 무슨 일이 있었어요?"

“사매, 이…… 일은 무슨!”

기관이었다. 그 유창한 달변으로도 입 한 번 뻥끗하지 못하고 쩔쩔매는 것이 절대 평소의 아구는 아니었다. 그의 얼굴은 완전 홍시였다.

“어마, 정말인가 보네?”

“그, 그게 아니고, 사매…….”

“그럼 진즉에 얘기하지 않구선?”

“야! 그런 것이 아니라니까?”

“바보 사형.”

이젠 자운영도 몸을 돌렸다.

그래도 싫지는 않았나 보다. 아구는 박힌 듯이 가만히 있었고, 신녀는 점차 작아져 갔다. 그녀의 뒤에 하나의 영상이 떠오른 것은 그녀가 유난히 짙은 봉선화군 속으로 사리지기 직전이었다.

긴 머리를 바람결에 날리는 그 모습이라니……!

그것은 누런 늦가을의 평원을 뛰어가고 있던 검여시의 뒷모습이었다. 그때 낙양의 서문을 나서고 있던 그녀는 얼마나 아름다웠던가. 애틋했던 속마음과는 달리, 아니, 그래서 더욱 아웅다웅했는지도 몰랐다.

그러나 이제는 지워야만 될 영상이었다.

“정말 그래 볼까?”

여시의 영상에 하나가 더 겹쳐졌다.

서리같이 하얀 모습, 쩡 하고 일어나던 설빙염의 서슬이 이날따라 코앞인 듯 새로워졌다.

“제기랄, 자칫 쪽도 못 펴고 평생을 살게 될지도 모르겠는데?”

지금 생각해 봐도 그땐 정말 너무했다. 그래도 그렇지, 하늘 같은 사형의 입에다가 어찌 침을 다 뱉을 수가 있단 말인가?

아구는 혼자 중얼거렸다.

"빚을 갚아줘?"

"어서 오시지요, 가주."
독사와 왈도가 넙죽 허리를 굽혔다.
방 안엔 한 사람이 더 있었다. 웃통에 온통 천을 두르고 있는 사람, 그가 침상에 누워 있다가는 힘겹게 상체를 일으켰다.
"이거 체면이 말이 아니게 됐습니다."
구겨진 것이 어찌 체면뿐일까. 울었나 보다, 눈두덩이가 벌겋게 부어 있는 것으로 보아 꽤나 눈물바람을 했음 직도 한데 지금은 아니었다.
호약개 담자기, 그의 눈은 격한 분노를 담고 있었다.
"만리웅풍과 개방의혈은 지난 이백 년의 지기. 담 모를…… 아니, 개방을 도와주시오, 웅왕."
그도 강골이었다. 내외상이 겹쳐진 데다가 가슴까지 꿰뚫리는 봉변을 당했다. 웬만한 자라면 일어나기는커녕 최소 달포는 누워 있어야 할 중상이었다. 그래도 그는 일어났다. 가슴에 다시 핏물이 배어 오르고 이마엔 구슬땀이 솟아났으나 담자기는 눈썹 하나 찌푸리지 않았다.
그는 끝까지 포권을 마쳤다.
"부디 개방을……!"
"그만 앉으시오, 담 형."
허방산은 장탄식을 흘려냈다.
남의 일이 아니었다. 그야말로 개방은 헤어날 수 없는 수모의 구렁텅이에 빠졌던 것이다. 담자기 같은 철혈의 사내가 눈물을 다 보일 정도로 상황은 최악이었다.
"호릉에게서 들을 만한 것은 들었소."
"어흐흐흐……."

웃는 것인가, 우는 것인가. 담자기는 이를 악물면서도 결국은 분루를 떨구고야 말았다.

"놈을 베어주시오. 분하고 원통하나…… 개방엔 놈을 잡을 수 있는 사람이 없소이다, 웅왕!"

"담 형……."

"그 갈아 마셔도 시원치 않을 놈! 울지 대사부와 구주 노사를 해친 놈이 바로 그놈이오. 청컨대, 제발…… 놈을 베어주시오!"

담자기는 격분에 가득 찼다. 부들부들, 어찌나 치를 떠는지 앉은 몸도 제대로 가누지 못한다.

"으음……."

아마도 처음 들었다면 크게 놀랐으리라.

그들이 누군가. 당대 개방의 용두방주와 일장로가 아니던가. 그런 그들이 타인의 해침을 받았다니! 강호는 정말 경동하고 말리라.

그러나 허방산의 표정엔 별다른 놀람이 보이지 않았다.

하되 영웅연에서 사라졌던 번뇌와도 같은 일말의 서글픔이 다시 떠오른 것도 사실이었다.

'망할 자식……!'

허방산은 말을 잃었다. 대체 무슨 말을, 대쳐 무슨 말로 혈루를 흘리고 있는 저 천하호한의 마음을 달랠 수 있단 말인가.

"호연풍…… 그 개자식을!"

울컥 한 모금의 피.

담자기는 피를 토하며 정신을 잃었다.

개방의 변.

그것은 하루 이틀 사이에 벌어진 일이 아니었다.

적어도 이십 년에 걸쳐서 차근차근 진행되었던 음모중중의 결과가 이 제야 나타났던 것이다.

―그가, 그가 바로 북천일관옥이오!

―이런. 겨우 반 시진에 나불거리다니… 부탁하건대 부디 내 기대를 저버리지 말아다오. 호가야, 나는 네가 최소한 하루는 버텨줄 것이라 굳게 믿고 있다.

―이, 일수탈혼, 이러지 말고 우리 말로…… 말로 합시다. 내 무엇이든 다 말하리다.

―잘 봐둬라. 네 옆에 비틀어져 있는 송장이 바로 섬전도 장량이란 종 자다. 그는 그래도 한나절은 버텼다지?

―으으…… 무, 무엇이든 물어보시오.

―북천일관옥? 흥…… 관옥인지 개털인지는 모르겠으나 어디 한번 읊 어봐라. 그놈이 언제 어떻게 해서 호연풍이 되었지?

―이십 년 전이외다. 당시 가주이셨던 사도굉 어른께선 눈엣가시인 개방을 제거하시고자 나와 공자를 몰래 잠입시켰소. 이후 우리는 지닌 바 재질을 인정받아 사대천왕좌로 발탁되었고 작금에 이르게 된 것이오.

―흐흐흐…… 그랬다 이거지? 그럼 울지 방주는 어찌 되었느냐?

―그와 일장로는 죽어 묻혔소.

―사도영 그놈이?

―그렇소이다. 본래 그럴 작정까지는 아니었는데 공자의 신분을 눈치 채는 바람에 그만…….

―짐승만도 못한 놈들. 에라, 이놈아!

―끄아아아…… 그만, 그만! 제발 그만!!

―시시한 분근착골 하나에도 지랄염병을 떨면서 무어라? 사대천왕?

너 따위들이 감히 천왕을 운운하다니… 흐흐, 지나가던 개가 다 웃겠다.

─그만 하시오! 내 전부 말해 드린다지 않았소.

─북천대사마란 놈은?

─그도 남하 중이란 말은 들었소. 하나 더 이상은 모르오. 그것은 내 소관이 아닌지라…….

─하면, 알량한 네 소관은 무엇이냐?

─혹시 있을지도 모를 방 내의 준동을 막고 요인을 감시하는 것이오.

─공공전의 태위는 또 뭐냐?

─그, 그것은 그자의 얼굴만 빌렸던 것이오. 그자는 원래가 유가의 무리…… 유가의 동향은 중요한 사안이었소.

─으흐흐흐…….

그랬었다. 내내 곁에서 지켜보고 있다가 결국은 눌러 참질 못하고 뻗어나간 아구의 주먹 한 대에 머리가 부서져 죽은 용등개 호룡이 했던 말은 그 내용이었다. ·

"사도가…… 그 집안도 결코 끝이 좋진 못하리라."

이백 년의 숙적 개방과 북천밀가. 이제 드러날 것은 다 드러난 셈이니 남은 것은 누가 죽느냐 하는 것뿐이다. 살아남는 쪽은 북방무림을 완전히 장악하게 될 것이요, 죽는 자는 영원히 실족하게 될 것이다.

"대체 무엇을 얻겠다고……."

허방산은 탄식을 연발했다.

쓸쓸한 기분은 담자기가 누워 있는 약실을 빠져나와서까지 계속되었다. 애써 털어버리고자 하는데도 아교처럼 달라붙어 좀처럼 떨어지지 않는다. 그 기분이 다소나마 풀리게 된 것은 내전의 후원에 이르렀을 때였다.

"생트집 좀 그만 잡아라."

"이 후안무치한 사기꾼 놈……!"

"뭐라고!"

그들이다. 검왕과 검선 두 노인네.

그들이 후정 솔밭에서 옥신각신 언성을 높이고 있었다.

버르르 화를 내는 것 하며 이마에 핏대까지 올라 있는 것을 보면 예삿일이 아니다. 게다가 삿대질까지.

"뭐, 골라잡게 해줘? 이놈아! 그럴 만한 병아리가 여기 어디에 있단 말이냐?"

"쯧쯧, 내 그리 얘길 해도 못 알아듣는구나. 백리향 애들이 아직 건너오질 않았다는데두? 그도 기다리지 못하겠다면 내 소개장을 써주마. 그것을 가지고 가면 쌍수를 들어 반길 것이니 골라잡든 분탕질을 하든 네 마음대로 해라, 귀찮게 졸졸 따라다니지 말고."

"조, 졸졸 따라다녀?"

"그럼 아니냐?"

조금 더 열이 오르면 아마도 주먹다짐까지 갈 것이다.

멈칫하던 허방산의 발길이 더욱 빨라졌다. 붙잡히게 되면 그 말 같지도 않은 노인네들의 투정을 끝도 없이 들어줘야 한다. 다행히 잡히진 않았다. 그가 사라지자 두 노인도 잠시 소강 상태에 들어갔다.

"야, 쭈구리. 쟤가 왜 저리 저기압이지?"

쭈글쭈글한 주름살투성이.

검선이 '큰 쭈구리'고 검왕이 '작은 쭈구리'다. 서로가 상대를 칭하는 최근의 별명일진대.

"쟤라니, 천하의 응왕에게 쟤가 뭐냐? 말조심해라."

"큥…… 말코 쭈구리 네놈에게나 웅왕이지 이 어르신에게는 한낱 코흘리개에 불과할 뿐이다. 그나저나 무슨 일이다니? 새파랗게 젊은 놈이 코를 쭉 빠뜨리고 다니니 말이야."

"다 그놈 때문이 아니겠냐. 사도가의 그 못된 망둥이가 저지른 비행 말이다."

"그럴까? 내 보기엔 다른 것도 있는 것 같은데?"

"그래?"

"그래."

두 노인의 눈빛이 심유해졌다.

세상을 너무나도 오래 살아 요정이 다 된 강호의 신들, 그런 그들에게도 근심은 있어 보였다.

추심에게서 기분은 완전히 풀어졌다.

더욱 정확히는 그녀의 품에서였다. 부드러운 추심의 허벅지를 베개 삼아 늘어지게 한숨을 잤다. 베갯머리에는 여시와 산산, 발치께엔 자운영이 있다.

가릉, 가르릉…….

코 고는 소리 여전하고, 아녀자들의 소리 죽인 흉도 여전했다.

"꼭 멧돼지 같아."

"그러게. 저러다가 가끔은 코 풍선도 생긴다? 방울방울. 큰 것은 진짜 탱자만하다고."

"저, 정말? 그것은 보지 못했는데?"

"호호……."

"조용히들 좀 해라. 그러다가 생잠 깨면 난 모른다."

"크큭큭……."

햇살이 뉘엿할 때였다. 꿈이라도 꾸었나, 곤하게 자던 사람이 벌떡 일어나 앉더니 갑자기 엉뚱한 질문을 했다.

"몇 밤 남았어?"

그의 잠버릇을 모르는 사람은 없다.

코를 골면서도 벌떡벌떡하는 정도는 예사고 잠꼬대마저 평시 같을 때도 종종 있다. 이번에도 그러려니 했는데 아니다. 눈이 아니었다. 비몽사몽간이라면 흐릿해야 마땅하거늘 말똥말똥하기만 하지 않은가.

물음의 요지도 그랬다.

"치이…… 맨날 잠만 자."

산산은 투덜거리나, 추심은 무슨 말인지를 정확히 알고 있다. 그윽하게 미소 지으며 손가락 세 개를 꼽아 보였다.

"세 밤?"

"그래."

"세 밤이라… 세 밤만 지나면 비류연이다 이거지?"

"응."

"하여간 사람의 마음은 간사해. 그 사흘이 삼 년같이 지겹게 느껴지니 말이야. 어쨌거나, 하하…… 세 밤만 참으면 내 세상이다!"

웃는 것으로 봐서도 절대 잠꼬대가 아니다. 헤실거리긴 했어도 잠결에서까지 웃지는 않았으니까. 그러나 비류연……!

그 한마디에 방 안은 갑자기 조용해졌다.

모든 것이 있는 곳이다. 저 사람의 어제와 가족, 그리고 자나깨나 그리곤 하던 미래가 있는 곳이다. 어머니가 계시고 할아버지와 할머니가 계신 곳이다, 바로 그곳. 한데 말끝이 묘하지 않은가. 내 세상이라니? 그럼 완전히 들어가 버리겠다는 뜻?

'그럼 이곳은……?'

'나, 나는?'

얼굴이 분칠을 한 것처럼 희어졌다.

바로 산산과 자운영이었다. 추심과 여시의 표정이 들뜬 듯 아련해지는 데 반해 두 사람에게 있어서는 절망에 다름 아니다.

자운영의 입이 저도 모르게 벌어졌다.

"가, 가주……!"

허방산은 킁 하고 콧소리를 냈다.

"만리웅풍의 대통은 전 수좌가 잇게 될 것이네. 이미 결정한 사항이니 군사는 그리 알아."

"……!"

"그…… 럼 저는요!"

자운영은 멍하니 말을 잊고 이번엔 산산이다.

그녀가 대들 듯이 악을 쓰자,

"너는 당연히 아버지를 도와야지."

산산은 먹치 전위의 딸이다. 그동안은 어찌어찌 잘도 참았으되 본바탕엔 부친을 닮은 성깔이 있다는 얘기다. 붉으락푸르락, 울먹울먹 입가를 실룩거리더니 급기야는 '왁' 하고 울음을 터뜨렸다.

"콱 물에 빠져 죽어버리고 말 거야!"

"뭐라고?"

방문이 열린 것은 그때였다. 벌컥 문이 열리며 먹치가 산적 같은 기세로 들이닥쳤다.

"너무하시오, 가주!"

밖에서 다 들었던 모양이다.

아닌 게 아니라 그도 흥분했다. 하기야 하나밖에 없는 딸자식의 일생이 걸린 일이었으니 제정신을 바람도 두리다.

"저 아일 받아주시지 않겠다면 어제 가주와 있었던 일은 모두 다 없던 것으로 하겠소이다!"

무슨 말인가. 요는 뭔가 둘만의 얘기가 있었다는 뜻인데, 전위는 그 말 몇 마디로 허방산의 입을 막아버렸다.

"아버지……!"

반색한 것은 산산이었다.

그녀가 그렁그렁 눈물을 매달자,

"걱정하지 마라. 못난 아비일망정 너에겐 내가 있다."

그래도 생사전의 박포는 곁에 두고나 살았지, 전위는 눈에 넣어도 아프지 않을 금지옥엽을 그 풍진 세상에 홀로 내팽개치다시피 하고 살았다. 속마음이야 어디 그랬을까마는, 그는 그 정도로 독한 사람이었다.

못난 아비라는 자책은 바로 그 뜻일 터, 그는 거두절미했다. 운추심을 향하여 대뜸 허리를 굽혔다.

"전위가 딸자식을 대신하여 간청하오, 주모. 바라오건대 부디 저 아일 동기로 여겨주시오. 그리 못하시겠다면 이 사람도 세가를 맡으라는 가주의 명을 받들지 않겠소."

이게 무슨 말인가. 이는 구천종가 만리웅왕의 존위를 내놓았다는 뜻이 아닌가. 운추심의 말없는 시선이 허방산을 향했다.

서늘한 눈초리, 경솔했다는 질책이다.

하나 내심은 기뻤다. 이루 말할 수 없이 기뻤다. 털어놓질 않아서 그렇지 사실 얼마나 소원했던 일이었나. 그러나 세상일엔 절차라는 것이 있다. 별것이 아니라도 무리하면 탈이 생기는 법이다. 추심의 질책은 바로 그 의미였다.

허방산은 어깨를 으쓱했다.

"어른들은 당연히 허락하실 게야."

웅왕의 대통을 얘기하는 건지, 산산을 얘기하는 건지.

일이란 일은 다 저지르는 사람. 추심은 매서운 눈으로 늘보를 쏘아봤다. 그 시선이 따가웠나, 더러우니 하지 말라 그토록 주의를 줬던 콧구멍을 후비며 딴청을 피운다.

"하아……."

그나저나 어쩔 수 없는 분위기가 아닌가.

산산은 여시의 품에서 눈물 젖은 눈으로 자신의 입만 쳐다보고 있고 그 아빈 한술을 더 떴다. 이참에 아예 사생결단을 낼 태세다.

운추심은 고개를 끄덕일 수밖에 없었다.

"알겠어요."

"프하하하……!"

시원한 웃음소리, 전위의 허리가 쭉 펴졌다.

한 자 한 치 길이의 분신.

허방산은 하루 종일 화우도의 도신을 매만졌다.

마음을 비우고 그 비운 마음에 자그마한 그릇 하나를 담는다. 무도수신(武道修身)의 의미가 그러할진저 그 이치가 어찌 무도에만 국한되었다고 할 수 있으랴.

그 자체가 삶이다.

삶의 정제된 의미는 거부하지 않는 것이다.

있는 그대로 받아들여 물 흐르듯 자연스럽게 흘려보내는 것이 순천(順天)의 의미요, 하늘과 땅 사이에 사는 인간의 도리이다.

천지인도(天地人道).

근래 들어 심취한 것은 그 이치였다.

딱히 뭐라고 꼬집어 정의할 수는 없었으되 마음속에 쇠기둥 하나는 이미 섰다. 크고 바르다. 그것이 태신태약일까? 자신할 수는 없다. 다만 화우벽력의 본체라 할 수 있는 금강이화의 본모습이 이런 것이리라 여길 뿐이다.

웅…….

칼이 울었다.

마음속에서 우는 칼 소리.

그 소리의 느낌은 너무나도 웅장했고 신비했다.

화우도는 신도, 봉래도에서 유전되었던 단 하나의 유물이다.

화우도의 금채는 갈수록 그 빛이 그윽해졌다. 드러나는 것이 아니라 숨는 것이다. 아니, 숨는 것이 아니라 진실로 생명을 얻는 것이다. 허방산 자신은 모르고 있으되 이화는 이미 신화의 경지로 들어섰다.

따사로운 온기를 흘리고 있는 화우신도.

그 따사로운 금채는 내내 곁을 지키고 있는 추심의 얼굴에도 오랫동안 머물렀다.

'저이는 알고 있을까, 비류의 후예가 생겨났다는 것을?

비류연의 늘보.

추심은 그를 훔쳐 보며 살짝 얼굴을 붉혔다.

언제고 들려줘야 할 얘기였다. 그때는 비류연으로 돌아가게 되는 날이 될 것이다. 추심은 그날을 손꼽아 기다렸다. 아이가 들어선 것을 알았던 것은 석 달 전이었다.

'둔한 사람…….'

북천밀왕과의 일전은 걱정도 하지 않았다.

사실 그녀가 모르면 누가 허방산을 알 수 있겠는가. 그녀는 허방산의 몸에서 은연중 일어나고 있는 부드러운 온기의 정체를 알아볼 수 있는 유일한 사람이었다.

'이제는 아무도 저이를 해하지 못한다. 이화는 이미 신수가 견제할 수 있는 경지 그 이상을 넘어섰다. 저이가 이룩한 경지야말로 선대의 조사들이 예언하셨던 금강이화의 신화경. 아무도…… 그 무엇도 이제는 저이를 어찌하지 못한다.'

운추심은 무아경에 빠져 있는 허방산의 얼굴을 홀린 듯이 바라다보았다. 먹지 않아도 배가 부르다. 뿌듯한 포만감, 그것이야말로 참된 사랑의 힘이 아닐까?

그러길 얼마나, 부부의 눈길이 정면으로 마주쳤다.

"뭐 해?"

"아!"

"이 바보, 놀라기는. 오오라, 버들이 너, 지금 엉큼한 생각을 하고 있었던 거지? 그러다가 들켜서 덜컥한 거지?"

"뭐, 뭐야?"

"얼레? 빨개지는 것을 보니 진짜였던 모양이네?"

"멍청이. 흰소린 그만 하고 어서 다녀와. 시간도 다 되어가니깐."

"벌써?"

"그래, 이 둔수야."

운추심, 그녀는 진짜 여걸이었다.

어쨌거나 생사를 건 싸움터로 나가는 남편인데 그저 건너 동네에 놀러가는 신랑을 배웅이라도 하는 것처럼 눈썹 하나 까딱하지 않고 지아비의 등을 떠다밀었다. 그러면서 하는 귀엣말,

"얼른 와. 상 줄게."

제11장 여명

그날은 바람이 몹시도 기승을 부렸다.

온 천지가 넘실넘실 춤을 춘다. 푸른 비단 폭이 일렁인다고 할까? 풍릉도는 그야말로 광활한 갈대의 바다였다.

일망무제의 푸른 바다와 싸라락거리는 갈댓잎 소리.

거기에 장엄한 황혼도 한 폭을 그리고 있는 서천의 노을은 정녕 장관이다. 장관은 하나가 더 있었다.

한 사람, 노을에 박혀 있는 사람이 있다.

자색 죽장을 짚고 서서 오연히 턱 끝을 쳐들고 있는 저 사람. 무엇을 다짐하고 있는 것일까, 주사 빛 붉은 입술은 한일 자로 굳게 다물렸고 이글거리고 있는 안광은 쇠라도 녹일 듯하다.

풍운개 호연풍.

아니, 북천밀왕 사도영, 그는 나직하게 중얼거렸다.

"아버지는 절대 패배자는 되지 말라 하셨다. 남에게 지느니 차라리 칼을 물라고 하셨다. 그것이 당신의 진원지기를 물려주시며 남긴 최후의 유언. 열 살배기 어린아이에게 그런 말을 하면서도 누구에게 수모를 당하셨는지는 끝끝내 함구하셨지.”

뚫어져라 노을을 노려본다.

거기에 누가 있기라도 한 것일까?

사도영의 부친은 굉, 이십 년 전에 죽었다고 전해지는 북천밀왕 사도 굉의 사인은 내상의 발작이었다.

그에게 장부가 뒤틀리는 일장을 선사했던 사람은 만리응왕 종일도였으며, 선후의 차이는 있었으되 전대 명왕을 비롯한 천하쌍왕은 당시의 후유증으로 사망했다. 이는 세상이 다 아는 일. 한데 진실은 그것이 아니었던가?

“누군지는 모르나 그는 사지가 잘려 죽게 될 것이오. 두고 보시오, 내 당신에게 맹세하리다.”

두 줄기 안광이 번쩍 하고 허공을 뚫어나간다.

사도영의 눈빛은 갈수록 가공해졌다.

“애송일 베고 천하를 벌컥 뒤집어놓겠소. 그러면 어느 놈이든 나타날 터. 당신이 심어준 신왕도(迅王刀)의 위력은 그때 실감시켜 드리리다.”

노을을 향해 잔광을 흘리고 있던 그다.

그가 느릿느릿 몸을 돌렸다.

“왔군.”

거기, 허공 일각이 푸른 물감에 젖고 있지 않은가.

산뜻한 청삼을 차려입은 청년이었다. 소맷자락에 수놓아져 있는 벽응 한 마리가 살아 오를 듯 선명한데, 그 문양이 바로 창응만리가 특유의 벽응문(碧鷹紋)이다.

허방산, 그도 마침내 나타났다.

허허로워 보이는 일신이다. 밀왕이 타는 듯한 불꽃을 뿜어내고 있다면 그는 유유히 흘러가고 있는 한 조각 창천의 구름이었다.

그 여유가 거슬렸나 보다. 입꼬리가 괴이하게 뒤틀리더니 다짜고짜 냉소부터 흘려낸다.

"초가삼간일망정 그래도 집구석이라면 집구석일 텐데 그 새 둥지가 지금 활활 불타고 있다 해도 그런 여유가 나올 수 있을까?"

"뭐라고?"

"도합 삼천이 갔다. 그 정도면 잘 날지도 못하는 새 몇십 마리 정도는 충분하지 않을까?"

"……!"

"설령 늙어 죽지도 않은 늙은이들이 있다고 해도 사람의 손은 두 개뿐이지. 한계가 있다는 말이야. 자네 조강지처라는 계집도 결국은 쟁반 위의 수급이 되고 말걸?"

처음엔 무슨 말인가 싶어 어리둥절했다.

그러다가는 조용히 웃었다.

"삼천이 아니라 삼만이라면 모를까, 더군다나 그중 반 이상은 개방도라 들었네. 하나 그쪽은 그만 잊는 것이 좋아. 풍운개 호연풍이 북천의 사도영임을 알 만한 사람은 다 아니까."

"다, 다 안다고?"

허탈한 듯 갑자기 노곤해진 반문이다.

허방산은 피식 웃었다.

"그럼 언제까지나 숨겨지리라 여겼던가? 유치하군."

"다, 닥쳐라! 네놈이 무얼 안다고 함부로 지껄이느냐! 듣거라, 나 또한 훔치느니 빼앗아 버리는 사람이지 구질구질하게 다른 놈 행세를 하면서까지 사기를 칠 사람은 아니다. 알겠느냐?"

"호오, 그래?"

"그렇다. 계집년 사타구니나 팔아가며 연명한 네놈과는 질이 다른 사람이라 이 말이니라."

"하하하…… 말이 과하군. 내 이런 말까지는 하지 않으려고 했는데 해야만 하겠다. 뭔고 하니, 호약개의 손에 십절부가 들렸으니 너는 지금 남이 아니라 자신의 선산묘역이나 걱정하는 것이 좋다는 얘기야. 하나하나 부관참시를 면치 못하게 될 테니까."

"시, 십절부……!"

밀왕의 안색이 핼쑥해졌다.

그것을 찾기 위하여 들인 공력이 얼마이던가.

십절부는 개방의 종사령이다. 그것이 있어야만 정통성을 부여받고 일만 문도를 부릴 수 있는 신위가 생긴다. 그러나 호연풍은 끝내 십절부와는 인연이 없었다. 그랬거늘……!

"네가 암장했던 울지 방주의 시신을 뒤져 십절부를 찾아낸 사람이 있지."

"호, 호룡……!"

"무엄하게도 놈은 존체의 배를 갈랐다더군."

"그, 그럼 뱃속에? 으흐흐…… 결국은 한 방 맞고 말았군. 흉물스런 늙은이, 사지가 토막이 나면서도 딱 잡아떼더니만 제 놈의 뱃속에 감춰뒀을 줄이야!"

"……!"

허방산의 표정이 엄숙해졌다.

사람의 믿음을 희롱하는 자, 결코 대도를 걷지 못한다. 야욕을 위해 신의를 농락한 것도 모자라 존장을 시해까지 했다 함은 그 어떤 명분으로도 용서받을 수 없다. 외가와 아버지의 한. 창응겁에 얽혔던 그 모든 원한이 한꺼번에 새로워졌다. 살의, 허방산은 진정 살의를 느꼈다.

"더 할 말이 있는가?"

"……!"

밀왕이 움찔했다.

허방산의 기세가 갑자기 장대해졌던 것이다. 밀왕은 급히 어깨를 흔들어 떨리는 심신을 이완시켰다.

십절부든 개방이든, 어차피 쏘아진 화살이다.

달리는 호랑이 등에 탄 형국, 살아날 것이라면 살 것이고 죽을 운명이라면 죽을 것이다. 중요한 것은 바로 이 한판의 승부였다. 이 한판의 승부에 모든 것이 달렸다. 가문의 흥망과 군림천하의 야망, 그 모든 것이 걸렸다.

'그까짓 계륵 같은 개방은 있으나마나한 것. 문제는 바로 저놈이다. 놈만 벨 수 있다면 천하는 자연히 무릎을 꿇으리라!'

밀왕은 최적의 조건으로 자신을 끌어올렸다. 그러면서도 입은 쉬지 않았다.

"급한 모양이지, 서두르는 것은 보니?"

웃기지도 않은 격장지계다.

허방산은 천천히 입을 열었다.

"그대 말대로 급해지긴 하는군. 그럼 시작해 볼까?"

"프핫핫…… 좋아, 애송이. 내 몇 살을 더 먹었으니 선공을 양보하지. 자아, 와라."

밀왕은 죽장을 들어 허방산을 가리켰다.

응왕과 밀왕, 구주를 대변하는 천하사왕좌의 겨룸이다. 하되 이를 어찌 겨룸이라고만 할 수 있으랴. 창웅겁으로 야기되었던 천하대란의 연속이었고 강호의 지배자가 결정되는 천외의 승부였다.

허방산은 양손을 늘어뜨렸다.

기(氣) 대 기(氣).

서로의 몸에서 일어나는 무형의 기운이 일대를 무겁게 짓누르기 시작
한다. 불어들던 바람조차 주위를 비껴가기 시작했고 건들기만 해도 터질
것 같은 일촉즉발의 긴장이 팽팽하게 당겨진다.

따지고 보면 세 번째의 만남이다.

처음 밀왕이 백리향을 찾았던 것은 우연이 아니었다.

창응의 존재는 그의 뇌리에도 곤혹으로 박혀 있었던 터, 그것을 확인
차 들렀다가 만났던 것이 첫 번째 조우였다.

'골치 아픈 놈! 어떻게든 그때 베어버렸어야 했어. 이토록 무섭게 커
버릴 줄 알았더라면 만사를 젖혀두고 놈부터 참살했으리라.'

당시 그는 평생의 숙적임을 직감했다.

게다가 정면으로 부딪쳐 거꾸러뜨리기 전에는 깨칠 상대가 아니라는
것도 깨달았다. 하되 진면목을 드러낼 때가 아니었고, 그것이 그가 우연
을 가장해 떠나갔던 진짜 속사정이었다.

밀왕의 얼굴에 서려 있던 웃음기가 점점 사라졌다.

중압감. 허방산의 차분한 모습에서 고요히 머물러 있는 만장심연의 중
압감을 느꼈기 때문이다.

"선공을 양보한다고 했을 텐데?"

두 사람 사이의 거리는 십오 장여, 그 정도면 지척이나 마찬가지다. 은
은하게 경직되어 가는 상대의 기색도 코앞처럼 환하다.

허방산은 빙긋 미소를 지었다.

"하수부터."

"하수?"

밀왕의 발밑이 푹 꺼졌다. 순간적으로 발끈한 내기에 그리되었던 것인

데 그것도 밀왕 자신에게는 용납되는 것은 아니었다.

"좋아."

밀왕은 두 눈을 부릅떴다.

자존심에 커다란 상처라도 입은 양,

"이놈……!"

쒸아아— 앙—

자광이 번쩍했다.

섬전처럼 날아간 것은 자죽장.

밀왕이 던져 낸 죽장이 양미간을 향하여 날아들자 허방산은 슬쩍 쇄박권 한 대를 내질러 보냈다.

손에 익을 대로 익은 비류권이다. 장난치듯 질렀음에도 불구하고 마치 실제 주먹이 튀어나가는 듯 맹렬했다.

콰앙!

폭음이 일어났다. 죽장은 자색의 파편으로 화해 산산이 부서졌으며 쇄박권의 공세도 씻은 듯이 사라졌다. 그러나 여력은 무서웠다. 단순히 죽장과 권격 하나가 충돌해서 생긴 것이라고는 볼 수 없는 경풍이 돌개바람처럼 지면을 휘말아 올렸다.

난분분… 난분분…….

갈댓잎이 어지럽게 날아오른다.

그 사이로 빛나는 청색의 칼빛 하나.

섬뜩하다. 죽장은 칼집이었던가? 밀왕의 우수엔 석 자 길이의 폭 좁은 세도 한 자루가 쥐어졌다.

"자고로 북방은 춥고 거친 땅이지. 그 거친 혼돈의 기운이 탄생시킨 북천밀가 이백 년의 결실이 바로 신왕도다. 네게 그것을 보여주겠다."

빠를 신(迅) 자에, 시리도록 서늘한 칼날.

그는 웃음마저도 희었다.

"훗훗, 실망하지는 않을 것이다. 자네는 물론 장차 춘추의 웅전마저도 발 아래 종자로 거느리게 될 위대한 북천의 유산이니까."

허방산도 화우도를 손에 쥐었다.

"말이 많군."

밀왕이 비릿한 냉소를 보냈다.

"그까짓 아녀자의 노리개 칼로 본왕의 함상신도를 막아볼 작정인가? 자아…… 그럼 어디 한번 막아봐라. 섬(閃)!"

마지막 갈댓잎이 막 눈앞을 스쳐 내릴 때였다.

번쩍—

푸른 전뢰 하나가 무섭게 일어났다.

가공할 쾌도였다. 어찌나 빠른지 두 다리는 십오 장 저쪽에 붙어 있고 칼을 든 상체만 쭈욱 늘어 나오는 것 같은 착각이 생겨났다. 노을에서 분리되어 나오는 한줄기 햇살이랄까?

쾌에에에—

밀왕의 칼날은 벌써 코앞이었다. 허방산의 입에선 부지불식간의 탄성이 터져 나왔다.

"좋구나!"

피할 여유를 준다면 어찌 신(迅)을 논하랴.

사실이었다. 게다가 첫 칼에 밀리면 선수까지 잃는다. 화우도가 선뜻 둥그런 원호 하나를 그려냈다.

쩡!

칼날이 휘청 하며 튀어나갔다.

말하자면 첫 번째 격돌, 손아귀가 얼얼했다.

하나 그 정도의 놀람은 밀왕에게 비한다면 아무것도 아니었다.

들이치던 그 탄력만큼이나 뒤로 날려가 몸을 돌려 세우고 있는 북천밀왕이다. 그의 얼굴에 서려 있던 웃음기는 이제 완전히 사라졌다.

'꿈쩍도 하지 않다니……!'

그것은 경악이었다.

밀왕의 얼굴이 납덩이처럼 굳어졌다.

'나의 내공으로 화한 영약의 양으로 친다면 사두마차 열 대로도 모자랄 것이다. 게다가 아버지의 백 년 내공조차 내 일신에 머물러 있거늘…… 나보다도 더한 공력이라니……!'

식(式)이나 초(招)라면 또 몰랐다.

그러나 공력에 있어섬에랴.

'천하에 나 이상의 공력을 연성한 자가 있으리라고는 믿지 못하겠다. 설사 나라정안법의 도움이 있었다할지언정 그것은 불가능하다.'

사마영은 도결을 바로 했다.

이번엔 둔도(遁刀).

빠름이 극에 이르면 지(止)가 된다. 너무나도 빠르기에 움직임의 그 궤적조차 정지되어 있는 상태로 보인다는 의미이니,

우웅…….

칼이 부르르 떨었다.

오직 그 모습뿐이다. 그런데도 칼날은 벌써 허공을 갈라온다.

찰나의 순간을 쪼개고 또 쪼개낸 그 순간, 허방산의 화우도도 그 순간에 무려 열다섯 개의 금빛 도영을 창출해 냈다.

보는 것만으로도 안옥함이 일어나는 금채였다. 하나 칼을 떠나간 것은 반월형의 희디흰 이화도강이었다.

불길이 순정하면 청화(靑火)가 되고 그 극에 이르면 무극신화라 일컬어지는 순백의 이화가 된다. 삼매의 진력으로 이끌어내는 금강이화, 밤

이었다면 정녕 휘황한 월광이었으리라.

이화는 순간적으로 십오 장 공간을 가로질렀다.

콰콰콰— 콰콰쾅—

실제로 부딪친 것은 도기와 도기다.

그럼에도 불구하고 일어난 것은 굉렬한 벽력성이었다.

그것도 무려 열다섯 번이나. 벽력과 함께 일어난 열기는 일대를 용암 구덩이로 만들어 버렸다.

"으음……."

묵직한 신음 소리.

비록 일신상의 상흔은 아니었으되 심령상의 타격은 간단한 것이 아니었다. 낭패한 모습, 밀왕의 앞가슴 황포는 완전 재로 변했다.

'극성으로 운행되고 있는 호신강기를 뚫고 들어오다니! 그것도 중심이 깨진 잔력에 불과했거늘. 으으…… 천하의 그 어떤 극양지기가 이런 위력을 보일 수 있단 말이냐?'

믿을 수 없다.

밀왕은 참괴한 표정이었다.

"신화공(神火功)…… 구천의 비학에 이런 것도 있었더냐?"

허방산은 담담했다.

그러나 안광만은 밤하늘의 별빛이었다.

"칼을 버린다면 지금이라도 용서해 주겠다."

"요, 용서?"

밀왕의 얼굴이 처절하게 일그러졌다.

처음엔 자존심의 상처, 그 다음엔 믿지 못할 현실, 마지막엔 어이없는 허탈감…….

그것은 이내 하나의 맹렬한 정서로 화했다.

척추를 타고 오르는 무서운 불길, 그것은 분노였다. 붉으락푸르락, 북천밀왕은 풍룽도가 떠나가라 광소를 터뜨렸다.

"으하하하하……!"

서글픔.

비애.

하나 그것은 찰나였다.

밀왕은 두 눈을 똑바로 뜨고 허방산을 직시했다.

"사나이로 태어나 군림천하를 하지 못한다면 어찌 장부라 할 수 있으랴. 중요한 것은 경과가 아니라 결과이다. 내 비록 약간의 귀계를 쓰긴 했다만 애송이, 함부로 주둥아릴 나불거리지 마라. 아직 승부는 끝나지 않았다!"

"……!"

"와하하하……! 일어나라, 북천의 혼이여!"

밀왕은 미친 듯이 웃으며 양손으로 칼자루를 포개 잡았다.

짙푸른 청하(靑霞)가 뭉클 하고 전신에 피어난다. 그것은 그의 진원지기가 유형화된 내가신무, 그와 함께 수중의 칼이 새파란 몽둥이처럼 길어졌다.

창창하게 일어나는 함상신도.

허방산 또한 도결에 임했다. 화우도를 곧추세우고 왼손으론 칼자루를 받친다. 침중한 안색으로 그는 다시 한 번 물었다.

"정말 죽고 싶은가?"

밀왕은 대답 대신 전신을 쭉 폈다.

가공할 기운 한줄기가 충천하듯 어두워져 가는 풍룽도의 밤하늘로 솟구쳐 오른다. 밀왕은 이미 운도에 들었다.

"천중일도(天重一刀)…… 이 한 칼에 나와 북천의 모든 운명을 걸어보겠다."

쾌도에서 시작한 신왕둔도결.

그리고 그 절정이라 일컬을 수 있는 마하천중도.

빠르기에 가벼운 것이 만물의 이치이다. 하되 만에 하나 그 초극의 빠르기에 하늘의 무게를 담을 수만 있다면……!

북천일관옥이란 칭송을 받았던 천하의 수재, 북천밀왕 사도영의 검도 공부는 검왕과 검선이 이룩했던 그 이상의 경지였다. 보라, 땅에서 시작한 함상신도의 그림자가 하늘 끝까지 솟아오르고 있지 않은가.

"간닷……!"

쩌렁한 일갈, 아니, 어쩌면 절규라고도 할 수 있는 부르짖음과 함께 밀왕의 천중도는 거목이 쓰러지듯 전면을 갈라왔다.

"호오……."

고뇌 서린 목소리.

대체 그 무슨 연유일까, 허방산은 뜻 모를 장탄일성과 더불어 화우도를 비스듬히 내리그었다.

부드러운 동작이었다. 밀왕의 신도영에 비한다면 그야말로 폭풍 속의 조각배 한 척이랄까? 하지만 맞닥뜨리는 그 찰나에 일어났던 것은 태양처럼 강렬한 백섬(白閃)의 무리였다.

형(形)도 아니고 세(勢)도 아니다. 다만 화끈했다.

그리고 절대였다. 이화의 벽력지기가 동반된 화우도강은 단칼에 북천밀왕의 천중도를 베어버렸다.

콰아아아앙……!

번천지복.

하늘과 땅, 천지가 뒤집어졌다.

뿌연 흙먼지와 함께 수많은 갈댓잎이 미친 듯이 날아올랐으며, 시야

또한 칠흑처럼 어두워졌다. 한줄기 갈라진 목소리가 흐른 것은 그 어둠 속에서였다.

"크으으…… 처, 천중도가 깨질 줄이야……. 너야말로 천하제일이 다."

붉은 피가 흘러내렸다.

주르르 입가를 타고 흐르는 핏물.

그나마도 다한 듯 이제는 흐르지 않는다.

보이는 것은 이제 애절한 몸짓이었다. 휘청휘청, 금방이라도 무너져 내릴 듯이 위태롭다. 그러나 밀왕은 끝끝내 몸을 세웠다.

"으흐흐……."

손에는 덜렁 칼자루만 남았다. 힘겹게 고소를 짓는 밀왕의 눈에는 이미 정광이 꺼져 있었다.

"아버지의 나약함이 한이 되었지. 오죽이나 못났으면 자진을 다 했느냐고. 그 무엇이 두려워 죽으면서까지 입을 다물었냐고…… 수십, 수백 번도 더 자문했었다."

"약속을 했기 때문이네."

허방산.

그는 여일한 모습이었다.

안색도 평정하다. 두드러져 있는 것은 눈빛에 서려 있는 일말의 아픔. 측은지심이랄까, 물끄러미 밀왕을 응시하고 있는 그의 시선에는 전에 없던 애틋함이 서려 있었다.

승부.

이기거나 지는 것.

그러나 지금의 밀왕에게 있어서 절실한 것은 그것이 아니었다. 죽음도 아니었다. 승자와 패자는 이미 가려졌다. 절실한 것은 의혹이었다. 밀왕의 빛바랜 눈에 짙은 의문이 떠올랐다.

"약속? 누, 누구와……?"

밀왕은 입을 쩍 벌렸다.

뭐라 말을 하려고 사력을 다해 입술을 달싹인다.

하나 그것이 다였다. 그의 입에서는 한마디도 새어 나오지 못했다.

그도 그럴 것이 내가심도를 연성해 불괴지경에 이르러 있던 그의 육신은 이미 재가 되어 있었던 것이다.

픽!

밀왕의 육신은 한 줌 재로 화해 흩어졌다.

뿌연 재가 바람결에 날려간다. 허무한 종말, 천하를 꿈꿨던 일세의 영걸치곤 너무나도 안타까운 최후였다. 그러나 육신은 갔으되 혼은 여전히 이승에 머물러 답을 기다리고 있을 것이다.

허방산은 나직하게 답했다.

"바로 저 사람이지."

무슨 말일까.

거대한 분노가 느껴진다.

거인의 분노, 용암처럼 이글거리던 안광이 무섭게 가라앉는다.

허방산은 천천히 몸을 돌렸다. 이어 씹어뱉듯이 한 자 한 자를 또렷하게 끊어서 말했다.

"그만 나오시오."

쿵!

초로의 자포노인이 무릎을 땅에 댔다.

꿇고 싶어서 꿇은 무릎이 아니다. 아랫배가 터져 나갔기 때문이다. 누런 창자가 피에 젖은 무릎 위로 와르르 쏟아져 내린다.

"어, 어이해……?"

북천대사마 사도헌.

내장을 쏟아내며 메마른 의혹을 발하고 있는 사람은 북방무림계의 실질적인 총수라 할 수 있는 사도헌, 바로 그였다.

"춘추와 이매가 손을 잡다니…… 어, 어떻게 이런 일이!"

개방이 적으로 돌아선 것은 이해라도 할 수 있다.

하나 엊그제까지만 해도 생사를 갈랐던 자들까지 동수를 하리라곤 꿈에도 생각지 못했다.

보라, 온 천지가 적들로 가득 차 있지 않은가!

추리고 추린 정예로만 천이 왔다. 난다 하는 고수로만 일천, 많은 숫자다. 그러나 삼천보다는 적다.

그럼 수준이라도 압도적이어야 하거늘 상황은 오히려 그 반대였다. 북천밀가는 양으로도 밀리고 질로도 밀렸다.

실제로 손을 맞춘 적은 삼십육천웅에 불과했다.

다른 이들은 일종의 국외자였다. 같이 왔다가 십절부령 하나에 적으로 돌아선 개방문도 이천, 그리고 어디에서 몰려들었는지 모를 이매군 일천, 무당과 아미 문도를 합한 수도 수백이다. 심지어는 검왕자 단목광도 일단의 검군을 이끌고 나타났다.

그들은 전장을 가운데로 한 포위망을 드넓게 형성했다.

직접 손발을 쓰지 않고 냉전 같은 안광만 쏘아내고 있었으나 그것만으로도 투지의 반은 시작부터 얼어붙었다.

"꾸, 꿈인가……?"

사도헌의 눈빛은 공허했다.

참으로 믿지 못할 현실이다.

삼십육 대 일천. 제아무리 천웅이라 한들, 제아무리 구주제일의 무위를 지녔다는 전설의 만리웅풍이라고 한들 도저히 상대조차 되지 않을 그 격돌의 결과는 전혀 달랐다.

범과 고양이 떼의 싸움이다. 발톱을 세워봤자 한 번의 으르렁거림만 못하고 뛰어봤자 거기서 거기다. 그 이유는 단 하나, 절정의 고수가 없기 때문이었다. 고수는 많았으나 절정고수는 없다. 상대를 일 대 일로 붙어 꺾을 수 있는 상승고수가 열만 되었더라도 저리 추풍낙엽처럼 떨어져 나가진 않을 것이다.

"으허허허……."

울음인가, 웃음인가.

하늘을 우러른 사도헌의 마지막 외침은 헛되이 허공을 울리다가 그나마도 사라졌다.

툭 떨어지는 고개.

그것이 붕천권 전위가 본 사도헌의 마지막 모습이었다.

십팔로붕천, 폭풍처럼 몰아치는 열여덟 대의 주먹 중 십삼권 만에 가슴을 쳤고 연속되는 십사권으로 마저 뱃가죽을 터뜨렸다. 이제는 붕천권이 아니라 웅왕이라 불려야 마땅할 사람, 전위는 웅후한 만리후를 터뜨리며 전장을 솟구쳐 올랐다.

"만리웅풍의 이름으로 명하노니……."

십 장, 이십 장.

거기에서 그는 우뚝 섰다.

"형제들은 그만 손을 멈추라! 우리는 승리했다!"

"우우…… 우……."

환호하는 천웅.

그들도 곳곳에서 날아올랐다.

둥근 원 하나가 허공 중에 그려진다. 손에 손을 잡고 격해지는 가슴을 사슬로, 감격의 눈물을 흐르는 진기 삼아.

"명하노니 북천은 그만 칼을 놓아라. 그대들의 총수는 죽었고 그대들은 이미 졌다."

원호는 천천히 허공을 맴돈다.

일컬어 창응혼천(蒼鷹混天). 원래는 서로가 상대의 탁해지는 진기를 보충해 주며 앞서거니 뒤서거니 장천을 가를 수 있는 창응만리가 특유의 이인비행술이다. 그것을 서른여섯이 연수하니 그 결과는 참으로 오묘하게 나타났다.

빙글빙글 돈다.

떨어지지도 않는다.

신기하고 신비하다. 마치 수십 마리의 창응이 한데 모여 군무를 추듯이 벽응문 푸른 장포를 펄럭이며 유영하는 저 장엄한 춤사위라니……!

"아아…… 마, 만리응풍!"

"과연, 과연 구주제일……!"

이제는 전장이 아니었다. 방외로 서서 손에 땀을 쥐고 있던 객들이나 겨우 구사일생으로 목숨을 구한 북천밀가의 잔병이나 그 장쾌한 감흥은 마찬가지였다.

손을 맞잡고 회한의 눈물을 보이는 혈봉과 소군.

부러운 듯 우러르고 있는 춘추의 검사들.

그리고 대두백령개와 수호사십팔정 가운데서 볼을 떨고 있는 개방의 호약개 담자기.

무당칠자와 아미팔승…….

또 있다. 이마에 계인이 선명한 소림의 무승도 있고 여타 구파에서 파견한 문도들도 허다했다. 그럴밖에. 창응과 북천의 격돌은 전 강호 초미의 관심사가 아닌가. 지난 이백 년 세월을 지배해 온 구천의 접전이다.

결과 여하에 따라 구주의 판도가 달라짐은 자명한 일, 무림인치고 촉각
을 세우지 않을 자 그 누가 있으랴.

벽류처럼 돌아가는 창응혼천무.

응왕 전위의 만리후는 계속해서 터져 내렸다.

"고하노니…… 이제 더 이상의 구천지겁은 없다. 종가 장문 만리응왕
의 이름으로 명하거니와 이를 어길 자, 지금 나서라!"

짙어가는 노을 속.

"우……."

하늘이 묻고 땅이 답한다.

제일 먼저 이매소군 사마정이 한쪽 무릎을 땅에 댔다.

"맹세합니다, 향후 촉산은 결코 패도를 걷지 않겠습니다."

이어서 단목광이었다. 쩡 하고 검을 뽑아 들더니 자루를 가슴에 댔다.
그 의례는 휘하검군도 마찬가지, 수십 개의 장검이 한꺼번에 빛을 발했
다.

"파양의 춘추 또한 영원한 의검을 약속드리오."

소리없는 대답은 북천도 했다.

머리 하얀 노고수 하나가 칼을 박고 엎드리자 살아남은 밀가고수들도
하나씩 둘씩 여기저기에서 사지를 땅에 대기 시작했다.

전장은 더할 나위 없이 숙연해졌다.

그리곤 환한 기쁨으로 번져 간다.

구천무문의 치도(治道). 넷으로 나뉘어졌던 구천무문의 추구하는 바가
의(義) 하나로 통일이 된 것이니 이 얼마나 경사인가.

창응이 이동하기 시작했다.

피와 눈물과 한으로 상징되는 영웅연은 여전히 말이 없다. 영웅연 상
공에 이른 삼십육천응은 하나로 입을 모아 외쳤다.

"선대의 원혼들이시여…… 이제 편히 눈을 감으소서!"

"감으소서……!"

영웅연은 단순한 호수가 아니다.

부모형제의 영원한 안식처요, 다시는 피에 젖지 않아야 할 창응의 근본이다. 촉산이 눈물로 읍하고 북천이 피로써 죄를 씻었다. 춘추의 검혼까지 던져졌으니 창응겁, 저 영웅연의 한은 이제 스러졌다 할 수 있지 않을까?

"흐흑……!"

끝내는 울음을 터뜨리고야 만다.

숨죽인 오열. 자운영의 울음은 전 만티가의 울음이다. 숨어 산 세월이 얼마이며 곱씹은 통한의 눈물이 그 얼마이던가. 진창에 육신을 담고 칼을 갈았다. 지금의 눈물은 그 고된 세월의 보상…….

추심의 다독거림이 없었다면 아마도 목을 놓았으리라.

"자네……."

뭐라고 그 심정을 어루만질 수 있겠는가.

붉어진 눈시울로 그저 등만 토닥거릴 뿐이다.

해골도를 짚고 선 교랑도 북받쳐 오르는 격정으로 눈물을 보이긴 매한가지였다.

영웅연이 한눈에 내려다보이는 곳이다.

말하자면 전장의 지휘부. 여인들뿐이 아니다. 어딘가에서 녹슨 철검 하나를 주워와 혈전 내내 들었다 놓았다를 반복했던 여치도 있었다.

그가 멀리 자운영을 대신해 창응혼천에 참가하고 있는 야응노인을 바라보고 있다가는 여인네들의 발치께를 서성거리고 있는 백구를 불러다 나직하게 속삭였다.

"야, 너 혹시 내 쭈구리 친구 못 봤냐?"

쿵.

"때꺼리 참 먹을 때는 분명히 있었지?"

눈만 끔벅끔벅.

"근데 그 이후로가 깜깜하단 말이야. 정말 보지 못했어? 못 봤다구? 거참, 이상하네. 칼질 구경이라면 밥 먹다가도 튀어나오는 놈이 저 좋은 구경거리를 놔두고 대체 어딜 간 거야? 보아하니 잘난 손자 녀석도 제 놈을 찾는 눈치구만."

쿵……!

그 '쭈구리' 다.

검왕 단목추. 나타난 사람은 바로 그였다.

그가 서먹한 운을 떼었다.

"어찌 알았느냐?"

"……!"

서늘하도록 깊어진 눈이다.

허방산은 말없이 그를 쏘아보다가 품에 손을 넣었다.

그 손에 끌려 나온 것은 장문의 접지, 군데군데 혈흔이 아롱져 있는 명왕 사마혼의 유서였다. 허방산은 그 접지를 쭉 늘어뜨려 보였다.

……전대의 명왕과 밀왕을 검하의 패군지장으로 만들며 응왕을 치라 명한 자, 창응만리가의 주춧돌 하나 남기지 말라 명한 자는 바로 단목추다. 그는 은밀히 아버지를 찾아와 비무를 충동질했다. 패자는 승자의 명령 하나를 이행하기로 한 조건의 비무가 이루어졌고, 분하게도 결과는 아버지의 패배였다. 창응겁은 그래서 일어났다. 반사 후 아버지는 마계의 힘을 빌려서라도

복수하고 말겠다며 육신을 녹이고 혼백을 마비시키는 저주의 호마관(虎魔關)
에 들었다.

　……풍운개의 본신이 바로 당대의 북천밀왕이다. 접해본 결과, 그 사연에
대해서 그는 백지였다. 이유는 있다. 당시 단목추는 선친에게 축산의 명예를
건 함구령을 내렸던 바, 그것은 밀왕 사도광에게도 마찬가지였을 것이며 밀
왕이 충실하게 그 명을 이행했기 때문이라 생각한다. 그 반면 선친께서는 함
구의 약속을 깨는 오명을 감수하고 내게 그 사연을 전했다. 당신도 그랬으니
이제 나 사마혼도 죽음으로 타인에게 선대의 약속을 전한 죄를 묻고자 한다.
축산의 후예로 지켜야 할 약속을 저버렸으니 당연한 죽음이나 만 번을 생각
하고 천 번을 돌이켜 봐도 오직 원통할 뿐이다.

　……더 더욱 가증스러운 것은 그 늙은이의 피붙이도 그 사연을 모른다는
것이다. 싸울 때 떠봤더니 단목광은 제 놈의 할아비에 대해서도 모르는 천하
의 멍청이었다. 머리통에 쥐가 나게 말해 줘버릴까 하다가 치사해서 관뒀다.
‘이언지자(二言之者) 개자식’이란 소리는 한 번으로도 충분히 차고 넘치니
까. 훗훗, 이제 곰곰이 생각해 보니 병사했다던 놈의 아비도 어쩌면 그 사실
을 엿본 죄로 죽었을 것 같다. 춘추가의 주인이 병사하다니…… 하하, 웃기
는 얘기가 아닌가?

　화르륵……!
　접지는 재가 되어 흘러내렸다.
　이제 그 일에 대해서 아는 사람은 둘뿐이다. 일을 시작했던 사람과 그
일을 마무리하고자 하는 사람.
　허방산은 조용히 물었다.

"왜 그랬소?"

"……!"

단목추 노인은 천천히 뒷짐을 졌다.

애써 태연하려 하는 모습이나 아니었다. 그는 접지를 대한 그 순간에 십 년은 더 늙고 피폐해졌다. 사실이었다. 심중의 타격이 컸던지 그는 미미하게 손까지 떨었다.

"같은 구천의 후예이면서도 춘추는 늘 뒷전이고 소외되었지. 그 한이 자그마치 이백 년, 결국 노부의 대에서 웅전이 탄생되었다. 기쁘고 눈물이 나도록 자랑스러웠지. 증명하고 싶었다. 과연 그간의 설움을 보상받을 수 있을지를……!"

"……!"

"먼저 종일도를 찾았다. 웅전이 천하제일이 아님을, 노부 같은 사람에게도 질투가 있다는 것을 그를 겪어보고서야 알게 되었지."

"음……."

"원래가 부자였던 사람과 가난하게 시작했던 사람의 차이였다. 하나 노부는 그것을 인정하지 못했다. 그와 그가 가진 모든 것을 부숴 버리고 싶었지. 노부는 반 미쳐 버렸다."

"그래서…… 그래서 그랬단 말이오?"

허방산은 어이가 없어했다.

참으로 기가 막히지 않은가. 그 모든 일의 인과가 저 볼품없이 늙어빠진 노인네의 질투 하나에 있었다니……!

"당신은 정말 숨을 쉬고 있다는 그 자체가 죄악인 사람이구려? 어찌… 어찌 당신의 그 알량한 자존심 하나 때문에 그 많은 사람들이 그 고통과 좌절을 겪고 피눈물을 쏟아내야 했단 말이오?"

창웅의 한과 이매의 눈물, 북천의 선혈, 그 모든 것의 의미는 빛이 바래 버렸다. 저자가 없었다면 북간도 그 정도까진 야비해지지 않았을 것이다. 촉산의 지존이 천령호마에 혼백을 바치지도 않았을 것이고, 그 애절한 창웅의 눈물도 없었을 것이다.

눈도 감지 못하고 죽어간 응왕의 분노와,

이십 년이나 실어와 단장의 고통으로 시달린 어머니의 한,

천산의 고동에 외로이 누운 아버지의 눈물 그 모두가 저 늙은 미치광이 하나 때문에 생겨난 것이다.

번쩍……!

허방산의 안광이 태양처럼 지독해졌다.

"당신을 죽이겠소."

화우도를 내려 잡았다.

더 이상 말을 섞기도 싫은 자이다.

보면 볼수록 가증스러워지는 저 얼굴, 저 닭 벼슬처럼 주름진 얼굴로 천하를 농락한 것도 모자라 느물거리는 웃음을 가장해 주변까지 어슬렁거렸다니……!

촉산엘 따라붙었던 것도 그런 맥락이었을 것이다.

검왕자가 나라정안결의 법문 습득에 실패하자 자신의 치부가 드러날 것도 막고 법문도 얻어갈 겸 이것저것 겸사겸사해서 들러붙었으리라.

'추악한 자……!'

살기가 일자 이화도 화끈해졌다.

우룽우룽.

전신경락이 용광로처럼 달아오르며 화우도의 도신이 아지랑이같이 은은한 백무로 휘덮인다. 그것은 기경이었다.

보라, 이화로 뒤덮인 신도 화우가 주인의 손아귀를 벗어나려고 요란하게 펄떡거리고 있지 않은가!

누르고 또 누른다.

집채만한 거상을 주먹만큼 작은 포대 하나에 우겨 넣듯이.

벌떡벌떡 뛰노는 도신의 움직임은 급기야 눈에 보이지도 않을 만큼 빨라졌다. 붙잡혀 있는 억압만 벗어난다면 그야말로 경천동지의 폭발력을 보이고 말리라.

그를 본 검왕의 주름진 눈살이 파르르 떨렸다.

"어, 어룡(御龍)……!"

노구가 긴장으로 물든다.

자타가 공인하는 대륙일정천, 천하제일검이라 추앙받는 그다. 그의 안목은 당세제일, 평생 동안 검 하나만을 추구해 온 춘추의 무도자다. 그는 허방산의 화우도경을 한눈에 알아보았다.

'저 모습이야말로 내가 평생을 추구해 온 웅전무검(雄戰無劍)의 일심경! 아아…… 하늘은 역시 불공평해. 저 아이에게만 저런 천지검의 복락을 내렸으니 말이야!'

여하튼 이것은 기쁨이다.

저 모습을 살아생전에 볼 수 있으니까……!

잊었던 호연지기가 뜨겁게 영대를 달구었다. 하늘을 원망하고 종일도를 한하느라 잃어버렸던 단목추 본연의 투지가 화산처럼 터져 오르며 홍진으로 찌든 노구의 심신을 검왕의 옛 시절로 환원시켰다. 태산을 발 아래로 굽어보던 그 시절이다.

'으하하하……!'

추악한 치부도 잊었다.

부친의 추악함에 자신의 심장에 비수를 꽂으며 눈물로 원망하던 자식의 눈빛도 잊었다. 믿을 수 없게도 지금 이 순간 용천에서 천령까지를 화끈하게 달구는 것은 그토록 오매불망하던 웅전의 마지막 심득이었다.

평생을 벗해온 웅전이다. 등에 걸려 있던 웅전철검이 저 홀로 검갑에서 빠져 올랐다.

스릉!

쌍수검지는 혼원으로 검결을 긋고, 쉬아앙……!

마침내 웅전이 허방산을 향해 바람을 끊었다.

과거 아미산에서 패왕매를 일패도지시키던 바로 그 검이다. 하나 그때와는 비교조차 되지 않았다. 우선은 위세부터가 달랐다. 그렇지 않아도 칙칙하던 철검은 검은 전뢰로 화했으며 속도조차 가공해 감히 피해낼 엄두조차 허락하지 않는다.

가히 절대……!

피한다고 해서 피할 수 있는 것이 아니다.

피할 수 있고 막을 수 있다면 어찌 절대란 찬사가 붙었겠는가. 검은 생명을 지니고 있다. 제 주인의 심령과 천지를 아우르는 혼신의 힘을 싣고 살아 움직이기에 절대란 찬사가 붙는 것이다.

우와왕……!

신도 화우도 손을 떠났다.

화끈한 열기를 동반한 백섬(白閃).

웅전이나 화우나 너무나 빨랐기에 서로가 헛한 상대의 가슴에 어김없이 파고드는 듯한 괴현상이 일어났다. 하나 그것은 착각이었다. 부딪쳐 멈춘 곳은 두 사람의 중간 지점이었다.

쾅!

격돌. 비산되는 불꽃조차 검고 흰 강기의 파편이다.

팽팽하다. 아무도 득수하지 못했다. 웅전과 화우는 격돌과 동시에 불똥을 뿌리며 팅겨져 올라 제 주인의 수중으로 돌아갔다.

호기만장.

"좋아, 좋아…… 정말 좋다!"

살아생전에 맞수를 만남은 기꺼운 일이다. 검왕은 백발을 흩날리며 중궁을 밟아나갔다.

"간닷……!"

회검제이 어기비검. 칙칙한 웅전검은 검왕이 가리키는 손끝을 따라 맹렬하게 허방산을 향해 쏘아갔다.

슈아아아…….

파공성이 고막을 아프게 한다.

초검보다도 배나 더한 속도에 기세다. 석 자 길이의 웅전검은 거대한 작살로 화해 허방산의 가슴을 찔러 나갔고 그와 동시에 허방산의 화우도 역시 눈부신 백광을 끌며 웅전을 맞아갔다.

검이 죽으면 주인도 죽는다.

웅전과 화우는 한 번 더 격돌했다.

쾅!

무서운 폭음이다.

격돌하는 공간에 진공의 소용돌이가 일어 땅거죽을 휘말아 올릴 만큼이나 그 격돌의 여파는 무시무시했다. 또다시 무득수. 두 사람은 서로가 한 치도 양보하지 않았고 한 치도 물러나지 않았다.

검과 도는 다시금 떠올랐고…….

예까지는 같았다.

다른 것은 다음부터였다. 검왕이 검결을 회수해 웅전을 잡아 들었을 때까지도 화우도는 허공에 튕겨진 상태로 가만히 있었다. 아니, 가만히 있는 것은 아니었다.

벌떡벌떡 발악하듯 꿈틀댄다.

막 낚여 오른 은빛 잉어처럼, 얼핏 보면 초검전의 기수와도 같다.

마치 제 힘을 못 이겨 뛰쳐나가려 하는 것을 죽자 사자 애써 붙잡고 있는 모습이다. 하나 그것은 겉모습뿐이었다. 실상은 더 복잡했다.

보라, 허방산의 우수 장심과 화우도 사이에 하나의 희디흰 선이 쭉 그어져 있지 않은가.

백선은 이화였다.

본신과 분신을 잇고 있는 이화단기, 더욱 정확히는 화우벽력의 요결로 풀린 이화단령이 유형화되어 있는 것이다.

웅웅웅…….

화우도는 칭얼대듯 울었다.

그리고는 마침내 시위를 떠난 살처럼 짙어가는 어둠을 뚫어나갔다. 그때는 회검을 마친 검왕이 막 진기를 모으고 있을 때,

"……!"

그의 노안에 다급함이 떠올랐다.

폭죽처럼 명멸해 오르는 경악이다. 왜 아니랴, 화우도의 저 모습이야말로 어기비검의 경계를 벗어난 심도제일 천리어검세의 완벽한 원형인 것을…….

"우웃……!"

놀랄 틈이 어디에 있는가. 검왕은 한 소리 우렁찬 기합성을 토해내며 합장하듯 쌍수로 검결을 모아 던졌다.

콰앙!

이번엔 양상이 달랐다. 어찌나 거셌던지 웅전과 화우는 주인의 제어마저 벗어났다.

"지독한 놈……!"

격돌전의 심득이 없었더라면 이 한 수에 허리가 잘렸을 것이다. 검왕은 허공으로 퉁겨져 오르는 웅전을 향하여 황망히 몸을 날렸다.

낭패를 보긴 허방산도 마찬가지였다. 화우도에 이어져 있던 이화령이 잠깐이나마 끊어졌으니까. 그러나 그것은 요령 부족에 지나지 않았다.

"와라."

화우도가 끌리듯 수중으로 빨려들며 허공에서 웅전을 포개 잡는 검왕의 노구를 향하여 다시금 빛살을 끌어갔다.

"허엇……!"

허공세. 웅전을 날림과 동시에 검왕의 노구가 번쩍 하며 뒤집어졌다.

검은 대지의 힘을 실어야 한다. 그것은 상승의 고수자라면 누구나가 다 아는 무가의 대원칙, 대지를 밟아 용천혈 가득 지기를 빨아올리는 측과 부평초처럼 허공에 떠 있는 측과의 결과는 보나마나다.

검왕이 다급히 웅전을 발출해 내면서도 애써 지면에 몸을 붙이고자 했던 것도 따지고 보면 그 때문이었다.

콰앙!

"욱……!"

최초의 신음 소리.

패착이라면 허공에 떠올랐던 것이다.

하지만 그것은 어쩔 수 없던 선택이었다. 당시 웅전에 이어져 있던 진기는 끊어진 것이 아니라 완전히 소멸되었던 것이기에.

아무튼, 쿠우우우.

발자국이 밭고랑으로 패일 만큼이나 검왕은 주르르 밀려갔다. 그나마도 반공이었기에 망정이지 완전 허공에서 받았더라면 곤두박질을 면치 못했으리라.

화우도는 허방산의 수중에 들어 있었다.

벌떡거리는 예의 움직임. 전과 다른 것이라면 그 요동이 아주 자연스럽고 미세해졌다는 것인데 기가 막힌다. 저것은 아까와는 또 다른 진경이 아닌가.

"음……."

볼살을 실룩거리는 검왕에게 화우도의 도극이 겨눠졌다.

"가증스러운 노괴, 이것이 천령호마와의 접전에서조차 감추었던 노괴의 본실력인가? 더는 없는가?"

사실이다. 이 정도의 어검이라면 호마는 일도양단을 면치 못했을 것이다. 검왕의 눈빛이 돌연 흉흉해졌다.

"다, 닥쳐라, 애송이!"

"흥!"

더 이상 무엇을 말하겠는가.

손바닥 위에서 얌전하게 멈춰 있던 화우도가 하얀 폭섬으로 화했다. 이전과는 또 다르다. 밤하늘을 가로지르는 유성이랄까? 그 한 수에 검왕은 지금 이때야말로 자신의 일백 평생 전체를 걸어야 할 순간이라고 판단했다.

죽고 사는 것은 문제가 아니다. 보다 중요한 것은 다시금 패배를 기록하지 않아야 한다는 사실이었다. 왜냐, 검왕의 인생에 패배는 한 번으로도 족했으니까.

"이놈……!"

퍽!

의외로 경미한 소리다.

그렇지만 결과는 너무 달랐다. 전에는 서로가 반동했으나 지금은 웅전만이 튕겨났다. 이럴 수도 있는 것인가. 튕겨낸 것도 모자라 오히려 휘황해지다니……!

"으으……!"

검왕의 백발이 곤두섰다.

어찌나 힘을 쓰는지 주름진 얼굴이 숯불처럼 달궈지고 두 발은 땅바닥을 파고든다. 대륙일정천 필생의 공력, 쌍수가 빗발치듯 검결을 그어나갔다.

콰콰콰…… 쾅쾅쾅……!

폭음이 연달아 일어났다.

더 이상의 회검은 없었다. 웅전과 화우는 주인의 의지에 따라 움직이기 시작했으며, 허공은 그로 인해 난자되었다.

이제는 누구의 검력이 더 강하느냐에 달려 있다.

심득이 엇비슷한 이상 당연한 일이다. 누구의 공부가 더 순정하며, 누구의 공력이 더 높으냐에 따라 결과는 좌우된다.

그것은 거리가 말해 줬다. 화우도와 검왕과의 거리는 오 장이었다. 드디어 그 거리가 단축되기 시작한다. 쾅 하는 폭음 한 번에 한 자 거리, 검왕은 노안에 핏발까지 세웠다.

"이, 이런 애송이에게……!"

어검이 왜 절대인가.

베지 못하는 것이 없고 가르지 못하는 것이 없다.

그러나 그만큼의 공력이 소모됨은 필연적이다. 마침내 검왕은 진원잠력까지 검결에 실어야만 했다.

"행한 대로…… 받으리라."

허방산은 정자로 벌려 섰다. 화우도를 모아 가리킨 두 손이 설백의 이화수로 화하며 화우의 백광 또한 눈부시게 강렬해졌다. 한여름 이글거리는 중천의 태양이랄까.

"가라!"

위이이잉……!

"오냐, 이놈……!"

주도권이 넘어간 것은 진즉이었다. 공격은커녕 막아내기도 힘들다. 최후를 예감했다. 검왕 단목추는 마지막 한 방울의 진력까지 모두 모아 화우도를 맞이해 갔다.

콰아아…… 콰직!

현천강모로 만든 응전검이 반 토막으로 부러져 나갔다.

화우도는 허공으로 튕겨졌으되 그 충격은 간단치 않았다. 막긴 막아냈으나 내장이 뒤집어져 버렸던 것이다. 온 천지가 하얗게 변하는 순간일 것이다. 검왕은 휘청하며 핏덩이를 쏟아냈다.

"우욱……!"

지금만으로도 빈사 상태다. 하지만 검왕은 현실을 인정하지 않았다. 그는 핏덩이와 함께 불신의 절규를 쏟아냈다.

"너는 누구냐? 대체 네놈의 근본이 무엇이기에 이렇게나 강하단 말이냐?"

하늘 밖의 하늘, 봉래의 이화라면 알아들을까.

풍릉도의 밤은 일로 깊이를 더해가고, 그런 가운데 드디어 끝도 다가왔다.

"그만 가시오."

그것이 끝이었다. 고공으로 튕겨진 화우도가 주인이 가리키는 손끝을 따라 마지막 무지개를 그려갔다.

"와아아아……!"

최후의 몸부림. 반 토막의 응전이 휘둘러지나 그뿐이다. 화우도는 하나의 벽력처럼 그 모든 것을 일거에 부숴 버렸다.

"……."

멍한 두 눈, 반쯤 웅크린 채다.

그러나 검왕의 육신은 이미 바스러졌다. 응전검의 잔해조차 산산이 부쉬 버리며 천령을 파고든 화우도가 그의 육신을 통렬하게 관통해 버렸던 것이다.

"으음……."

다분히 허탈해하는 표정이다.

날아오는 화우도를 손목에 잡아 걸며 허방산은 씁쓸한 고소를 흘려냈다.

지난 며칠간을 이어졌던 고뇌.

그중엔 춘추백검가도 끼어 있었다. 놓아두자니 피가 끓고 피를 보자니 그들도 엄연한 희생자의 하나임에랴. 결국은 영웅연 수변의 물봉선을 보며 결정했다.

"나 혼자 삭이면 되는 것을. 당신 때문에 피멍 든 사람들의 원한이 무겁긴 하나 어쩌겠소. 당신 하나라 다행이었다는 사실을 그나마 위안으로 삼을 수밖에……."

검왕의 백발이 흩어졌다.

스르륵스르륵.

웅전을 잡았던 손도 먼지처럼 스러졌으며 고통으로 멎어 있는 얼굴도 바람결에 허물어졌다. 풍릉도의 강바람은 거칠다. 바람은 천하의 검왕을 완전히 흩날려 버렸다.

"가거들랑…… 부디 용서나 비시오."

나직한 당부 또한 바람결에 실려 간다.

세월도 실어가고 어둠도 실어간다. 아마 지금쯤 서로 칼부림을 하고 있을 밀왕과 검왕의 혼령도 실어가고 있을 것이다.

이곳은 풍릉도, 어느덧 밤이 깊었다.

천년철벽은 예나 지금이나 그대로였다.

만고의 풍상도 녀석만은 어찌하지 못하는 듯하다. 그러나 허방산은 그를 보고 있지 않았다. 이미 의미가 사라진 철벽이다. 이화는 신화로 완성되었으며 가문의 족쇄는 완전히 풀어졌다.

저물어가는 동해가 발 아래로 펼쳐진다.

참으로 물도 많다. 하늘만큼이나 물이 많은 곳이 바다다.

검푸른 잔물결로 일렁이는 바다. 코끝을 스쳐 가는 비릿한 짠내도 여전하다. 산과 바다, 비류연의 그 모든 것은 눈에 보이고 코에 스치는 어느 것 하나라도 버리지 못할 존재들이다.

"얘야……."

노인네다.

짐을 벗으셨기 때문일까, 아님 그 무정한 세월 때문일까. 푸른 대나무처럼 강건하시던 노인네는 그사이 눈에 띄게 늙으셨다.

"할배."

"머잖아 자식을 볼 놈이 할배는, 녀석……."

"진지도 좀 많이 자시오. 이게 뭡니까, 이게. 전에는 그래도 꼿꼿하기라도 했는데, 약응 할매가 보약 좀 안 해줍디까?"

"녀석. 그나저나 네 장인은 오늘도 오지 않으려나 보구나."

"하하, 원래가 역마살이 낀 분이 아닙니까. 언제고… 오시겠지요."

"그러겠지?"

무척이나 섭섭해하는 눈치다.

노인네에게 있어 아리골의 장인은 자식이나 마찬가지의 존재였다.

아버지와 장인은 동배였다. 글도 같이 뗐고 무도에도 같이 입문했다. 그러면서 멀어진 것은 이화와 신수라는 사문의 굴레 때문. 사문의 법도가 아니었다면 아리골과 비류연은 이미 오래전에 하나로 합해졌을 것이다.

"그럴 것입니다, 할아버지."

밤바다를 응시하는 허방산의 눈빛은 아련했다.

어찌 보면 슬픔이기도 하다. 그도 그럴 것이, 노인네의 바람에 대한 답을 그만은 익히 알고 있었기 때문이다.

'장인은 다시 오지 못할 것입니다, 영원히……'

숭명도를 떠나오면서였다.

따가운 시선 하나를 따라갔다가 반가운 얼굴 하나를 보았다. 하나 보지 말았어야 할 한 쌍의 눈빛도 동시에 봐버렸다.

'설마 그분이셨을 줄은……!'

번뇌의 진원은 그것이었다.

영원히 혼자만의 가슴속에 묻어두어야 할 그 이름, 그 눈빛. 그는 검왕과 더불어 다시는 나타나지 않아야 할 존재였다.

노인네가 그의 어깨를 툭 쳤다.

"그만 들어가자꾸나. 명색이 초야가 아니냐. 아이들을 너무 오래 기다리게 하면 못 쓰느니라."

"예."

"얼른 초야를 치르고 이 할아비랑 천산엘 가보자. 특히나 추야의 설경이 절경이라는데, 그 말이 정말인지 내 한번 봐야겠구나."

어찌 그 마음을 모를까. 노인네는 자식이 걸어갔다는 혈로를 당신의 눈으로 직접 보고파 하시는 것이다. 허방산은 슬쩍 몸을 틀었다.

눈시울이 시큰해졌기 때문이다.

"제가 모시지요."

〈火雨刀 全書 完〉

청어람신무협판타지소설

최고의 신무협 작가 『설봉』의 최신작!

사자후(獅子吼) / 설봉 지음

깊게 깊게 빠져드는 몰입의 세계!
온몸을 전율케 하는 찌를 듯한 강렬함을 느낀다!

그에게서는 묘한 악취가 풍겼다. 그가 창을 겨눴을 때……

화염이 이글거리는 눈동자를 보았을 때……

비로소 악취의 정체를 짐작해 냈다.

피와 땀이 켜켜이 쌓여 자연스럽게 뿜어져 나오는 살인마의 냄새.

그는 허명(虛名)을 좇아 비무를 즐기는 낭인(浪人)이 아니라 야성(野性)이 살아서 꿈틀거리는 진짜 살인마였다.

투지가 끓어올라 활화산처럼 꿈틀거렸다.

그의 눈길을 정면으로 맞받으며 묘공보(妙空步)를 밟기 시작했다.

우리의 첫 만남은 그렇게 시작되었다.

- 환봉개(幻棒丐)의 회고록(回顧錄) 中에서 -